W0316327

Nuova Narrativa Newton
1431

Questo libro è un'opera di fantasia. Nomi, luoghi e avvenimenti sono frutto dell'immaginazione dell'autrice oppure sono usati in modo fittizio. Qualunque somiglianza con persone, viventi o defunte, o eventi reali è puramente casuale.

Titolo originale: *The 12 Days of Murder*
Copyright © Andreina Cordani, 2023
First published in the UK in 2023 by ZAFFRE
An imprint of Zaffre Publishing Group
All rights reserved.

Traduzione dalla lingua inglese di Marialuisa Amodio
Prima edizione: ottobre 2024
© 2024 Newton Compton editori s.r.l., Roma
Copertina © Sebastiano Barcaroli

ISBN 978-88-227-8358-5

www.newtoncompton.com

Realizzazione a cura di Pàgina
Stampato nell'ottobre 2024 da Puntoweb s.r.l., Ariccia (Roma)

Andreina Cordani

Dodici indizi per morire

Newton Compton editori

A Richard: siamo stati noi

DENUNCIA DI PERSONA SCOMPARSA
Polizia di Norfolk

Agente incaricato: PC 4591 Robert Mellow
Data della denuncia: 26/12/2021
Riferimento chiamata: 3242/11

Nome della persona scomparsa: Boniface, Karl Edward
Data di nascita: 26/03/1990 (21 anni)
Descrizione recente: Un metro e novanta. Bianco, nordeuropeo. Corporatura esile. Mancino. Occhi castani. Capelli ramati. Carnagione chiara.
Vestiti: Pantaloni di velluto rosso con bordi di pelliccia bianca, giacca di velluto rosso con bordi di pelliccia bianca, cintura larga, nera, stivali neri e barba bianca finta (costume da Babbo Natale, senza cappello). Potrebbe sembrare ferito, ma il sangue è finto.
Problemi medici: Nessuno.
Automobile: Audi A1 rossa. JJ11 XNZ. Scomparsa.
Circostanze dettagliate della scomparsa:
Alle 2:15 del 25/12/11 riceviamo una chiamata da parte di Alice Elektra Boniface in merito alla persona scomparsa, Karl Boniface. La donna, sconvolta, ha rilasciato una serie di dichiarazioni, tra cui: "Doveva fare il cadavere" e "Come si fa a scomparire da una stanza chiusa a chiave?". Quando ha detto all'operatore: "L'ho accoltellato io" abbiamo deciso di intervenire immediatamente.

L'agente 4591 Robert Mellow ha raggiunto la scena del crimine a Fenshawe Manor, accompagnato dall'agente 7752 Augustine

Adeyoysun. Al loro arrivo, hanno trovato un gruppo di studenti in costume anni Trenta ed è emerso che stavano usando il maniero come sfondo di una "cena con delitto", intitolata *La morte di Babbo Natale*. A detta dei presenti, toccava alla persona scomparsa "fare il cadavere". Era stata la sorella, la signorina Boniface, a inscenare l'accoltellamento nel salotto del maniero intorno alle 21:00. Lo aveva poi chiuso dentro, nascondendo la chiave. Quando era tornata insieme agli altri giocatori, suo fratello non era più nella stanza. Non ci sono altre chiavi, a quanto si sa, né c'erano segni di manomissione della serratura, ed è improbabile che lo scomparso sia uscito dalla finestra perché è troppo stretta.

Gli studenti l'hanno cercato per circa due ore prima di arrendersi e riunirsi nel salotto da cui era sparito e attendere l'intervento della polizia.

Tutti i partecipanti concordano che il signor Boniface si impegnava anima e corpo nello svolgimento del gioco, e difficilmente se ne sarebbe andato di sua iniziativa. Tuttavia, quando sono stati messi sotto pressione, tutti hanno ammesso che era incline agli scherzi e, ultimamente, si comportava in modo strano e insolito. Gli agenti hanno effettuato un'accurata perquisizione nella proprietà e il signor Boniface non è stato trovato. Il cappello da Babbo Natale, che indossava al momento della scomparsa, è stato rinvenuto nella sua stanza e confiscato dalla polizia. Sono spariti anche la sua auto e il suo iPhone, che risulta spento. Alle perquisizioni hanno fatto seguito gli interrogatori dei testimoni.

Il livello di rischio è basso. Si rimanda a nuova valutazione, in data da destinarsi. Il soggetto è stato inserito nei registri di polizia come persona scomparsa ed è stata diramata la sua descrizione.

PRIMA PARTE

PRESENTAZIONI

1

Siete invitati a un delitto

Sono ormai quattro ore che Charley tiene in mano il cartoncino color crema, passando le dita sulle lettere lucide e in rilievo. I dettagli: ora e luogo dell'omicidio, dress code, RSVP. I bordi neri si stanno sgretolando a causa del continuo sfregamento delle dita.

Il viaggio in pullman da Londra a Inverness dura dodici ore quando non c'è traffico, ma è la vigilia di Natale e sembra che tutta la popolazione delle Isole Britanniche stia cercando di tornare a casa dai propri cari, utilizzando proprio lo stesso tratto di strada tra Peterborough e Perth.

Dopo tre ore Charley comincia a vedere sfocato e deve mettere via il libro che sta leggendo, e dopo cinque la batteria del telefono si scarica nel bel mezzo del suo podcast true-crime preferito. Sono trascorse quasi dieci ore. L'umore generale nel pullman è passato dall'irrequietezza all'esaurimento totale, del tipo "Dio ti prego, fa' che finisca presto". I bambini intonano una lunga, lagnosa litania di noia e infelicità, gli adulti non trovano pace e cambiano posizione sui sedili, tra sbuffi e sospiri. Il passeggero dai gomiti aguzzi seduto accanto a lei si lamenta ogni volta che sposta il peso da una natica intorpidita all'altra. Charley guarda il panorama buio dal finestrino e la coda chilometrica che li precede, ricordandosi per l'ennesima volta che il pullman era l'opzione più economica. Deve risparmiare ogni centesimo se vuole lasciare l'appartamento di Matt per l'anno nuovo, anche se Ali le darà i soldi.

Quando aveva mostrato l'invito a Matt, l'idea di lasciarlo non era ancora molto definita nella sua mente. Era solo un'intenzione vaga sul futuro, una scelta che avrebbe potuto fare a un certo punto, se le cose si fossero messe davvero male. Si ripeteva ancora che l'amore non era fatto di cuori, fiori e sostegno reciproco, ma di conoscenza intima. Loro due si conoscevano così bene che riusciva sempre a indovinare quel che avrebbe detto Matt, soprattutto quando era una cosa che non le avrebbe fatto piacere.

«Che cazzata assurda e pretenziosa», aveva detto, scrutando le scritte in rilievo. «Chi mai rinuncerebbe alla cena di Natale per uno stupido gioco?»

«Be', io...», aveva iniziato Charley, ma si era interrotta subito. Come spiegarlo a parole? Perché era un'idea meravigliosamente creativa, per la brillante inventiva di Karl, perché era divertente liberarsi del proprio ruolo di studente per qualche ora, o per qualche giorno, e diventare un altro, un personaggio subdolo o affascinante, o addirittura un assassino. Quando filava tutto liscio era un'esperienza stupenda. Karl era una persona stupenda. Ma poi era andato tutto storto.

«Sei pazza a perdere ancora tempo con quelli là», aveva risposto Matt, scocciato. «Finora ti sei sempre lamentata che ti facevano sentire uno schifo».

E aveva ragione, ovviamente, da un certo punto di vista. Come sempre. Ma, anche se purtroppo era d'accordo con lui, una vocina le aveva sussurrato: "Anche tu mi fai sentire uno schifo, eppure perdo tempo con te".

Tuttavia, sapeva che la cosa più sensata da fare era ignorare l'invito di Ali, strapparlo e gettarlo nella spazzatura, come suggeriva Matt. Aveva lavorato sodo per disintossicarsi dallo struggimento che l'aveva afflitta per tutto il tempo trascorso nella Murder Masquerade Society, quella ferrea convinzione che se si fosse dimostrata un po' più simpatica, intelligente o eccentrica, avrebbero dimenticato che non era come loro – che suo padre era un semplice cuoco, un lavoratore indefesso, che a casa sua c'erano cinque stanze in tutto e che nessuno aveva mai sentito nominare la scuola dove aveva studiato – e l'avrebbero accolta nel gruppo.

Ma una sensazione del genere non se ne va facilmente. Le rimaneva addosso come l'elettricità statica sul nylon, seguendola a ogni provino. Era una sorta di smania, però quella per cui la gente ti compatisce più che darti il lavoro. Era il tanfo di disperazione che probabilmente aveva attratto Matt. Preferiva le ragazze docili e ansiose di piacere agli altri.

All'inizio aveva pensato che fosse più facile ignorare l'invito. Dopotutto, era quello che avevano fatto gli altri Masquerader con lei quando il gruppo si era sciolto. Ma Ali non accettava di essere ignorata. Un paio di settimane dopo, le aveva inviato un'email molto persuasiva.

So che al momento non sono le tue persone preferite, ma è passato tanto tempo e muoiono tutti dalla voglia di rivederti. Se sei ancora in dubbio, prendilo come un lavoro di recitazione qualunque!

Era seguita l'offerta di una discreta sommetta come anticipo, con la promessa di una somma ancora più consistente dopo le feste. Erano i soldi che le servivano per dare una svolta alla sua vita. A quel punto, la vaga intenzione di lasciare Matt si era trasformata in un'idea concreta. Gli aveva detto che era finita, ma era rimasta bloccata lì e dormiva sul divano in attesa di racimolare la caparra per una casa tutta sua.

«Ecco cosa intendevo, Charley», le aveva detto lui in uno dei suoi momenti buoni. «Hai bisogno di me, non ce la farai mai da sola». Be', forse con un aiutino da parte di Ali ce l'avrebbe fatta.

Gliel'aveva scritto chiaro e tondo nell'email:

Non dimenticare che ti ho procurato degli ingaggi in passato e ho già un paio di opportunità in cantiere...

Era bastato per convincerla a mettere da parte le preoccupazioni e accettare.

Tutti i membri della Masquerade Society – be', tutti tranne lei – avevano avuto successo negli ultimi dodici anni. Ali stava facendo carriera in una delle agenzie di pubblicità e PR più prestigiose del paese. Di recente era stata acclamata come la mente dietro lo spot natalizio strappalacrime diventato virale con l'hashtag #ilragazzoelatartaruga. Persino lei aveva pianto quando l'aveva visto.

Quindi era difficile resistere all'idea di avere una come lei al suo fianco. Se se la giocava bene, potevano esserci altri ingaggi pubblicitari più lucrativi in futuro, che avrebbero portato a nuovi contatti e quindi ingaggi...

Cos'è che aveva detto Matt? «Non so più come presentarti agli altri. Sei un'attrice fallita o una segretaria di successo?».

Quella poteva essere l'opportunità per dare una svolta alla sua vita.

L'autista del pullman fa una comunicazione tramite gli altoparlanti e la sua voce la risveglia dalla trance.

«Signore e signori, grazie per aver viaggiato con noi in questa difficile vigilia. So che ci stiamo mettendo un po', ma che ne dite di cominciare i festeggiamenti con un bel canto di Natale?».

Accento del Cheshire, pensa Charley. Non proprio di Manchester, ma di qualche paese vicino. E ha una voce fin troppo allegra per uno che ha trascorso tutte queste ore in autostrada.

L'autista preme un pulsante e nel pullman si diffonde una melodia natalizia. Poi comincia a cantare a squarciagola, in un modo che Charley trova tremendamente imbarazzante.

Anche altri adulti sono visibilmente imbarazzati, ma l'autista non demorde. In un certo senso, le ricorda Karl. Riusciva sempre a trascinarti nelle imprese più ridicole, mettendoci tutto sé stesso.

Alcuni dei bambini ridono, qualcuno si unisce al coro, costringendo a partecipare anche i genitori. Un gruppo di americani in fondo al pullman ci dà dentro alla grande. Sono così intonati che sicuro fanno parte del *glee club*. Pian piano si levano altre voci. Con sua grande sorpresa, persino Gomiti Aguzzi si schiarisce la gola e intona il verso "*five gold rings*" con una potente voce di basso. Il pullman avanza di qualche metro nel serpentone di auto, e poi, man mano che prende velocità, il coro si fa più impetuoso, come se fossero le loro voci a sbloccare il traffico e a spingere il pullman.

«Tutti insieme!», grida eccitato un bambino dalle prime file. «Cantate più forte!».

Anche Charley si unisce al coro, scambiando un breve sorriso con Gomiti Aguzzi quando arrivano a "*eleven pipers piping*" e il pullman avanza a trenta all'ora. Il suo vecchio insegnante di canto una volta le aveva detto che era una corista passabile, con una voce forte e chiara, così Charley apre il diaframma e lascia uscire la musica. I passeggeri sono più allegri, ridono e scartano le confezioni di dolciumi che avrebbero dovuto portare ai parenti e li condividono. Il pullman arriva a cinquanta all'ora. Tra i passeggeri si diffonde la speranza, che contagia anche lei. Forse, e sottolineo forse, questo viaggio non sarà così male, pensa. Forse sarà l'occasione per riscrivere un vecchio copione, per dimenticare il passato e voltare pagina. Forse gli altri non saranno più arrabbiati con lei. Forse riuscirà a riallacciare i rapporti con Pan e a trovare un punto d'incontro con Shona. Forse Leo smetterà di trattarla con condiscendenza e Gideon sarà meno stronzo…

I cantanti hanno raggiunto le vertiginose altezze di "*twelve drummers drumming*". Ridono, cercando inutilmente di ricordare l'ordine dei regali. D'un tratto, Charley vede una sequela di fanali posteriori illuminarsi di rosso natalizio. C'è anche una luce blu lampeggiante, sempre più luminosa. Il pullman rallenta, prima un po', poi tantissimo.

«Scusate, c'è un incidente», annuncia l'autista, cercando di mantenere un tono allegro.

Scrutando nel buio, Charley vede che la strada curva intorno alla sponda di un ampio specchio d'acqua, un lago o una diga, e che un'auto ha sfondato le barriere.

Il canto si interrompe. I passeggeri sono sconvolti. Gomiti Aguzzi si gira dall'altra parte e i genitori cercano di riparare gli occhi dei figli, ma Charley guarda. C'è un'automobile in acqua, una sagoma scura illuminata dallo sfarfallio delle luci della polizia e delle ambulanze che affonda lentamente. Poliziotti e paramedici si affollano sull'argine, curvi nei giubbotti catarifrangenti contro il vento gelido, parlano alla radio e corrono avanti e indietro con le attrezzature. Alcuni sono immersi nell'acqua fino alla vita e uno si sporge verso un finestrino dell'auto. Per un attimo, Charley vede una sagoma premuta contro il vetro, all'interno. Una mano sottile e pallida.

Le si mozza il respiro in gola. All'improvviso non è più in un pullman surriscaldato. È di nuovo lì, nell'acqua buia e gelida che le taglia la carne e le penetra nelle ossa. La realtà svanisce. Si dimena, cercando di risalire in superficie, con l'adrenalina a mille. *Ecco, sto per morire.*

Sono le quattro del pomeriggio quando Charley arriva finalmente all'aeroporto di Inverness. È in viaggio da un'infinità di tempo ed è così buio che sembra mezzanotte. In parte spera che gli altri se ne siano andati e di averla scampata, ma mentre cammina verso il gate, con le gambe malferme e doloranti per il viaggio in pullman, scorge una figura familiare con i capelli color miele seduta in un bar, intenta ad armeggiare con il telefono. Di fronte a lei c'è Gideon, riccioli biondi e pantaloni rossi. È praticamente sdraiato su due sedie, con un braccio disteso su una terza. Ha la testa gettata all'indietro, in una risata sguaiata.

Un brivido violento l'attraversa. Ricorda quello che disse Gideon la notte della scomparsa di Karl, e come la trattò Pan nei mesi successivi, come se non esistesse, ignorandola per due interi trimestri di lezioni e laboratori. Charley si precipita nella vicina toilette, apre un rubinetto e si spruzza acqua fredda sulla faccia.

Coraggio! Si guarda allo specchio, risoluta. *Ce la puoi fare. Sono solo pochi giorni. È solo un lavoro di recitazione. Ormai quelle persone non contano più nulla per te.*

Ma sa che è una bugia. Forse non si sarebbe sentita così se fosse stata fiera della vita che si era costruita dopo l'università; se avesse avuto una carriera, una famiglia o anche solo un compagno che l'amava, si sarebbe sentita più forte. Ma non aveva combinato nulla, era alla deriva.

Si spruzza altra acqua fredda in viso. Poi avverte un movimento alle sue spalle, alza lo sguardo e intravede un riflesso nello specchio. È un volto. Sembra un fantasma in un film horror, schiacciato contro il vetro della finestra di una casa abbandonata, o una giovane e decadente Miss Havisham che si diverte a fare giochetti mentali. Pallida come un lenzuolo, con una veletta sul viso, gli occhi bistrati di nero, le labbra viola. Charley lancia un gridolino, il cuore le batte forte.

«L'acqua rappresenta la divisione tra i vivi e i morti», intona la creatura. La voce è bassa, drammatica, e parla con uno spiccato accento edimburghese. «Secondo una leggenda russa, l'acqua della morte può guarire ferite letali… Ma l'acqua dell'aeroporto non fa un bel niente, cara».

«Ciao, Shona». Charley non sa bene come reagire. È sempre stata in difficoltà con lei. Una vita passata con persone di buon senso, che lavorano, vanno al pub e parlano di calcio e *Love Island*, non ti prepara a gestire un tipo come

Shona, con la sua crudeltà mordace e la fervida fede nel soprannaturale. Una volta, scherzando, aveva detto a Karl che avrebbero dovuto dotarla di un libretto di istruzioni, e lui le aveva risposto che andavano già bene le regole pensate per i vampiri: non invitarla a entrare, non farle sentire l'odore del sangue.

Nel corso degli anni l'aveva seguita ogni tanto su Instagram, guardando le foto delle varie gallerie d'arte in cui esponeva le sue macabre installazioni fatte di ossa e carcasse di animali. Il suo look si era evoluto dal goth dei primordi a quello dell'artista concettuale di successo. Probabilmente pensava di vestirsi così per piacere a sé stessa ma in realtà lo faceva per scioccare gli altri, per evocare tombe e decomposizione, o altre cose di cui la gente non parla volentieri. Porta un trucco pesante, con uno spesso strato di fondotinta troppo chiaro per sembrare naturale. L'effetto è a metà tra la geisha e una di quelle inquietanti bambole vittoriane. I capelli chiari, lilla e argento, hanno un taglio corto e vaporoso che non starebbe male a una novantenne ma che le dà un'aria ancora più eccentrica, enfatizzata dal cappellino nero a forma di portapillole con un'ampia veletta in tinta. Al collo porta una vetusta pelliccia nera, mangiata dalle tarme, di quelle che hanno ancora artigli e denti. La stringe con una mano pallida e ossuta.

L'ultima volta che Charley ha visto Shona così da vicino è stato la mattina dopo il weekend con delitto di dodici anni prima. Sui capelli aveva ancora l'odore dell'acqua del lago e aveva la gola secca per aver chiamato a lungo Karl e poi parlato con la polizia. Ali e Gideon le gridavano cose orribili e ingiuriose. Pan l'aveva chiamata "schifosa piantagrane". Ma Shona non si era unita agli insulti. Aveva fatto un gesto complicato con la mano, forse per lanciarle una maledizione, ed era tornata dentro, fasciata nel suo autentico kimono di seta giapponese.

«Andiamo», le dice Shona. «Sei in ritardo».

Le mette una mano sul braccio per condurla fuori dal bagno, un gesto tutt'altro che confortante, con quelle dita fredde come artigli. Charley cammina lentamente verso il bar, dove l'aspettano Gideon e Pan.

Quando si avvicina al tavolo, Gideon incrocia il suo sguardo e cambia espressione.

«Ossignore», mormora, «c'è Lil manolesta».

«Gideon!». Pan gli dà una spinta. «Su, non fare lo stronzo. Sono passati dodici anni, volta pagina».

Questa è nuova. L'idea che sia proprio Pan a difenderla è inconcepibile. Forse lo fa solo per punzecchiare Gideon. Non si può mai sapere con Pan, è difficile capire cosa abbia in mente, ma si è sempre divertita a giocare con lui, in un tira e molla in cui lo allontana e lo attira di nuovo. Karl diceva che erano come Ross e Rachel di *Friends*, solo più irritanti. «Si metteranno insieme, anzi no, oppure sì, ma fatevela una scopata e piantatela».

Gideon sembra un cucciolo bastonato, ma Pan lo ignora, si alza e stringe Charley in un abbraccio morbido al profumo di cashmere. Charley rimane con le braccia flosce lungo i fianchi, ha quasi paura di muoversi. Quando si allontana, Pan non la lascia andare ma la tiene per le spalle mentre la ispeziona.

«Tesoro! Ben ritrovata! Come stai? Sono passati secoli! Ma abbiamo tutti una vita frenetica, vero? È difficile restare in contatto con i vecchi amici. Con le persone che ci hanno reso forti. A volte vedo un tuo like ai miei post su Instagram e penso di mandarti un messaggio, ma poi…».

Pan allenta la morsa sulle sue spalle, ma Charley si sente ancora in trappola e reprime l'impulso di allontanarsi.

Probabilmente è la prima volta che Pan le parla direttamente. Quando era entrata nella Murder Masquerade Society erano tutti gentili con lei, anche se un po' perplessi.

Ma Pan l'aveva sempre ignorata, limitandosi a sentenziare ogni tanto sul popolino o la classe lavoratrice. Appartenendo a una ricca famiglia di armatori greci, probabilmente era stata al riparo da gente come lei per gran parte della sua vita. E poi, dopo la faccenda della collana scomparsa, le uniche parole che le aveva rivolto erano state accuse velenose.

«Ti sei data da fare, comunque», commenta Charley. «A quanti follower sei arrivata?»

«A uno virgola nove milioni di meravigliosi follower», dice, con quel modo tipico degli influencer di vantarsi mostrando gratitudine. «Dovrei arrivare a due milioni entro la primavera, sempre che l'algoritmo non cambi di nuovo».

«Abbiamo venduto l'anima a quell'algoritmo», commenta Shona in tono luttuoso. «Un tempo le nostre vite erano governate da re e principi, ora da un codice».

Anche se c'è un posto libero accanto a Pan, Shona fa il giro per andare dov'è seduto Gideon e sceglie proprio la sedia a cui si sta appoggiando, sfilandogliela da sotto il braccio e facendogli perdere l'equilibrio. Lui ha l'aria contrariata ma non dice nulla.

Nessuno l'ha invitata ad accomodarsi, ma Charley si siede goffamente accanto a Pan, cercando comunque di non starle troppo vicino. Si sente in imbarazzo a stare al bar senza ordinare nulla, ma lì è caro persino il caffè.

«Dove sono gli altri? Pensavo di essere l'ultima arrivata».

«In effetti sei in ritardo, cara», puntualizza Pan. «Che aereo hai preso?».

Charley guarda da un'altra parte e borbotta qualcosa. Non vuole parlare del pullman, né di quanto sia spiantata.

Ma, per fortuna, Pan non aspetta la risposta. «Ti è andata bene che siamo ancora qui. Ali non si è ancora vista e la stiamo aspettando. Sam e la sua ragazza sono usciti per convincere l'autista ad aspettare l'arrivo del prossimo volo, e Leo è andato a cercarla nel caso sia già qui e magari non ci siamo capiti sul punto di ritrovo».

«Non sono arrivati insieme?».

Leo e Ali si sono sposati all'inizio dell'anno. Charley ha sfogliato le foto del matrimonio pubblicate online con un crescendo di sgomento. Perché fare il ricevimento proprio a Fenshawe Manor, un posto pieno di brutti ricordi?

Gideon fa spallucce. «Leo ha preso il notturno per Edimburgo ieri, per un articolo, ma Ali doveva lavorare fino all'ora di pranzo. Aveva intenzione di prendere il volo delle due, ma non c'era e non risponde al telefono».

Dopo un po' Charley passa in secondo piano, nessuno bada più a lei. È sempre stato così, come se non fosse importante, un personaggio di contorno. All'università si era unita alla Murder Masquerade Society nella settimana delle matricole per un capriccio, solo perché amava travestirsi ed era più divertente del gruppo di teatro, troppo serio e politicamente impegnato. Era stato come entrare in un altro mondo, popolato di persone argute e spiritose, convinte che il gioco fosse naturale per gli adulti come lo era per i bambini. Aveva scoperto ben presto che i membri principali si conoscevano già da prima, come succede sempre con la gente ricca: Karl e Leo erano andati a scuola insieme, Leo e Sam erano lontanamente imparentati, e Sam e Shona erano amici d'infanzia. Quindi, anche quando il gruppo si era sciolto, erano rimasti tutti in contatto tra loro, ma non con lei.

Sente una fitta di tristezza: se ci fosse stato ancora Karl le avrebbe dato una gomitata, vedendola così, e avrebbe borbottato qualche cattiveria su qualcuno degli altri, costringendola a metterci tutto l'impegno per non ridere. Ma Karl, naturalmente, non c'era più da molto tempo.

Invece Pan e Gideon sono ancora lì che fanno a gara a chi riesce a vantarsi dei notevoli successi raggiunti, senza dare l'idea di farlo apposta.

Pan ha un importante contratto di sponsorizzazione con un marchio di borse di lusso.

Gideon ha mediato un accordo multimiliardario con un'azienda farmaceutica.

Pan è così famosa che per un periodo ha avuto persino uno stalker: assurdo, vero?

Gideon si è fidanzato con una sciatrice austriaca vincitrice di una medaglia olimpica.

Pan ha frequentato un produttore di Hollywood per un po'.

E non sono andati entrambi a St Moritz nello stesso periodo, l'anno scorso?

Sì, è vero. Non era un po' troppo sopravvalutato l'Ice Palace Ball? E il comportamento di Bono sulla pista da ballo era stato proprio imbarazzante.

Charley aveva smesso di seguire Gideon sui social da quando avevano finito l'università. Non le ispirava nessuna curiosità, sapeva che si era inserito direttamente con un impiego ben pagato nell'azienda del padre, qualcosa sugli investimenti nel settore farmaceutico. Non aveva bisogno di guardare il suo profilo sui social per sapere che nel lavoro passava molto più tempo sui campi da golf e nei circoli esclusivi che a macinare numeri e guardare fogli di calcolo. Era sempre stato insofferente ai dettagli, quando giocavano dimenticava parti della trama e usciva spesso dal personaggio.

Charley è sicura che Matt sarebbe rimasto impressionato dalla sua sfacciataggine, anche se avrebbe finto indifferenza. Si dà mentalmente uno schiaffo. Pensare a Matt è vietato durante quel viaggio. Lo mette in una scatola nella sua testa insieme a tutte le cose proibite su cui non vuole indugiare. Il sorriso di Karl quell'ultima sera. La sensazione delle sue dita che le sfioravano la guancia. L'erba gelida sotto i piedi nudi mentre correvano insieme nel parco… e l'acqua fredda, troppo fredda…

«Ci risiamo», dice Shona in tono cupo. «Lo capisco sempre quando pensi alla morte. Fai sempre quell'espressione».

«È tutto okay». Charley le rivolge un sorriso rassicurante. «Solo che...».

«Qualcuno ha camminato sulla tua tomba?», suggerisce prontamente Shona.

«Più o meno».

Squilla un telefono, con una fastidiosa suoneria funky. È quello di Pan, ma lei lo guarda e corrugherebbe la fronte se il Botox non glielo impedisse. È come se non l'avesse mai visto prima.

«Mi sa che devo rispondere», annuncia alzandosi, e si allontana con un'espressione tesa e distratta.

«Sarà la sua *click farm* che chiede gli stipendi», dice Shona, poi alza lo sguardo verso un punto alle spalle di Pan e agita una mano in segno di saluto. «Ehi, Sam, siamo qui!».

Charley non vede Sam da un'eternità. Non ha ancora un filo di grigio e ha un certo fascino, con quell'aria stanca e scapigliata, e una di quelle camicie a quadri di cui ti dimentichi un attimo dopo che l'hai vista. Tiene per mano una donna con un maglione da Babbo Natale. Sembra molto timida, quasi si nasconde dietro di lui.

«Ehilà, Charley», dice Sam. Ha un tono amichevole, ma lei è sospettosa. A parte Karl, Sam è l'unico che abbia preso le sue difese all'apice delle accuse e le è sempre parso quello più alla mano di tutto il gruppo. Ma talvolta ha un senso dell'umorismo crudele. Ti intrappola, ti fa sentire a tuo agio e poi ti infilza con una battuta tagliente. Ma l'abbraccio che le dà sembra sincero e così il bacio sulla guancia. «Ti vedo bene. Ho sentito che reciti ancora, buon per te».

È il primo che accenna alla vita di lei invece che vantarsi della propria. Un punto per lui.

«In che film?», chiede Gideon. «Qualcosa che ho visto?»

«Oh, Gideon, questa è una domanda che non dovresti mai

fare a un attore», dice Sam, ma poi rincara la dose aggiungendo: «Eri in *Holby City*? Hanno preso *chiunque* per quel film, vero?»

«N-no», risponde Charley. «Ho fatto più che altro pubblicità. Sto pensando di iscrivermi a qualche altro corso, devo anche farmi rifare il book fotografico». È consapevole della sua voce stentata, del ghigno sulla faccia di Gideon.

«Pubblicità? Quello non è recitare».

«Non svendere la tua integrità artistica, Charley», aggiunge Shona. «Aspetta che ti diano un ruolo come si deve».

Charley arrossisce. Ha sentimenti contrastanti in merito al suo lavoro, per il fatto di promuovere prodotti che non sono quello che dicono di essere. Ma la pubblicità paga e lei non è nelle condizioni di rifiutarla.

Cerca di distogliere l'attenzione da sé. «E lei è…?». Indica la donna che aspetta paziente al fianco di Sam.

«La mia ragazza, Audrey», risponde lui.

Charley le dice ciao, le stringe la mano. Ha la pelle secca e non porta anelli, le unghie non smaltate sono mangiucchiate e ha una stretta salda, decisa. Dimostra pressappoco la loro età, forse qualche anno di più, ed è carina, ma sembra che abbia bisogno di una bella dormita.

Charley è enormemente sollevata che ci sia un'estranea, qualcuno che non faceva parte della Murder Masquerade Society dodici anni prima. E che non sa niente di Karl, di Ali e della collana. Un'oasi di salute mentale, spera.

«Ali non aveva detto di non portare partner?», chiede Gideon, rivolgendo l'ostilità verso Sam.

Lui sembra indifferente. «So che Ali è la padrona di casa, ma io lavoro in ospedale per cinquantasei ore alla settimana e ottenere un permesso in questo periodo dell'anno è un vero miracolo di Natale. Quindi, se Ali crede che lascerò la mia ragazza a casa da sola per andare a giocare all'omicidio misterioso, dev'essere diventata ancora più pazza di com'era all'università».

«Certamente», replica Gideon, tornando a sedersi. «Mi ero dimenticato che eri una specie di tesoro nazionale. Ti ho applaudito ogni giovedì, sai? Non tutto il Servizio Sanitario Nazionale, ma te personalmente, perché sei un eroe».

«Ci scommetto. Quanto guadagni all'ora? Quanto serve a comprare un nuovo apparecchio per la dialisi o a pagare lo stipendio di un'infermiera per un mese?». Il suo tono è tranquillo, ma duro. Gideon si raggela. Ha esaurito le risposte sagaci, così si limita a fissare Sam. Lui ricambia lo sguardo, senza scomporsi.

Charley si sente in imbarazzo. Audrey è sconvolta.

«Oh, quanto mi mancava», esclama Shona, raggiante. «Coraggio, Gideon, dagli un pugno. Tanto poi sa come medicarsi».

E Charley ricorda che i battibecchi quotidiani alla Masquerade Society erano sempre stati così. Si lanciavano insulti pesantissimi con la leggerezza con cui gli altri si lanciano palline di carta, e pochi minuti dopo andavano a bersi un caffè, ridevano e si coalizzavano contro la prossima vittima.

«Oh, guarda che faccia ha la povera piccola Audrey», dice Shona ridendo. «Sei sicuro di aver fatto bene a portarla, Sammy? Non credo che Kip sopravvivrebbe cinque minuti con voi».

Lo stalking del profilo Instagram di Shona offriva pochi scatti di Kip, una persona genderfluid esile e riservata che si aggirava ai margini della sua scintillante vita online, ma non se la beveva l'idea che fosse per proteggerla. Sicuramente le sarebbe piaciuto buttarla nel mucchio e godersi il suo imbarazzo. Doveva esserci un'altra ragione per cui era venuta da sola.

«A dire il vero, mi sono sentito molto sollevato quando ho ricevuto l'invito a trascorrere il Natale con voi», dice

Gideon. «Mi avete risparmiato quattro giorni con i genitori della mia fidanzata, che mi assillano per fissare la data del matrimonio». Mentre parla, lancia un'occhiata a Pan, che cammina con il telefono incastrato tra la spalla e l'orecchio.

Pam riattacca e torna a sedersi al posto di prima, rigirando il telefono tra le dita snelle coperte di anelli sottili e brillanti. Sembra assorta nei suoi pensieri, lo sguardo distante.

«Bentornata, Pandora», dice Shona. «Sam e Gideon stavano per fare a botte, non è vero, ragazzi? Oh, ecco che arriva Leo con qualche notizia, si spera».

Alza lo sguardo quando si avvicina un signore distinto con una giacca a fantasia pied-de-poule, camicia blu infilata nei pantaloni e cravatta. Leo ha qualche ruga in più sulla fronte, ma la sua essenza non è cambiata negli ultimi dieci anni. Una volta Charley ha letto un tweet che lo definiva "la risposta della sinistra a Jacob Rees-Mogg" e non a caso. Ai tempi dell'università, mentre tutti gli altri giravano in felpa, Leo indossava giacche con le toppe sui gomiti, sempre elegante, e si era presentato addirittura al bar studentesco in camicia e cravatta durante l'Oktoberfest.

Negli ultimi tempi si è sforzato di smorzare i toni, forse per volere del partito, ma non riesce proprio a sembrare casual e ha sempre quell'aria retrò, da dandy, come fosse uscito dal set di *Quattro matrimoni e un funerale*. Ha il mento sfuggente, i capelli color caffè annacquato. Gli avrebbe donato farsi crescere la barba, ma gli uomini della sua classe e del suo orientamento politico vogliono la faccia pulita. Forse gliel'avrebbero fatta passare come direttore del «Financial Herald», ma non come candidato al parlamento per il collegio di Old Bexley e Sidcup.

«Non riesco a contattarla», dice. «Sempre la solita Ali. Lo sapevo che stava tramando qualcosa quando ha detto di voler venire per conto suo e...». Si accorge di Charley. «Oh, ci sei anche tu. Ali non me l'aveva detto».

«Lil manolesta», dice di nuovo Gideon con un cenno d'intesa.

Charley sente le guance roventi per l'umiliazione.

«Ma chiudi il becco, idiota», scatta Pan, e l'espressione compiaciuta di Gideon va in frantumi.

Per la prima volta nella sua vita, Charley prova un moto di simpatia per Pan. Poi si accorge che la sua voce è strana, gli occhi sono lucidi di lacrime.

«Tutto a posto, Pan?».

Un lampo di irritazione le attraversa il viso. «Sì, Charley, sto bene. È solo stata una settimana stressante». Prende un fazzolettino di carta dalla borsetta e si tampona gli occhi con attenzione. Viene via pochissimo trucco. Fa un sospiro di felicità, piuttosto artefatto. «Passare il Natale in campagna sarà l'aneddoto perfetto».

«L'antidoto», la corregge allegramente Leo. Accorgersi degli errori e farli notare è uno dei suoi hobby preferiti. Gli altri sono la lettura dei classici del giallo, andare a cena fuori e twittare frasi moraliste sulla disuguaglianza sociale dalla sua spaziosa abitazione georgiana a Highgate.

Nonostante i mugugni di Leo, nessuno sembra preoccupato del ritardo di Ali; anzi, ordinano altri caffè (nessuno ne offre a Charley) e Shona tira fuori una fiaschetta e propone di farli diventare tutti Irish coffee.

Riparte l'esibizionismo. Shona parla della sua ultima mostra, in una galleria importante, una volta tanto non di proprietà dei suoi genitori, e ringrazia Gideon per averla aiutata a trovare lo sponsor. Pan si lancia in un racconto entusiasta della serata d'inaugurazione, e Charley capisce che si stanno dando tutti una mano a fare carriera.

«Ci proteggiamo a vicenda, tutto qui», dice Shona. «Come i massoni, ma più fighi».

«Dipende tutto dalle conoscenze, Charley», osserva Leo, alzando la sua tazza di caffè come per un brindisi. È vero:

è stato il padre editorialista a procurargli un lavoro alla redazione dello «Herald» e sono stati i suoi amici politici di North London a farlo entrare nella rosa dei candidati del suo partito.

Gideon risponde al brindisi con il bicchiere di carta e fa un sorrisetto. «Ci è andata bene». È stata una strada facile anche per lui, sotto la protezione del padre, il potente sir Nathaniel St John.

«Anch'io mi arrangio», aggiunge Shona, benché il fatto che i suoi genitori posseggano una catena di gallerie d'arte non può certo averle danneggiato la carriera.

«Non mi posso lamentare», concorda Pan. Il suo lancio nel mondo dei social è stato favorito dallo status di ereditiera e dall'accesso alla vita glamour dei super-ricchi.

In effetti, hanno tutti ricavato un vantaggio dalle loro conoscenze. Charley è sicura che Sam abbia rimpolpato il suo stipendio da medico del servizio pubblico con i soldi di famiglia e che Ali abbia ottenuto il suo primo lavoro in un'agenzia pubblicitaria dopo uno stage di un anno che nessuna persona normale avrebbe potuto permettersi.

«Ma vi occupate tutti di cose diverse», osserva Audrey. «Come avete fatto ad aiutarvi a vicenda?»

«Oh, nel corso degli anni Leo ha pubblicato – o insabbiato – alcune storie su di me», risponde Gideon sorridendo. «E io gli ho procurato qualche cliente importante».

«È questo il punto quando sei un influencer», aggiunge Pan. «Conosci gente influente! A proposito, grazie per l'articolo, Leo. Come mi ha chiamata il tuo giornale? La regina della medicina estetica? Dopo quel pezzo, i brand hanno fatto la fila per lavorare con me».

«E io ho guadagnato un po' di follower dopo che tu mi hai taggato», risponde Leo.

«Più follower *reali* significano più voti», osserva Pan con il suo sorriso da selfie.

Charley incrocia lo sguardo di Audrey e si scambiano un'occhiata sbigottita. Di sicuro si sta chiedendo in che situazione si sia cacciata.

«Allora». Pan cambia argomento, rivolgendosi a Leo con finta allegria. «Come mai Ali ha ripreso il gioco dell'omicidio misterioso dopo tutto questo tempo? Che cosa ha in programma per noi?».

Leo sbotta in una risatina cinica. «Non chiederlo a me, io sono solo il marito. Ha cominciato a parlare di riunire la banda dopo il matrimonio a Fenshawe. Penso che per lei sia una sorta di... *addio*». La parola suona sinistra e se ne accorge anche lui. «Comunque, sono le solite regole della Murder Masquerade Society, cambia solo il fatto che giochiamo alla vigilia e a Natale, con due giorni di relax dopo. I nostri ruoli ci aspettano a... com'è che si chiama quel posto... Snellbronach?».

Shona appare pensierosa. «Snell... bronach... Si tratta di una parola macedonia, inventata da qualcuno che non era del posto, ma in un certo senso calza a pennello. *Snell* è scozzese o dorico e significa freddo, ma non un freddo normale, un freddo pungente, da brividi. *Bronach* è la parola gaelica per indicare il lutto. Quindi, Luttofreddo. Sembra il posto perfetto per un omicidio».

Commentano la scoperta, chiedendosi se è per questo che Ali ha scelto il luogo. Poi si guardano con gli occhi scintillanti. Anche Charley ha un brivido di eccitazione. L'aspetta un nuovo mistero, un nuovo ruolo in cui immergersi, un nuovo enigma da risolvere. Perché non erano il solito gruppo che organizzava cene con delitto. Non si limitavano a una serata. Non si sedevano a un tavolo a giocare a Cluedo in costume. Si dedicavano alla messinscena anima e corpo. Era l'unica cosa che avessero in comune, la gioia e il piacere di giocare, risolvere enigmi, essere qualcun altro per qualche ora. La spensieratezza che mancava nella sua grigia routine quotidiana.

«Sarà divertente, no?», chiede Shona.

Gideon sorride, Leo sembra che non riesca più a stare seduto e persino Pan mette giù il telefono per un minuto. «È perfetto», dice. «È quello che avrebbe voluto Karl».

Il solo pronunciare quel nome genera tensione, una sorta di scarica elettrica, come se Karl in persona fosse entrato nel bar. Tutti ammutoliscono. Charley pensa che di certo stanno ricordando l'uomo che li ha fatti incontrare. Karl, stravagante, egoista, affascinante, esasperante.

Lei aveva continuato a cercarlo anche quando tutti gli altri si erano arresi. Lo aveva cercato nei posti più ovvi, come i gruppi online dedicati alle persone scomparse, e anche in quelli più assurdi, come tra le comparse di un film, alle recite delle associazioni di rievocazioni storiche. Le capitava spesso di seguire qualcuno per strada solo perché aveva visto un lampo di capelli rossi. All'inizio era un'esperienza quasi confortante, perché credeva che fosse Karl a spiarla, e sperava che si facesse vivo e le spiegasse tutto. Ma col passare del tempo quella dolce speranza si era sgretolata.

Karl non era più tornato. Ali aveva avuto ragione all'epoca; le persone come lui non scompaiono nel nulla. Non aveva mai fatto niente in silenzio in tutta la sua vita. Svignarsela nella notte senza dire una parola? Vivere con discrezione in qualche remoto angolo del mondo? Non era il suo stile.

Ma l'alternativa era troppo spaventosa, troppo triste. Non riusciva nemmeno a pensarci.

No. Karl non era morto. Qualcuno tra i presenti sapeva dov'era andato e perché.

2

Ali – Dodici Natali prima, ore 20:55

Ali avrebbe preferito morire che dirlo a qualcuno, ma amava tenere in mano la cartellina degli appunti. Suo fratello, quando era lui a gestire gli eventi della Murder Masquerade, la reggeva con noncuranza, come se non fosse importante, come se il successo o il fallimento della serata non dipendessero da quei fogli A4 stampati. Ma ora toccava a lei e li portava come uno scudo d'onore.

Il programma del giallo della vigilia di Natale era tutto lì, in bell'ordine: cocktail alle sei, omicidio alle nove, criminale assicurato alla giustizia entro le undici, con tutto il tempo necessario per le sottotrame e i depistaggi, e qualche ora per l'autopsia da sbronzi. Quell'anno avevano cominciato a bere un po' prima, il che poteva spiegare lo "spiacevole incidente" al cocktail party. Ali si morse il labbro pensando a come il comportamento di Karl avesse quasi rovinato l'intera Masquerade. Ma ora, grazie all'accortezza di inserire un margine di errore in qualsiasi piano, erano ancora perfettamente in linea con l'obiettivo, cinque minuti prima dell'omicidio. Sperava solo che gli altri Masquerader, sempre caotici, disordinati e fin troppo umani, seguissero le sue indicazioni e si attenessero al programma. Soprattutto quello che aveva di fronte.

Karl stava appoggiato al caminetto con disinvoltura e la osservava con quel tipico distacco che la irritava a morte. Ma lei lo conosceva, sapeva che era solo una posa e che ci teneva molto a quella serata, anche se aveva smesso di tenere a lei.

«Allora…». Tolse la penna da dove l'aveva infilata, nel corpetto del suo abito da sera anni Trenta, e alzò lo sguardo verso il fratello. «Hai appena litigato con il vicario, Miss Cartwright vi ha sentiti dalla porta aperta. Il corridoio sarà vuoto per dieci minuti: io ti accoltello, tu urli, sangue, sangue, eccetera eccetera. Poi butto l'arma del delitto nel vaso di una pianta, chiudo la porta e lascio cadere la chiave. Dopodiché arriverà il capitano Vane, per curiosare nel testamento di Sua Signoria, Madame Carlotta troverà la chiave e scopriranno insieme il tuo cadavere. Tutto chiaro?».

Karl la guardò a braccia incrociate, con un'espressione annoiata. «Certo che ho capito, idiota; non è il mio primo rodeo».

L'insulto la calmò, le permise di concentrarsi. Gli rispose a tono. «Okay, testa di cazzo, non toglierti la parrucca. Dov'è la tua barba?»

«In tasca. Prudeva e mi entravano i peli nel naso. Me la rimetto appena entra Carlotta. E non intendo aspettare sdraiato sul pavimento per dieci minuti, fa un freddo boia qua dentro».

«Forza!». Ali gli frugò nelle tasche e tirò fuori il mucchietto bianco e spelacchiato, mettendoglielo davanti alla faccia. «Se aspetti fino all'ultimo ti vedranno e rovinerai l'effetto. Sono la sorella maggiore, quindi mettiti la barba e non rompere».

«Sei un tappo di un metro e mezzo. Sono più grande io».

Ali assunse una posa di comando di cui aveva letto su Internet: spalle indietro, mento in alto, sguardo diretto.

«Sono nata quindici minuti prima di te, e questo non cambierà mai. Mettiti la barba!».

Sorprendendola un po', Karl si applicò la barba da Babbo

Natale sul viso e la premette per fissare l'adesivo. Ali trattenne una risata: era buffissimo. Karl era alto e secco come un bastone. Non le somigliava per niente, tanto che si era abituata al fatto che la gente non credesse che erano gemelli. Non aveva proprio la corporatura adatta per interpretare Babbo Natale, ma Ali aveva scritto la parte appositamente per fargli indossare quel costume imbarazzante. Di solito era lui a dirigere lo show, ma stavolta era lei a comandare e si sarebbe goduta ogni minuto.

Sentì un brivido di inquietudine: non era da lui farsi da parte e lasciare che qualcun altro prendesse il comando, soprattutto lei. A volte le sembrava di aver passato tutta la vita a scontrarsi con lui, a lottare per un po' di spazio, di aria e riconoscimento. Non poteva escludere che avrebbe aggiunto un ultimo colpo di scena solo per ricordarle che era lui a comandare.

Con la barba al suo posto, Karl si infilò un cuscino di broccato sotto la giacca da Babbo Natale per completare il look. Ali fece una smorfia, si chinò e pulì una macchia nerastra dalla spalla sinistra. Ora sì che andava bene.

«Ho, ho, ho, cazzo», disse lui. Ali gli scattò una foto con il suo iPhone, fece una risata cattiva e promise di pubblicarla su Facebook.

Scacciò i suoi timori. Ora sì. Le parolacce, gli insulti e le continue lotte per avere la meglio: era quello il Karl che conosceva. Dopo tutti i litigi e le recriminazioni delle ultime settimane, Ali si era chiesta se sarebbero mai tornati ai bei tempi o se suo fratello si fosse trasformato in un'altra persona, una persona che non le piaceva molto.

Lui aveva abbassato la guardia, quindi forse era il momento giusto per dire qualcosa, riportarlo sulla retta via, sulla strada stretta che correva parallela alla sua, come era sempre stato in passato.

«C'è ancora tempo per cambiare idea», disse. «Pensa a

tutto quello che abbiamo fatto, agli eventi incredibili che abbiamo organizzato e agli amici che ci siamo fatti strada facendo. Siamo il club studentesco più figo dell'università. Non puoi buttare via tutto».

Karl la fulminò con lo sguardo e a lei sembrò di stare sulle sabbie mobili: non riusciva a tenere l'equilibrio, non sapeva quale direzione prendere. L'idea era nata da Leo, che a scuola, insieme a certi amici un po' nerd, aveva partecipato a varie cene con delitto e aveva voluto portare avanti il suo hobby. Ma unito alla passione di Karl per i travestimenti e il teatro, era diventata una cosa completamente diversa. I giovani della sua classe sociale non facevano cosplay, non gli sarebbe mai venuto in mente di girare per convention di fantascienza vestiti da stormtroopers, ma quello era un degno equivalente, con serate glamour a base di alcol e pugnalate alle spalle.

All'inizio Karl aveva dovuto costringere alcuni amici a partecipare, ma con loro, e con qualche esterno tipo Charley, avevano creato qualcosa di speciale. Da allora i gialli si erano moltiplicati, diventando sempre più elaborati e diabolici. Perché mai Karl voleva lasciare il gruppo che aveva fondato?

«Non capisco. Non comprendo nemmeno perché sei incazzato con tutti. C'entra quella cosa che ha detto Leo, sul club?».

Ali scorse un lampo nei suoi occhi e riconobbe la rabbia che lei provava ogni giorno. Ma Karl scosse la testa e la rabbia sembrò svanire, come quando un cane si scrolla l'acqua di dosso dopo una nuotata. *Ma come ci riusciva?*

«Meno parliamo del club di Leo e meglio è. Ma non si tratta solo di lui, sono tutti, e pure Dasha. Il mondo non è come pensavamo, i Masquerader non sono chi dicono di essere, e sarebbe ora di accettarlo. Questo sarà il mio ultimo delitto».

Il suo tono paternalistico fece infuriare Ali. Ringhiò esasperata e si guardò intorno in cerca di qualcosa da spaccare in quel salotto gelido, ma tutto a Fenshawe Hall aveva centinaia di anni ed era carico di storia. Il vaso orrendo sul tavolino era appartenuto a Carlo II, e l'orologio accanto si era fermato a mezzanotte il giorno in cui il primo conte era morto a Waterloo, e non era mai stato ricaricato. La sua famiglia non aveva origini nobiliari, per cui Ali invidiava in segreto la ricca patina di storia che avvolgeva i suoi amici, ma non le sarebbe piaciuto per niente vivere in un posto come quello, circondata da oggetti che avevano più valore di lei.

A corto di munizioni, serrò i pugni e lo guardò in cagnesco. Erano settimane ormai che tornavano sulle stesse cose, sempre più in conflitto. Perché non le dava ascolto?

«Sembra che tu voglia davvero uccidermi», disse Karl, passandole il coltello.

«Non sfidare la sorte. Okay, mettiti qui, e arrotola quel tappeto così non lo sporchiamo di sangue. Probabilmente apparteneva a Churchill o a qualcuno del genere».

Due minuti dopo la scena era pronta, con sangue finto ovunque. Karl aveva emesso il suo terrificante grido di morte e si era drammaticamente disteso in un punto pieno di spifferi sulle nude assi del pavimento, accanto al grande camino. Il tempo passava. Ali corse verso la pesante porta di quercia e la chiuse, lanciando un ultimo sguardo al fratello. Lui alzò la testa da terra e sorrise, facendole pollice in su. Ali sentì riaccendersi la speranza. *È solo una fase. Si ricrederà. Gli parlerò a Natale, quando saremo solo noi due.*

Era l'ultima volta che lo vedeva.

3

Il viaggio per Snellbronach si svolge nella più completa oscurità. Charley ha passato gli ultimi dieci anni a Londra, dove non ci si trova mai a più di tre metri da un ratto o da una luce di sicurezza. Non era preparata al buio totale della campagna scozzese dopo il tramonto. Deve sforzarsi per distinguere le cose mentre la monovolume percorre le strette curve di montagna, costeggiando laghi neri come l'inchiostro.

Appena Pan aveva nominato Karl, i Masquerader erano diventati irrequieti. L'autista aveva detto che non poteva più tardare: era la vigilia di Natale, aveva dei figli, era prevista neve. E così, sperando che Ali li raggiungesse per conto suo, si erano lasciati alle spalle la città per immergersi nella natura selvaggia.

Leo, seduto accanto a lei, con il viso illuminato dal telefono, cerca di lavorare, imprecando sottovoce per la copertura discontinua. Lo smartphone di Charley è scarico, così sbircia lo schermo mentre Leo digita un'email sintetica e autoritaria.

Falla fuori e basta, L.

Charley rimane scioccata, ma poi si ricorda che nel gergo giornalistico si parla così delle notizie che non verranno più pubblicate.

Di fronte a lei, Pan sta modificando foto: ingrandisce il viso finché si vedono i pori, poi li elimina con un'applicazione apposita, facendo diventare la pelle liscia come quella di una bambola. Sul sedile dietro, Shona sta raccontando a Gideon una delle sue storie di Natale preferite.

«... La gente del posto vive nel terrore di Frau Perchta, che si aggira per le campagne tra Natale e la dodicesima notte, a caccia di persone pigre, indolenti o egoiste, per squarciargli la pancia e sostituire le budella con sassi e paglia...».

Alla fine l'auto svolta su una stradina, i pneumatici scricchiolano sulla ghiaia mentre passano lentamente dalla semioscurità al buio pesto. Charley percepisce senza vederlo il bosco folto che li circonda. La strada si fa più accidentata, i passeggeri vengono sballottati, Leo la urta in modo imbarazzante e poi si accende una luce tra gli alberi. Charley intravede la sagoma di una casa che si staglia nel cielo notturno. Con suo grande sollievo, non ha gli alti comignoli e le torri di Fenshawe Manor. Snellbronach è grande, ma semplice. È più pratica, più novecentesca. C'è una gradinata che porta all'ingresso, con splendide decorazioni di rose stilizzate in vetro colorato sulle ante. Ma Charley non si ferma troppo a guardare. Dopo quel viaggio massacrante, riesce a pensare solo al cibo e al letto.

Appena scende dall'autobus, la investe il freddo gelido. A Inverness, dove la temperatura di notte era di qualche grado sotto lo zero, avevano sbuffato e si erano stretti nei cappotti e sciarpe, borbottando sul clima scozzese. Ma quello è un livello di freddo completamente nuovo. L'aria è secca, il gelo è istantaneo e penetra subito nelle ossa. Una volta, quando lavorava al McDonald's, qualcuno l'aveva rinchiusa nella cella frigorifera per scherzo. È così che si sente adesso. Ha paura che il sangue possa congelarsi nelle vene se rimane ferma troppo a lungo.

Gideon la supera correndo sulla ghiaia e si tuffa oltre la porta d'ingresso. Gli altri lo seguono, entrano il più velocemente possibile e chiudono la porta al gelo notturno. All'interno, con sollievo di tutti, fa caldo. Un vecchio radiatore d'epoca in ghisa sprigiona tepore in un arioso atrio piastrellato in bianco e nero. Le pareti sono verniciate di un grigio chiaro alla moda e al centro della stanza c'è una grande scalinata con una balaustra di ferro in stile art déco.

«Cristo in carriola, fuori si gela!», esclama Gideon, togliendosi la costosa giacca da sci e lasciandola cadere per terra con noncuranza, come un bambino sicuro che sua madre la raccoglierà.

«Grazie al cielo, Ralph Lauren mi ha mandato questo cappotto di cashmere», aggiunge Pan, stringendosi nelle morbide pieghe per enfatizzare il concetto, poi alza il telefono per scattare un selfie.

Leo cammina spavaldo fino al centro della stanza e si guarda intorno. «Non male», dice con ammirazione, come se all'improvviso fosse diventato un esperto di arredamento. «Quando Ali ha detto che avrebbe affittato una casa nelle Highlands scozzesi, mi aspettavo corna di cervo, trote imbalsamate ed enormi tappeti tartan, ma questa è... diversa».

È vero, anche Charley si immaginava qualcosa di vecchio e tradizionale, temeva fosse un posto simile a Fenshawe Manor, con le sue scale sbilenche, gli infissi storti e le assi del pavimento scricchiolanti. Ma Snellbronach risale agli anni Venti, quindi linee pulite e intonaco bianco brillante. I mobili sono quasi tutti laccati di nero e hanno un'eleganza poco pratica, in uno stile che non riconosce.

«Un'imitazione di un Charlie Rennie Mackintosh», ironizza Shona, avvicinandosi per ispezionare un tavolino in fondo alle scale. «No, aspetta... è un Charlie Rennie Mackintosh autentico».

«E guardate, ci hanno fatto anche l'albero», dice Audrey.

A sinistra dell'atrio, un grande arco con porte scorrevoli conduce a un salotto. Questa stanza è più confortevole, con una varietà di divani e sedie che sembrano pezzi d'antiquariato, rifoderati in velluto con tinte alla moda. C'è anche un televisore a schermo panoramico su un altro tavolo Charlie Rennie Mackintosh, ma nonostante il fuoco scoppiettante nel camino tutto sembra poco invitante, non vissuto. Charley ha quasi paura di sedersi con i suoi leggings sporchi per il viaggio.

Accanto al camino c'è l'albero di Natale menzionato da Audrey. È di quei lussuosi alberi bianchi finti che appaiono nelle riviste di arredamento, molto diverso da quello verde e pieno di addobbi pacchiani che faceva suo padre. È alto due metri e mezzo, adorno di luci scintillanti e decorazioni raffinate. Ci sono palline di cristallo, piccoli trombettieri di latta e angeli di legno intagliato, tutto in tonalità abbinate di viola e oro. Si vede che c'è la mano di Ali: è tipico di lei spingersi nella parte più selvaggia delle Isole britanniche e pretendere lusso e ricercatezza.

Shona si piazza davanti all'albero ed emette un altro verso di disgusto. «Già nel quarto secolo i pagani portavano rami di sempreverde nelle loro case. Era un modo per ricordare a sé stessi che il mondo sarebbe rinato, che là fuori non c'erano solo freddo e morte senza fine. Questo non è un albero, è un insulto alle antiche tradizioni».

«Oh, Shona!». Sam scuote la testa. «Non puoi credere davvero a queste cose. Sei pagana solo quando ti pare! Se ti fa comodo o ti serve per spaventarci, improvvisamente diventi credente».

Shona si erge in tutta la sua altezza e lo guarda con disprezzo. «Sto facendo un viaggio spirituale e ho un sistema di credenze personale. Come prima cosa, domani andrò a prendere un albero più adatto».

«Non fare la scema», dice Gideon. «Domani è Natale e comunque i negozi sono lontani chilometri».

«Chi ha parlato di comprarne uno?», dice lei e negli occhi

le appare una luce maliziosa. «Siamo in mezzo alla foresta. Abbiamo legna da ardere per il camino, quindi dev'esserci un'ascia da qualche parte, devo solo trovarla».

«Oh, magnifico, Shona con un'ascia», dice Leo. «Cosa potrebbe mai andare storto?».

Un colpo di tosse educato ma deciso proviene da un angolo della stanza, e Charley si gira e vede una giovane donna. Indossa una salopette con un motivo a girasoli e sotto un maglione a righe. Porta i capelli rasati fino alle orecchie, con la parte superiore riccioluta e tinta di cremisi. Ha una carnagione marrone chiaro e un trucco occhi elaborato. Sta a braccia conserte, non si capisce se per proteggersi o per prepararsi a combattere.

«Sono Kamala, l'addetta al catering. Benvenuti a Snellbronach, mi fa piacere che siate arrivati prima della neve». Ha un chiaro accento di Inverness, nitido e melodioso. Charley ha orecchio per gli accenti, le piace ascoltarli, imitarli e guardare i video delle pronunce su YouTube. Una volta ha letto che da quelle parti la gente ha fama di parlare in modo chiaro e preciso.

Gideon batte le mani. «Oh, magnifico, una cameriera!».

La postura di Kamala cambia leggermente: ora si sta sicuramente preparando a combattere. «Non sono una cameriera», dice con fermezza. «Mi occupo solo del catering. Sono qui per prepararvi da mangiare, ma di certo non raccoglierò la sua biancheria intima, Mr Gold».

«Non mi chiamo... Oh, ho capito, è il nome del mio personaggio! Ali ti ha spiegato tutto».

«Chiedo scusa per lui», dice Sam. «Non pensavo che Ali avesse ingaggiato anche un catering, che fortuna, eh? Soggiornerai qui con noi?»

«No, farò avanti e indietro», risponde lei. «Sono di base in paese, che è a circa un'ora da qui, ma non si preoccupi, tornerò in tempo per servirle la colazione domattina. Ah, ho un messaggio di Mrs Dove. Le rincresce dovervi dire che purtroppo non si unirà a voi questa sera», continua, con voce di nuovo soave e professionale. «Ha lasciato un messaggio in segreteria per informarvi che è stata trattenuta a Londra, ma iniziate pure a giocare senza di lei. Arriverà in tempo per festeggiare il Natale domani e...». Sposta improvvisamente lo sguardo su Pan. «Oh, ma io ti conosco!».

Pan sorride raggiante. È davvero felice di essere stata riconosciuta.

«Sei una mia follower? Non pensavo di avere tanto seguito da queste parti».

«Insomma, conosco il tuo profilo, ogni tanto posto pure io su TikTok», dice Kamala e poi si rabbuia. Si torce le mani, imbarazzata. «Oh, merda, mi sono appena ricordata... sei vegana, vero? Hai pubblicato molti post al riguardo. Non mi avevano detto che ci sarebbero stati ospiti vegani... Non ho nemmeno abbastanza noci per un arrosto. Ma possiamo dividere le mie salsicce di Quorn e domani ti preparo un filetto alla Wellington di zucca vegano?».

Pan sembra un po' a disagio. «Non è necessario», dice, con un gesto di noncuranza. «Non farti problemi per me».

«Non preoccuparti», promette Kamala in tono sincero, «non morirai di fame, promesso. Riuscirò a preparare qualcosa».

Sam si avvicina a Shona e le mormora nell'orecchio, con voce abbastanza forte da farsi udire da Charley: «Se Pan è davvero vegana, io sono il Dalai Lama».

Kamala, troppo distante per sentire, si toglie un invisibile pelucchio dalla salopette, come per sottolineare il concetto.

«Comunque, Mrs Dove mi ha incaricata di dirvi che le schede personaggio sono in camera vostra. C'è una piantina della villa sul tavolo in corridoio e le vostre valigie vi saranno portate a breve...». Lancia un'occhiata a Gideon. «Sì, questo lo faccio, ma non di più».

La stanza di Charley è pulita, luminosa e arredata in modo semplice, con un'antica cassettiera e un armadio art déco, in legno lucido coi bordi smussati. Sul letto c'è un piumone pesante, bianco come il tappeto sotto i suoi piedi. Sul comodino c'è un cestino di vimini con coperchio, legato con un nastro di raso rosso e sormontato da un autentico rametto di agrifoglio. Un paniere.

«Sììì!», esulta al pensiero del cibo.

Dentro trova un assortimento di leccornie natalizie: un Babbo Natale di cioccolato equo e solidale, un sacchetto di seta rossa contenente bustine di cioccolata calda allo zenzero e un dolce tipico scozzese, il *clootie dumpling*, avvolto in una mussola e legato con un fiocco. C'è anche un festoso omino di pan di zenzero con un piccolo pugnale conficcato nel cuore. Charley si sofferma un attimo ad apprezzare la cura di Ali per i dettagli e poi lo mangia in un boccone solo.

Si sente ancora scombussolata e non molto a suo agio. Per tutte le ore trascorse con la Murder Masquerade Society e per il fatto di trovarsi di nuovo in una sorta di castello è difficile impedire ai sentimenti a lungo sepolti di riaffiorare. Si dirige verso il bagno in camera e si fa una doccia calda di dieci minuti buoni, sentendosi rinvigorire sotto il getto d'acqua. Ma i ricordi tornano a sprazzi.

Il formicolio sulle labbra la prima volta che Karl l'ha baciata.

Correre ridendo per i corridoi del maniero, sentendosi speciale per la prima volta in vita sua.

Immergersi nell'acqua fredda, restando senza fiato per lo shock.

E poi mani che la spingono giù, nel buio. La lotta per respirare, sempre più frenetica…

La persona che aveva tentato di annegarla è a Snellbronach. Ne è sicura: c'erano solo loro a Fenshawe Manor quella sera. Anche il custode era tornato a casa per Natale e la *mixologist* assunta da Ali se n'era andata ore prima, brontolando che avrebbe chiesto il risarcimento per i bicchieri rotti. Ma chi era stato e perché? Perché pensavano che avesse rubato una collana? Perché non era come loro? Spesso, scherzando, aveva detto che quasi tutti i Masquerader rientravano nello spettro della sociopatia, ma un tentato omicidio per un banale furto o per velleità di scalata sociale era un po' troppo.

La sua pelle è arrossata dal calore della doccia. È una bella sensazione, purificante. Mette piede sul pavimento fresco piastrellato e si avvolge in un asciugamano bianco troppo piccolo. È ora di dare un'occhiata alla scheda del personaggio.

Sul letto giace una cartellina nera che contiene tutte le informazioni necessarie per il suo ruolo e il programma per garantire che tutto si svolga con puntualità. I raccoglitori ad anelli sono sempre stati parte integrante dei giochi della Murder Masquerade Society: ti dicevano chi eri, dove dovevi essere e cosa nascondevi.

Per prima cosa c'era il profilo del personaggio, il suo background e la sua posizione sociale. Ai vecchi tempi, l'avevano costretta al ruolo di cameriera, finché Karl non si era accorto delle sue abilità di attrice e aveva iniziato a promuoverla ai ruoli di femme fatale che Pan e Ali non erano in grado di gestire. Shona preferiva il crossdressing o i personaggi stravaganti. Dopo la breve biografia, c'era un elenco di caratteristiche: i gusti, le antipatie, le paure più grandi. In terzo luogo, il segreto: che fossero debiti nascosti o la morte misteriosa del primo marito, ogni personaggio doveva avere qualcosa da nascondere, un motivo per apparire sospetto. Infine, una busta allegata al retro della cartellina conteneva il ruolo assegnato nel gioco: detective, vittima o testimone.

Sembra proprio che Ali si sia impegnata molto nella preparazione di questa cartellina. Sulla copertina, in una elegante grafia anni Venti, c'è scritto: *I dodici giorni del delitto*. Sotto il titolo, una bella immagine in rilievo in stile art déco di una pernice su un pero. È fatto molto meglio rispetto alle vecchie cartelline. È una di quelle cose che si conservano per anni come souvenir. Sempre che si voglia ricordare l'esperienza.

All'interno, c'è la lista del cast[1]: Lady Partridge, Mrs Dove, Madame Poule, Miss Colly, Mr Gold, Dr Swan, Lord Leapworth.

Ali ha un po' esagerato con il tema dei *Dodici giorni di Natale*. Gira la pagina.

Nome: *Charley Sale*
Ruolo: *Miss Colly, istitutrice del figlio di Mrs Dove.*

Charley sbuffa: di nuovo un ruolo da serva.

Caratteristiche: *Miss Colly è timida e riservata, ma il suo atteggiamento servile nasconde una natura subdola.*

Okay, un'istitutrice subdola. Sembra interessante. Continua a leggere:

Miss Colly è una spudorata arrampicatrice sociale e le sue ambizioni l'hanno spinta a iniziare una relazione illecita con il fratello gemello di Mrs Dove, Kurt Piper, già fidanzato con la figlia di un magnate del petrolio.

Charley prova un brivido d'inquietudine. Il profilo di quel personaggio è spiacevolmente vicino alla realtà. Pensava che nessuno sapesse di lei e Karl. Avevano mantenuto il segreto mentre lui cercava il modo di rompere con la sua ragazza,

[1] I nomi dei personaggi richiamano esplicitamente la popolare canzone natalizia *Twelve Days of Christmas* (la stessa che i passeggeri cantano durante il viaggio in pullman). Per il rilievo che questa ha nella trama, vale la pena tradurli. Lady Partridge: Lady Pernice. Mrs Dove: signora Colomba. Madame Poule: Madame Gallina (francese), Miss Colly: signorina Merlo. Mr Gold: signor Oro. Dr Swan: dottor Cigno. Lord Leapworth: signor Saltoricco, in riferimento al verso "dieci signori che saltano". (*n.d.t.*)

Dasha Orlova. Dasha era schietta e affascinante, più ricca di tutti i Masquerader messi insieme, ma aveva un bruttissimo carattere e un padre oligarca più minaccioso di lei. Quindi erano stati molto attenti. L'attenzione che ci si mette quando si rischia di farsi gambizzare. Nemmeno Sam, il coinquilino di Karl, sapeva niente.

All'indomani della scomparsa di Karl, Ali aveva urlato accuse assurde praticamente a tutti, e quando la polizia aveva concluso le indagini era crollata, allontanando tutti quelli che aveva intorno, finché i suoi genitori, scossi e addolorati, l'avevano mandata in una costosa clinica psichiatrica.

E in tutto quel tempo non aveva mai lasciato intendere di sapere della loro relazione. Eppure quei dettagli sono troppo vicini alla realtà per essere semplici coincidenze. *Il fratello gemello di Mrs Dove? Kurt? Fidanzato con la figlia di un magnate del petrolio?* Probabilmente l'ha scoperto, ma solo di recente. L'idea che la sua relazione faccia parte del gioco di Ali le mette i brividi.

Poi volta pagina e il suo umore cala a picco.

Il segreto: *Miss Colly è senza un soldo e crede che, migliorando le sue prospettive finanziarie, riuscirà a strappare Kurt alla sua ricca rivale. Ha rubato una collana di valore inestimabile a Mrs Dove e l'ha nascosta in una testa di cervo imbalsamata nella sala da pranzo, con l'intenzione di recuperarla quando si sarebbe ricongiunta con Kurt dopo Natale e di usarla per finanziare la loro nuova vita insieme. Purtroppo, Lady Partridge ha scoperto il suo crimine e minaccia di smascherarla come ladra e truffatrice. Miss Colly non può permettere che questo accada. Ha fissato un incontro con Lady Partridge in biblioteca a mezzanotte ed è decisa a impedirle a tutti i costi di continuare a ricattarla.*

Charley ha la nausea, le tremano le mani. Quello che a pagina uno era sembrato un divertente giallo in maschera si era trasformato in uno sfogo dell'antipatia personale di Ali nei suoi confronti, in cui riesumava vecchie accuse che sperava fossero state dimenticate da tempo. Con una greve sensazione di ineluttabilità, apre la busta. All'interno c'è il biglietto che rivelerà il suo ruolo.

Ecco, proprio come si aspettava.

L'assassina sei tu, Miss Colly.

4

Gideon – Dodici Natali prima, ore 15:00

Era da un po' che aveva perso la sensibilità alla gamba sinistra, ma non c'era modo di mettersi comodi sul sedile posteriore della dannata automobile di Karl. Fuori dal finestrino scorreva il paesaggio grigio e piatto dei campi avvolti dalla nebbia, immutato chilometro dopo chilometro. Gideon cambiò di nuovo posizione, cercando di togliersi dalle natiche la sensazione di punture di spillo.

Davanti, Sam e Karl parlavano sottovoce di un argomento serio, che non riusciva a capire e sospettava fosse al di sopra del suo livello intellettuale. Provò un forte risentimento. Era più ricco di loro, probabilmente quella macchina avrebbe potuto comprarla in contanti con la paghetta, eppure eccolo lì, relegato a sedersi dietro come un bambino.

Non dovresti tollerarlo, ringhiò il piccolo tiranno nella sua testa.

Gideon aveva vissuto gran parte della sua vita con una perversa versione in miniatura di suo padre nel cervello che gli diceva cosa fare e come comportarsi. FAGLI VEDERE CHI È IL CAPO. SMETTILA DI PIAGNUCOLARE. NON FARE IL FIFONE. Le pressioni del Tiranno lo avevano portato all'apice della scala sociale a scuola, dove per la voce squillante, il senso di superiorità e la corporatura muscolosa si era calato alla perfezione

nuovo ficcanasato. Era di quello che stavano parlando in macchina?

L'istinto gli suggerì di buttarla sullo scherzo. «Non so di cosa parli», disse, sforzandosi di sorridere. «Sam non è proprio il mio tipo».

Ma Karl non sorrise. Aveva un'espressione dura, rabbiosa, somigliava un po' al Tiranno. Quello vero, a Stowerleigh.

«Sai benissimo di cosa parlo, Gids. Non fa ridere, è sbagliato. E deve finire adesso».

Gideon gonfiò il petto e continuò a negare. Era un pessimo bugiardo, ma era molto bravo a sembrare indignato.

«Non farmi perdere tempo», disse Karl. «Quello che stai facendo danneggia altre persone. So che non te ne importa niente e probabilmente non ti importa nemmeno di quello che penso io, ma so di chi ti preoccupi. E se non la smetti, racconterò tutto a tuo padre».

Gideon lo fissò incredulo, in cerca del sorriso beffardo che gli avrebbe fatto capire che stava scherzando. Ma Karl lo guardava con gli occhi socchiusi, imperscrutabili.

Gideon rabbrividì. Non diceva sul serio, vero? Sir Nathaniel lo avrebbe rovinato.

Karl sostenne il suo sguardo abbastanza a lungo da farlo sentire a disagio, poi gli scaricò sulle braccia un mucchio di costumi pesanti. Era di nuovo sorridente, come se quella conversazione non ci fosse mai stata. «Forza, Gids, entriamo. Ci aspetta un bell'omicidio».

5

Charley sfoglia il resto del fascicolo, assorbendo tutti i dettagli del personaggio, ma non ha più voglia di giocare. È andata lì per dimenticare il passato, invece Ali vuole rivangare tutto, le stesse vecchie bugie insieme a una verità che pensava non conoscesse nessuno.

Pan è sempre stata la sua amica più stretta, quindi forse sa cosa sta succedendo. Forse è per questo che è gentile con lei, perché le fa pena, o peggio, perché fa parte del gioco. Presume che Pan sarà Lady Partridge. Essendo un'ereditiera greca di una famiglia che, secondo le parole di Karl, "praticamente risaliva a Platone", di solito le venivano affidati i ruoli più aristocratici. La cartellina le dice di unirsi ai suoi compagni per la cena, fornendole diversi indizi che dovrà disseminare nel corso della serata. E poi, alle tre del mattino, dovrà incontrare Lady Partridge in biblioteca per assassinarla. Sul posto sono già presenti una capsula di sangue e l'arma del delitto.

Sente bussare alla porta. Charley chiude la cartellina e indossa una vestaglia di lana lasciata sul letto prima di aprire.

«La cena è servita nella Sala Azzurra», dice Kamala.

Charley guarda l'orologio. Sono quasi le dieci di sera, è in viaggio dalle quattro del mattino e vorrebbe tanto andare a letto. Ma il suo stomaco non è d'accordo. L'omino di pan di zenzero con il pugnale nel cuore era delizioso, ma non abbastanza grande.

«Magnifico, grazie!».

«È al piano di sotto a sinistra delle scale, Miss Colly».

«Oh, Miss Colly non è il mio vero nome», risponde ridendo. «Mi chiamo Charley».

Kamala fa spallucce. «Mrs Dove è molto esigente su come devo chiamarvi e riceverò un sostanzioso bonus se non faccio errori, quindi…».

«Miss Colly, subdola istitutrice, al suo servizio», dice Charley. Comprende benissimo la faccenda del bonus.

«Mrs Dove ha lasciato istruzioni affinché vi vestiate per la cena. I costumi sono nell'armadio».

«Hai visto Ali, cioè Mrs Dove di recente? Tipo oggi?».

Kamala la guarda, inespressiva. «Non ho mai incontrato Mrs Dove; mi ha ingaggiata via e-mail, mi ha mandato pagine e pagine di informazioni su cosa servire e dove mettere le cose. Questa storia del weekend con delitto è davvero strana».

Charley annuisce. La procedura sembra tipica di Ali. Ma ciò che è davvero strano è che lei non ci sia. Si è impegnata parecchio per organizzare ogni cosa, dagli inviti al lavoro di Kamala, al suo personaggio scaltro e vendicativo. Perché preparare tutta quella messa in scena e poi perdersi lo spettacolo? Non è da lei. Evidentemente c'è qualcosa che la trattiene.

L'armadio in teak intarsiato in un angolo della stanza è pieno di costumi da governante degli anni Venti, forse noleggiati dallo stesso fornitore teatrale che usava Karl. Charley ha sempre saputo che lui e sua sorella erano benestanti, ma quella casa, tutto il weekend con delitto è a un altro livello. L'agenzia le darà uno stipendio stellare.

Charley fa scorrere tutti i costumi lungo il binario; una discreta giacca di tweed, un abito a vita bassa dai colori chiari e smorti. C'è anche un'antiquata camicia da notte bianca lunga fino a terra, come quella che indosserebbe una Ebenezer

Scrooge al femminile. È tutto piuttosto deprimente, non c'è niente che la ispiri; ma poi scorge un barlume di colore. Scosta gli strati di capi marroni e grigi finché trova un vestito da flapper con paillettes scarlatte e strati di nappe. Un lungo filo di perle è legato alla gruccia, insieme a un cerchietto di piume. Dev'essere il vestito per il cocktail party dell'indomani, la scena della verità per tradizione. La grande rivelazione in cui i giocatori smascherano l'assassino… o forse no, se sarà abbastanza brava da sviare i sospetti. Miss Colly, che fino a quel momento sarà stata un personaggio mite, sempre in disparte, salirà alla ribalta nel ruolo di perfida assassina.

«Fateci caso», diceva sempre Leo. «Nei gialli bisogna sempre tenere d'occhio quelli tranquilli. Il personaggio che prepara il tè per il detective, quello per cui si simpatizza». E stavolta sarà la modesta e tranquilla Miss Colly a essere smascherata come killer a sangue freddo.

Charley è tentata di buttare il regolamento dalla finestra e di indossare l'abito da cocktail quella sera stessa, ma Ali potrebbe arrivare da un momento all'altro e non vuole mettere a repentaglio il suo bonus più di quanto non lo voglia Kamala. Sceglie un vestito da sera viola chiaro con una spilla di opale, il meno squallido tra le opzioni della governante.

E d'un tratto si accorge che Kamala non le ha portato la sua valigia. Forse l'ha messa nella stanza sbagliata, ma per fortuna nel cassetto del comodino ci sono delle confezioni nuove di zecca di biancheria intima di cotone bianco e di collant coprenti, così può andare a mangiare e cercare la valigia più tardi. Ali pensa davvero a tutto.

Si sta sistemando la spilla, quando un penetrante urlo femminile squarcia l'aria.

Sospira. C'è già un omicidio? Non si può mangiare qualcosa prima?

Si precipita sul pianerottolo e, affacciandosi alla balaustra di metallo, guarda giù. Nell'atrio c'è Pan, che indossa un elegante vestito da flapper blu pavone, con un motivo geometrico fatto di perline cucite. In testa ha un cappellino coordinato adorno di una corta piuma blu elettrico. I capelli non sono in linea con lo stile degli anni Venti ma sciolti e ondulati, un'acconciatura che va molto di moda tra le influencer, e alle dita porta i suoi caratteristici anelli impilati. Ma gli anacronismi rendono l'abito ancora più elegante. Invece di un portasigarette o di una pochette di paillettes ha in mano il cellulare, lo agita in aria e impreca.

«Niente, non prende un cazzo di NIENTE!», strilla.

Leo è accanto a lei. Ha i capelli impomatati e porta un classico abito anni Venti. Gli sta a pennello, lui già appartiene a un'altra epoca. Ma anche lui sta pugnalando il telefono con un dito e sembra molto più sconvolto di quando non trovava sua moglie all'aeroporto.

«Lo so! Non prende. Non riesco ad aprire nulla. Le news, Twitter… o come cavolo si chiama adesso, nemmeno le email, e devo seguire l'iniziativa del ministro dell'Istruzione sull'inclusione, lo scandalo Odastra… Cristo, il primo ministro potrebbe avere una combustione spontanea e io non lo saprei!».

«Figurati», sbotta Pan con un verso di scherno. «Sono certa che la signora Gupta e tutti quei sinistroidi di Twitter potranno fare a meno di te per qualche ora, ma se io non pubblico, perdo follower. Se perdo follower, perdo visibilità, se perdo visibilità, perdo soldi. Perdo tutto quello per cui ho lavorato».

Leo la guarda con le narici dilatate. «Non c'è paragone tra quello che facciamo», dice. «E… perché hai menzionato proprio la signora Gupta?»

«Lo sai perché». Pan gli fa un occhiolino enfatico.

Leo si gira offeso e se ne va, proprio quando Kamala entra da una porta lì accanto. Assistendo al frenetico sventolio dei telefoni, le appare sul viso un'espressione compiaciuta.

«Temo che qui non ci sia il Wi-Fi», dice. Ha un tono contrito, ma l'allegria trapela dagli angoli della bocca sollevati. «Il proprietario di Snellbronach ci tiene molto che resti un rifugio dalle pressioni del mondo esterno. Temo che non ci sia nemmeno campo per le chiamate. Ora non si vede perché è troppo buio, ma siamo in fondo a una gola ripida e il segnale non arriva. Abbiamo una linea fissa a disposizione, se avete bisogno di fare una telefonata urgente».

«Cristo», sbotta Leo. «È vergognoso. Mia moglie non avrebbe mai prenotato qui se l'avesse saputo».

«Mrs Dove ha detto che è il motivo per cui l'ha scelto», risponde Kamala, chiaramente divertita dallo sguardo inorridito di Leo.

Lui getta il cellulare sul tavolo con un moto di disgusto. «Che cazzo di gioco sta facendo Ali?»

«E la mia valigia si è persa», dice Gideon.

«Anche la mia», aggiunge Leo.

«Che sfortuna», interviene Shona con disinvoltura. «La mia c'è. Chissà cosa è successo».

Charley ha troppa fame per parlare delle valige. Li lascia a tartassare Kamala e si dirige verso la sala da pranzo. Le pareti della Sala Azzurra sono di una fredda tonalità uovo d'anatra e al centro c'è un lungo tavolo circondato da sedie eleganti ma scomode, con lo schienale alto. Charley trova un posto contrassegnato con il nome del suo personaggio e si serve del salmone freddo, un po' di insalata e pane fresco. Dopo un po' arrivano gli altri e trovano i loro posti. Pan si siede di fronte a lei, con Gideon da una parte e Leo dall'altra. Sam scosta una sedia libera per Audrey, che pare piuttosto imbarazzata per il suo maglione con Babbo Natale. Nessuno si siede a capotavola, al posto di Ali.

Charley si assesta sulla sedia, poi alza lo sguardo e si ritrova a fissare gli occhi tristi di una testa di cervo impagliata appesa alla parete di fronte. Non si intona con il resto dell'arredamento, tutto linee pulite e superfici laccate, e sembra un po' tetra e logora. *Povero cervo*, pensa, chiedendosi se all'interno non ci sia davvero un'appariscente collana di bigiotteria.

La compagnia si abbuffa con una foga che sfiora l'ingordigia. All'inizio Pan assaggia le salsicce chiare che ha nel piatto, rigorosamente senza carne, e poi, dopo aver controllato che Kamala sia uscita, si serve una fetta di salmone.

«Scusate, ci ho provato a essere vegana ma è proprio una rottura, sapete?»

«Ammettilo, tesoro, sei una carnivora nata», dice Shona, strappando con i denti un pezzo di pelle di salmone. Indossa un'altra stola di pelliccia scura, meno rovinata dell'altra, e un abito da sera nero, lunghi guanti neri e un cappellino scintillante con frange di perline che giocano tra le onde morbide dei suoi capelli corti. Quando è in costume sembra ancora più Shona. «Il mio partner è meat-free e appoggio la sua scelta, ma sento che il veganismo ci separa ancora di più dai denti e dagli artigli del mondo naturale. Dopotutto, è questo che siamo. Quando lo spirito e l'anima non ci sono più, siamo solo carne».

«Quindi siamo tutti braciole di maiale ambulanti? Mi piace», ridacchia Sam, mostrando un lampo del vecchio carattere, quello che aveva prima che il lavoro incessante lo consumasse. Giocoso, edonista, come gli altri.

Charley incrocia lo sguardo di Audrey e si sente un po' dispiaciuta per lei.

«Dev'essere molto strano per te», dice. «Spero che non ti sia persa un Natale in famiglia per venire qui».

Audrey scuote la testa. «No, per me non è un momento speciale. Il Natale è per i bambini». La sua voce è strana, monocorde, e il sorriso si spegne subito, come una lucina natalizia con la spina messa male. «È noioso quando ci sono solo adulti, non vi pare?»

«Non a casa mia», risponde Charley. «Mio padre è un

bambinone quando arriva il Natale. Di sicuro la sua bolletta dell'energia elettrica raddoppia a dicembre, con tutte quelle luci e gli addobbi musicali pacchiani. Devo ancora mettere una federa in fondo al letto alla vigilia. E la mattina di Natale facciamo sempre...». Sta per raccontare un'altra tradizione natalizia, ma le parole le si bloccano in gola. Parlarne potrebbe scatenare un altro ricordo, molto più brutto, davanti a tutti.

«Una federa?», fa Leo in tono di scherno. «A casa mia appendevamo un calzino di lana e basta. I regali erano oggetti utili, come un coltellino o una borraccia. Mia zia Mags ogni anno regalava a tutti il sapone da sella. Poi c'era la chiesa, qualche gioco, una bella mangiata e la passeggiata pomeridiana prima che facesse buio. Tutto il resto è superfluo».

«Mia madre non sarebbe d'accordo», dice Sam. I suoi genitori sono bohémien che passano gran parte del tempo a creare, sponsorizzare artisti e organizzare feste all'insegna dell'arte. «Ama molto le luci e le decorazioni. Quando ero piccolo, la vigilia di Natale dava una grande festa. La casa e i giardini venivano addobbati e aperti a tutti, e lei metteva in scena bellissimi *tableaux vivant* con i suoi amici attori e modelli. Passeggiando per i giardini trovavi una radura fatata o un laboratorio degli elfi con elfi veri... be', attori vestiti da elfi. E per un bambino era semplicemente magico, l'unica volta in cui le assurde installazioni artistiche dei miei genitori avevano senso».

Audrey sembra spiazzata. Forse non aveva capito quanto fosse eccentrica la famiglia di Sam.

Shona sorride. «Oh, me li ricordo quei tableaux, Sam», dice. «Ricordi l'anno in cui fecero il Krampus? Credo sia stato proprio quello a farmi appassionare al folklore. L'idea di un'orrenda bestia cornuta che frusta i bambini cattivi con ramoscelli di betulla mi piaceva molto più di quel ciccione di Babbo Natale con la sua banale sacca di giocattoli».

«Io smisi di credere a Babbo Natale molto presto», aggiunge Gideon. «Per mia madre non era facile mantenere la recita quando eravamo in settimana bianca. Ma mi divertivo sempre un sacco. La tata era in vacanza, quindi eravamo solo io, mamma e Barty, e magari una ragazza alla pari che veniva solo per il viaggio gratis. Ricordo che un anno papà venne a farci una sorpresa in Val d'Isère il giorno di Natale, e mi portò a sciare. All'epoca andavo ancora sulle piste per bambini, ma non mi dimenticherò mai quando mi portò a La Face. Non avevo mai avuto tanta paura. E non mi ero mai sentito così vivo. E tu, Pan?».

Pan alza lo sguardo dal bicchiere di vino. Sembra distratta, ma risponde: «Oh, andavo anch'io a sciare lì. Adoro La Face. Come dici tu, ti fa sentire vivo. Purtroppo è tanto che non ci vado. Il dottore mi ha detto che con il mio ginocchio sarebbe stata una pazzia sciare. Ma mi piacerebbe tornarci prima o poi, a Natale, solo per la neve».

«C'è sempre l'anno prossimo», azzarda Gideon e Pan gli sorride. Eccola lì, la scintilla ancora scoppiettante malgrado le aspre parole di prima.

«Sì, forse…».

«Sentite, tutto ciò è molto bello e in tema con le feste natalizie», interviene Shona. «Ma cosa direbbe Ali se fosse qui? Concentratevi sul…».

«Programma», concludono tutti in coro. Le cartelline parlavano chiaro: presentazioni durante la cena della vigilia. Scoperta la mattina di Natale. Indagini subito dopo. Accuse tra il pranzo di Natale e l'aperitivo, il momento della Verità. Avrebbero avuto tutto il tempo per stare fuori dal personaggio tra la sera di Natale e Santo Stefano, prima di tornare a casa il mattino dopo.

«Dunque, in mancanza di Ali e del suo Quaderno del Potere, inizierò io», dice Shona. Cambia leggermente posizione, fa un respiro e ricomincia a parlare con uno scadente accento francese. «Con il vostro permesso, mi presento: *je suis* Madame Poule, straordinaria artista *parisienne*. E non farò questo accento per tutta la partita, *parce-que* mi ha già stufata».

«Sono Lady Partridge», dice Pan accennando un sorriso, anche se ha ancora lo sguardo distante. «Sono rimasta tragicamente vedova, ma per mia grande fortuna il mio defunto marito ha provveduto molto bene al mio sostentamento».

Dunque Charley aveva indovinato. Pan aveva la parte della ricca aristocratica. Ali non si era discostata molto dalla realtà nella creazione dei personaggi.

«E io sono Mr Gold», dice Gideon con un tono da arrogante rampollo di buona famiglia, che non deve risultargli molto difficile. «In pratica, sono ricchissimo e sono perdutamente innamorato di Lady Partridge. La conquisterò con la mia favolosa fortuna. Rah!».

Charley reprime una risatina. Gideon non è mai stato bravo a recitare e gli hanno sempre dato parti da cascamorto. Anche il costume è gigionesco: la cravatta e la giacca sono di un colore dorato, invece che del normale nero degli altri uomini, e lo fanno sembrare un attore di cabaret.

«Lo vedremo, vecchio Goldy», interviene Leo. Solitamente le sue sono presentazioni molto complicate. Utilizza parole antiquate e pittoresche tratte dai suoi amati gialli d'epoca, e le pronuncia con l'accento che i ragazzini snob usano per sembrare più alla mano. Ma per questo ruolo si ispira alla raffinata parlata vecchio stile di suo zio Tolly e gli si addice. «Sono Lord Leapworth, ministro del governo, uomo del popolo, e ritengo che Lady Partridge preferirebbe un pretendente più sincero e impegnato. Un uomo che vuole cambiare il mondo».

Gideon ha un moto di scherno, Sam nasconde un sorrisetto e Shona ride di gusto. Ali ha creato una caricatura della vera personalità di Leo e gliel'ha fatta recitare, ma lui non sembra nemmeno rendersene conto.

«Dottor Swan al vostro servizio», si presenta Sam. «Il

medico più rinomato di Harley Street». L'ultimo pezzo del puzzle di Ali si incastra alla perfezione: il medico interpreta… un medico.

«Piacere di conoscerti, vecchio mio», dice Mr Gold. «Quindi rimane solo questa signorina accanto a Madame…». Punta gli occhi su Charley.

È da quando è arrivata che si sente a disagio, non sa cosa dire o come comportarsi con loro, ma ora non è più Charley, è Miss Colly, la serva dall'aria mite che in segreto disprezza ciascuno di loro e ha un piano che la sistemerà a vita. Abbassa gli occhi con modestia, ma lascia che un sorriso le sfiori le labbra.

«Miss Colly, sir», dice. La sua voce è cambiata: è più lieve, più musicale. Sicuramente si pentirà di aver scelto proprio un accento di Galway, ma le serve per allontanarsi ancora di più da sé stessa e dal ruolo che Ali vuole farle interpretare. Ali le ha consegnato il nudo scheletro di un personaggio, sta a lei decidere cosa farne. «Sono l'istitutrice del signorino Dove… Di solito mangio nella nursery, ma Mrs Dove mi ha chiesto di partecipare alla cena per fare numero, sir».

Mentre parla, l'atmosfera nella stanza cambia. Fino a quel momento erano tutti ostinatamente sé stessi: si confrontavano sui successi ottenuti, sulle cose realizzate negli ultimi dodici anni, e i loro personaggi erano solo estensioni di questa ostentazione. Ma con le sue parole, Charley li ha sfidati, ricordando i gloriosi giorni in cui la Masquerade Murder Society era una cosa seria, invitandoli a entrare nel personaggio.

La postura di Madame Poule è cambiata, è più francese. Pan agita il ventaglio e Sam ha un luccichio negli occhi: accetta la sfida. Charley controlla l'espressione del volto, ma sente una scarica di euforia. È per questo che ama recitare. E checché ne dica Matt, non è una cosa che possono fare tutti.

La fase delle presentazioni è sempre stata la sua preferita: entrare nella parte, creare gli antefatti nella sua testa. Le piace seminare gli indizi che le sono stati assegnati con la massima discrezione.

Ma stavolta c'è un problema inatteso. Non vuole rivelare i suoi segreti, soprattutto perché sono troppo vicini alla realtà.

Man mano che la conversazione prosegue, diventano chiari i potenziali moventi di alcuni personaggi. Si accenna al fatto che Madame Poule e Lady Partridge al liceo si dilettavano in segreto con strani rituali occulti, Lord Leapworth sta insabbiando uno scandalo governativo e il dottor Swan ha opinioni molto controverse sull'eugenetica. Mr Gold sta ricattando qualcuno nella City, ma Gideon continua a far infuriare il gruppo uscendo di continuo dal personaggio.

L'indizio principale di Charley è un oggetto. Le è stato dato uno stralcio di un biglietto d'amore di Kurt da far cadere "per sbaglio" a un certo punto della serata. Non ha ancora trovato il momento giusto, ma esita. Ha tenuto segreta la sua storia con Karl per più di dieci anni, una scintilla di felicità tutta sua, e un pesante lutto che ha vissuto da sola. Se lascia cadere quel biglietto, i Masquerader più intelligenti non ci metteranno molto a capirlo. Vuole davvero che quella gente si accanisca sul suo cuore spezzato? Accartoccia il biglietto nel pugno.

«Che cosa abbiamo qui?», domanda Sam-Swan, e tutt'a un tratto Miss Colly si ritrova con tutti gli occhi addosso.

«Un messaggio, magari un *billet-doux*?», ipotizza Madame Poule.

Charley-Colly protesta, dicendo che non è niente, e si ficca il biglietto in tasca.

«E una banconota. Sta rubando», dice Gideon. «La solita Lil Manolesta».

«Cristo santo, Gideon, resta nel personaggio», sibila Shona.

«È quello che sto facendo», protesta lui. «Le persone di classe inferiore non sanno resistere all'idea di prendere le cose dei loro padroni».

«È vero, purtroppo». Shona diventa di nuovo Madame Poule e sospira. «Coraggio, *mademoiselle*, credo sia meglio che ci mostri ciò che ha nascosto».

Charley sa che Shona sta recitando, e così Gideon e Sam. Miss Colly non esiste, il biglietto d'amore di Kurt l'ha scritto Ali. È solo una storia. Ma vedendo la compagnia riunita che la fissa, la sbeffeggia e approfitta del personaggio per esprimere i peggiori pregiudizi classisti, comincia a tremare. Gli occhi le si riempiono di lacrime.

Stringe il biglietto nella tasca, temendo che glielo prendano con la forza.

«Smettetela!», sbotta all'improvviso Lady Partridge, chiudendo il ventaglio di scatto, e nella stanza cala il silenzio. A lume di candela, Pan non ha bisogno dei filtri Instagram. Le brillano gli occhi e la pelle abbronzata è più liscia e perfetta che mai. Ma è una bellezza artefatta. I suoi affascinanti occhi dorati da leonessa sono lenti colorate, le ciglia lunghissime sono il risultato di un siero di cui parla sempre con entusiasmo nei suoi reel. E ha un'aria stanca, Charley non l'ha mai vista così. Che cosa è cambiato?

Dalla parte opposta del tavolo, giunge la voce di Audrey. «Tutto questo è un po' strano. Penso che me ne andrò a letto. Ci vediamo dopo, Sam. Notte a tutti!». Si alza. Non dà a Sam il bacio della buonanotte e nessuno le risponde. Sono troppo presi dal gioco.

«Prenda un altro po' di vino, Miss Colly», dice Leo-Leapworth in tono melenso, da predatore, riempiendole il bicchiere. «Approfitti di questo breve tempo ai piani alti».

«Ignorali, sono soltanto un branco di aristocratici ipocriti». Shona-Poule adotta un tono più gentile, scacciando Leapworth con la mano ingioiellata. «Raccontami di te, mademoiselle. È da tanto che lavori per la famiglia Dove? Ti piace il lavoro di istitutrice o avresti preferito fare qualcosa di più creativo?».

Charley risponde alle domande di Shona con la voce di Miss Colly, e coglie l'occasione per prender fiato, calmarsi e rientrare nel personaggio. Shona annuisce e sorride, aggiungendo ogni tanto uno *zut alors*. Charley avverte un leggerissimo fruscio alle sue spalle, qualcosa le sfiora la gonna.

«Preso!», esclama trionfante Sam-Swan, sventolando il biglietto. «Grazie per il diversivo, Madame Poule. Rapido e indolore».

Charley sente una vampata di rabbia e vergogna, e deve di nuovo ricordare a sé stessa che è solo un gioco.

Leo-Leapworth gli strappa il foglietto di mano, assetato di pettegolezzi sulla servitù.

«Aha! Pare che Miss Colly nasconda una tresca segreta con un uomo al di sopra delle sue possibilità! Niente meno che il fratello della nostra padrona di casa, Karl Piper».

«Kurt», lo corregge Charley, ma nessuno la sente. Reagiscono tutti in modo teatrale e lentamente si rendono conto che si tratta di un autentico pettegolezzo che si intreccia con il finto giallo. Sgranano gli occhi, affamati.

«Che birbantella, la nostra Miss Colly», cantilena Shona-Poule.

«Aspettate un attimo...». Gideon fatica a raccapezzarsi in quel miscuglio di verità e finzione. Fissa il soffitto e ha la bocca leggermente aperta, quella che Charley chiama la sua classica posa da pensatore. «Ciò significa... il nostro glorioso leader e Lil Manolesta?».

Nella penombra i volti dei Masquerader appaiono contorti e famelici, con i denti affilati e scintillanti. Charley ha la vista annebbiata e si morde la lingua. Non piangerà, non piangerà *mai* davanti a loro.

«È vero», dice, appena se la sente di parlare. «E non era solo un'avventura, facevamo sul serio. Voleva rompere con Dasha, ma poi... è scomparso».

«Oh», fa Leo. «Ho sempre creduto che Ali fosse paranoica

quando diceva che eri più subdola di quanto sembrassi, ma lei lo sapeva. Capisce sempre queste cose. Strano, è sempre stata convinta che tu c'entrassi qualcosa con la scomparsa di Karl».

Charley rimane senza parole, con le guance in fiamme.

Tra tutti loro, Ali è l'unica che abbia cercato di ricucire i rapporti con lei, anche se in modo goffo. Le ha persino offerto un lavoro ben retribuito per la banale pubblicità di un farmaco destinata al pubblico americano.

Il giorno delle riprese, Ali si era presentata allo studio ed era stata gentile, tranquilla e sorprendentemente paziente quando lei continuava a chiamare il farmaco Vervestin anziché Vervestil. Le aveva persino offerto il pranzo, dopo. Quando era tornata a casa, aveva raccontato a Matt che la terapia stava funzionando e Ali stava finalmente superando il lutto per la scomparsa del fratello. Ma forse aveva sempre covato odio e rancore nei suoi confronti.

«Oooh, Ali», dice Shona ridacchiando. «Ci sta facendo agitare per bene con questi personaggi! Se solo fosse qui ad assistere».

Tutti cominciano a dare la propria opinione.

«Karl e Charley? *Ma perché?* Dasha era una miliardaria, una modella di costumi da bagno...».

«Certe persone non resistono all'opportunità di rubare un hamburger, anche quando a casa hanno una bistecca...».

«Adesso è tutto chiaro», aggiunge Gideon, arricciando le labbra. «Karl se n'è andato perché si stava mettendo male per lui. Bloccato tra la terrificante Dasha e una piccola proletaria appiccicosa...».

Non piangere, si ripete Charley, con gli occhi fissi sulla testa di cervo. *Non arrabbiarti. Non andartene. Non mostrarti debole.* Sa che una piccola crepa nella sua armatura servirà a fargli sentire il sapore del sangue, peggiorando la situazione. E se risponde, perderà la calma e scatteranno le lacrime di rabbia.

Ma restando in silenzio non ha altra scelta che subire tutto ciò che le gettano addosso, come una vittima inerme. *Il tuo problema è che non sai farti valere*. Ci mancava solo la voce di Matt. Ha voglia di urlare.

«Oh, mio Dio. BASTA!».

Quell'urlo di rabbia viene da Pan. Si fermano tutti, sconvolti. Gideon resta a bocca aperta per l'orrore. Leo e Sam si scambiano sguardi stupiti, inarcando le sopracciglia. Pan si preme le mani sulle orecchie e sembra... Charley fatica a trovare la parola giusta, ma poi le viene in mente: sembra fragile. Sul punto di rompersi.

«Datevi una calmata, okay? Allora, Charley se la faceva con Karl, ma non abbiamo fatto tutti cose stupide all'università? Eravamo ragazzi, per l'amor del cielo. E perché questo dovrebbe c'entrare con la sua scomparsa? Fino a prova contraria, era la fidanzata ad avere legami con la mafia russa».

Gli altri rispondono con cenni di assenso, concordando senza dirlo ad alta voce che Charley è troppo debole e insignificante per aver fatto del male al potente Karl.

«Pan è sulla strada giusta. Dasha deve averci messo lo zampino», aggiunge Sam. «Altrimenti perché la polizia avrebbe preso il caso così alla leggera? Solo la famiglia di Dasha ha il potere di insabbiare un fatto del genere».

«Ma Dasha era in viaggio per rientrare a Londra quando Karl è scomparso», obietta Shona. «Non può essere stata lei. Scommetto che una delle persone a questo tavolo sa qualcosa».

Tutti ammutoliscono di fronte a quella verità non detta. Non parlano più di Karl come se fosse "andato via" o "scomparso". Ne parlano come se fosse morto, e non solo, come se l'avessero assassinato. Ucciso durante la Masquerade di dodici anni prima. Perché di colpo lo pensano tutti? E se è così, perché il corpo non è mai stato trovato?

Charley scruta Leo con sospetto. Nei giorni successivi alla

scomparsa di Karl aveva sostenuto con assoluta convinzione l'ipotesi che fosse semplicemente scappato, al punto da rovinare i rapporti con Ali. In qualche modo Karl era uscito dalla stanza chiusa a chiave, aveva raggiunto la sua auto di nascosto e se n'era andato per sempre. Aveva sostenuto che si trattava di uno scherzo. O forse cercava solo un po' di pace, lontano da Dasha. La polizia aveva sposato la sua versione. Dopotutto, il cappello da Babbo Natale era stato trovato al piano di sopra, suggerendo che Karl l'avesse buttato lì prima di andarsene. Charley aveva pregato che la sua teoria fosse giusta, ma di fatto aggiungeva solo un altro strato di tristezza e confusione al suo lutto. E se invece Karl avesse cercato un po' di pace lontano da *lei*? Dopotutto avevano litigato quella sera.

Mentre sono lì riuniti a scambiarsi ipotesi, è chiaro che Leo ha cambiato idea sull'accaduto. Come mai?

Come se avesse percepito la sua attenzione, Leo si alza e si dirige verso un tavolino dove c'è una bottiglia di un raro e raffinato whisky scozzese dal nome impronunciabile. Versa il liquido ambrato in sei bicchieri e ne mette uno davanti a ciascuno di loro.

«Un brindisi», dice. «Agli amici assenti. Alla mia amata moglie Ali, ovunque sia in questo momento, e a Karl».

«E alla signora Gupta», aggiunge Pan con un sorriso.

Leo si volta di scatto a guardarla. «La smetti di tirare in ballo la signora Gupta? È solo una delle mie follower su Twitter. Insegnante di scuola. Una donna adorabile, una delle mie migliori sostenitrici».

«Ma ceeerto», fa Pan, bevendo un sorso di whisky.

Leo la fulmina con lo sguardo e si appoggia allo schienale della sedia. Per la prima volta Charley nota che, malgrado il mento sfuggente e l'aria da damerino, Leo è un uomo grande e grosso. Incombe su Pan, poi si accovaccia accanto alla sua sedia e la guarda negli occhi. Quando parla, ha un tono minaccioso. «Non so cosa credi di sapere, Pan, ma ti chiedo di smetterla, se non vuoi che vada a finire male».

Proprio allora si apre la porta ed entra Kamala con un vassoio. Leo si allontana velocemente da Pan, come se fosse stato sorpreso a fare qualcosa di losco, e torna al suo posto. Kamala chiede se è stato tutto di loro gradimento e inizia a sparecchiare.

Quando arriva al piatto di Pan, nota le salsicce vegane intatte e le scaglie di salmone. Il suo volto diventa terreo.

«Senti, non mi piace il Quorn, va bene?», sbotta Pan, distogliendo lo sguardo.

Negli occhi le appare un lampo di rabbia, ma Kamala riesce a scucire un sorriso, probabilmente pensando al bonus. «È libera di mangiare ciò che desidera, signora», dice in tono educato.

Non appena Kamala esce dalla stanza, Pan si lamenta. «Fottuto moralismo vegano. Sono stufa! Quest'anno ho rinunciato alla carne per il Veguanary e ho ottenuto un paio di ottime sponsorizzazioni, ma da allora il flusso di messaggi ogni volta che uso un prodotto di bellezza non vegano è assurdo».

Gli altri fanno a gara per solidarizzare con lei, ma Charley è sicura che Kamala sia ancora fuori dalla porta ad ascoltare. Sorride tra sé. Ha lavorato in parecchi ristoranti e sa che non bisogna mai indisporre la persona che ti porta da mangiare.

Il whisky non è stato una buona idea. All'inizio li ha aiutati a entrare nel personaggio, a concentrarsi sul gioco dimenticando le tensioni che ribollivano sotto la superficie. Ridono finché non gli fanno male le mascelle, dicono cose oltraggiose che non oserebbero mai esprimere nella vita reale, ma che sono perfettamente giustificate sulla bocca di un riccastro degli anni Venti. Ma quando cala il livello della bottiglia e ne aprono un'altra, i loro personaggi sbiadiscono, rimpiazzati dalle vere facce da ubriachi, gonfie, sudate e grottesche. Leo e Shona portano una bottiglia sui gradini d'ingresso per fumare, ma rientrano dopo pochi secondi imprecando per il freddo. Poi, mentre Kamala sparecchia i piatti del dessert, Pan scappa in salotto portandosi dietro una bottiglia, e gli altri la seguono e si stravaccano su divani e poltrone.

La cravatta dorata di Gideon è allentata, il cappellino di Shona è caduto e Pan si è tolta le scarpe. Si scambiano ricordi di Karl: quando aveva rubato un barattolo con dentro un cervello dall'ufficio del suo tutor per usarlo come oggetto di scena, il giallo di Halloween, in cui li aveva inseguiti in un parcheggio deserto con un'ascia ricoperta di sangue finto.

Ma Charley rimane in silenzio, accoccolata su una poltrona di velluto grigio tra l'albero e il camino. Non beve whisky: finisce sempre in un disastro di pianti e vomito, e inoltre è già abbastanza scossa da sobria. I ricordi che ha di Karl sono influenzati dai sentimenti che prova per lui e non vuole condividerli con loro.

«Mio dio, era così sopra le righe». Gideon si asciuga una lacrima per il troppo ridere.

«Ammettiamolo però», dice Shona. «A volte era troppo moralista».

Seguono versi di assenso. Gideon fa una smorfia, Sam un cenno del capo.

«Ed era pure un ficcanaso, sapete?», aggiunge Leo. «Una volta l'ho sorpreso a leggere i messaggi sul mio telefono. Ha detto che voleva accertarsi che non stessi tradendo Ali... e non lo stavo facendo, ovviamente. Credo fosse una scusa: voleva solo curiosare nelle mie questioni private».

«Oh, è vero, Karl sapeva sempre tutto», dice Shona annuendo. «E non si faceva problemi a ricattare».

«Mio padre preferisce dire "fare pressione"», afferma Gideon.

«Non c'è niente di male a sfruttare le informazioni commerciali di cui sei a conoscenza», aggiunge Leo.

«Certo, ma questo è un mondo di piccoli Scrooge segaioli assetati di potere. Non è corretto fare pressione sugli amici, giusto?», insiste Shona, mostrando un raro guizzo di integrità morale, anche se solo per dare fastidio agli altri.

Gideon e Leo si guardano, chiedendosi quanto valga la pena essere sinceri, mentre Sam ridacchia tra sé per l'espressione "Scrooge segaioli". Da quando Audrey è andata a letto, si è completamente liberato del ruolo di medico esausto e ha dato libero sfogo al Masquerader che è in lui.

«Scommetto che Karl sapeva qualcosa su ciascuno di voi e ne ha approfittato per raggiungere i suoi scopi», ride Shona. Il suo volto è per metà in ombra, illuminato solo dal fuoco morente, e il suo look macabro è più sinistro del solito. «Mi sono unita alla Murder Masquerade Society solo perché me l'ha chiesto Karl e sapeva che mi scopavo il mio tutor. Non penso di essere stata l'unica vittima. Coraggio: sono trascorsi anni, ne è passata di acqua sotto i ponti, quindi sputate il rospo».

Segue un mormorio di "non lo farei mai" e "ma cosa dice?", e tutti si agitano sulle loro sedute, imbarazzati.

Charley non pensa che Karl le avrebbe mai fatto una cosa del genere, ma ricorda bene quanto gli piacessero i pettegolezzi. Le ha rivelato del tutor, per esempio. E che Sam usava i farmaci per l'ADHD per superare gli esami. E alcuni dei più bizzarri feticci di Leo. E quel trimestre di San Michele, quando Karl si era fissato che doveva scoprire di più su Pan dopo che un tipo strano si era presentato alla sua porta, ma Charley di solito non gli prestava molta attenzione. Non le piaceva parlare dei Masquerader, serviva solo a evidenziare l'abisso sociale che li separava. Anche se la sua imitazione di Shona l'aveva sempre fatta ridere.

«Credo sia meglio tacere i nostri segreti». Pan si porta le ginocchia al petto e le abbraccia.

«Oho, Pan ha qualcosa da nascondere», dice Shona con voce cantilenante. Sembra di stare all'asilo.

«Un amante segreto?», azzarda Leo. «O tieni un clone di Gideon rinchiuso in cantina da dieci anni?»

«Qualunque cosa sia», interviene Sam, «è un segreto più grande. Scommetto che per capire Pan bisogna guardare al di là delle apparenze».

Pan è tutta raggomitolata e si fa ancora più piccola, il volto inespressivo, come una maschera: sembra stia cercando di estraniarsi, fingendo di essere altrove.

Gideon è inorridito. Apre e chiude la bocca senza emettere suono, come se cercasse di trovare la cosa giusta da dire per difendere la sua signora. Con un improvviso lampo di lucidità, Charley vede al di là del successo, dei soldi e della spocchia sfacciata. Gideon è, come lei, all'ultimo gradino dell'ordine gerarchico dei Masquerader. È l'idiota del gruppo, tollerato perché la sua stupidità è divertente. Nonostante un decennio di brokeraggio nella City, in quella stanza non è nessuno.

«Proviamo a indovinare», propone Sam. «Scommetto che si tratta di soldi».

«No, è troppo ricca per questo. Io dico che è il *sesso*», afferma Shona con gusto.

«Sì, anch'io voto per il sesso», concorda Leo, entusiasta di potersi vendicare di lei dopo l'allusione alla signora Gupta. «Non dirmi che Karl si scopava anche te, oltre a Dasha e Charley! Onestamente, come faceva quell'uomo a trovare il tempo per dedicarsi anche ad altro?»

«Ma taci», risponde Pan a bassa voce

«È il sesso, confermato», dice Shona.

«Ma non con Karl», aggiunge Sam. «Penso si trattasse di quel tizio, quello di cui parlava Karl. Più vecchio di lei, londinese doc, un po' inquietante. Ve lo ricordate anche voi o soltanto io?».

Pan lancia un grido di frustrazione. Si alza, facendo volare i cuscini. «Ma andate a farvi fottere! Sono venuta solo perché Ali mi ha offerto un buon contratto di sponsorizzazione con uno dei suoi clienti, e perché ho pensato che sarebbe stato bello giocare di nuovo insieme. Ma sono stufa di queste stronzate, vado a letto».

Esce dalla stanza in un turbine di paillettes blu.

Cala il silenzio.

Gideon fa per alzarsi, ma Shona lo spinge di nuovo al suo posto e gli riempie il bicchiere.

«Lasciala perdere, ha la pelle dura come la pietra. Domani sarà tranquilla», dice con un gesto di noncuranza.

Quando si alza Charley, invece, nessuno cerca di fermarla. In corridoio, scorge Lady Partridge appoggiata alla ringhiera in fondo alle scale. Si gira, incontra il suo sguardo e una strana espressione le passa sul viso. Sembra panico, smarrimento, persino paura.

«Sto bene». Si gira di nuovo. «Non mi serve il tuo aiuto. Torna pure in quella vasca di squali e finisci il tuo vino».

Charley esita. Se fosse stata un'amica avrebbe superato la barriera, le avrebbe detto di ignorare quelle persone orribili in salotto, l'avrebbe incoraggiata a parlarne. Ma non è un'amica. È Pan, la donna che chiese di farla arrestare quando scomparve la collana di Dasha. Che faceva sempre una gran scena afferrando la sua borsetta quando lei entrava in una stanza e controllando se ci fosse ancora quando usciva. Una volta l'aveva sentita bisbigliare ad Ali: "Be', non è mai stata una di noi, vero?".

«Va bene, allora ci vediamo stanotte», dice.

«Perché?». Pan sembra distratta. «Oh, già, il gioco. Ci vediamo alle due e mezza. Io porterò gli oscuri segreti, tu l'arma letale. In realtà...». Sembra che voglia dirle qualcosa, ma cambia idea. «Te lo dico dopo».

Charley è così stanca che riesce a malapena a reggersi in piedi. C'è qualcosa che la assilla nelle parole di Pan, ma è troppo stremata per capire cosa sia.

Sale al piano di sopra e nel giro di tre minuti, dopo essersi messa a letto e aver puntato la sveglia, si addormenta.

6

Leo – Dodici Natali prima, ore 16:00

Leo non era abituato a spostare scatoloni, non era una cosa che aveva mai dovuto fare, nemmeno a scuola, e aveva frequentato un collegio piuttosto duro. Ricordava che bisognava sollevarle piegando le gambe e non la schiena, ma c'era qualche trucco per tenere ferma la scatola senza massacrarsi le dita? Perché gli facevano davvero male e si era pentito di essersi offerto come assistente di Ali. Ma era così che si faceva nella fase iniziale di una nuova, eccitante relazione: si esaudiva qualsiasi desiderio.

Tra i denti aveva una mappa di Fenshawe Manor disegnata in modo approssimativo, su cui Ali aveva scritto con la sua calligrafia disordinata.

Coltello e sangue finto in salotto. Vaso di piante sul primo tavolo che trovi fuori. Se il tavolo è antico, lasciala pure per terra. Addobbi natalizi nella sala di ricevimento al piano terra per il cocktail party. Cerca di metterli un po' ovunque. Sì, lo so che non è molto accurato dal punto di vista storico, ma questo è un allegro giallo natalizio!

Ali lo conosceva molto bene. Già odiava il titolo: "La morte di Babbo Natale". Nel 1930 i bambini inglesi lasciavano le calze per Papà Natale, non per quel pivello americano che spacciava Coca-Cola. L'idea di rivestire di orpelli pacchiani una sala che aveva ospitato almeno tre primi ministri gli irritava il cervello come carta vetrata e gli accendeva un profondo, viscerale bisogno di una sigaretta.

Aveva promesso ad Ali di smettere e aveva persino lasciato a casa l'accendino e le Marlboro Light, ma se ne stava pentendo amaramente. Poi si ricordò.

Con un sospiro di sollievo, scaricò lo scatolone su una poltrona georgiana dorata e salì in soffitta. La porta era chiusa, ma la chiave, scheletrica e arrugginita, era ancora agganciata alla parte superiore del telaio della porta, dove era sempre stata, e ora era molto più facile arrivarci. La lampadina spoglia tremolò un poco, ma rimase accesa, e Leo si soffermò ad assaporare l'odore di antichità.

Era cresciuto in abitazioni vecchie centinaia d'anni, e aveva studiato in aule e dormitori secolari. Qualsiasi mobile costruito dopo il 1900 gli sembrava fragile, come se fosse fatto di carta. Odiava il dormitorio universitario, con i muri di cemento e le squallide scrivanie Argos. Lo facevano sentire fuori luogo, come un pesce primordiale di un lago antico intrappolato in un acquario. Quella mansarda, piena di cianfrusaglie ammuffite da secoli, odorava di casa.

La luce filtrava nell'angusta soffitta attraverso una finestra sporca e coperta di ragnatele. Ci vollero un paio di spinte per aprirla, ma quando ci riuscì la vista sul parco avvolto dalla nebbia era proprio come la ricordava. L'antico baule della scuola era ancora sotto la finestra. Probabilmente era stato portato lì dai Fenshawe ai tempi della Grande Guerra, ma ora fungeva solo da contenitore, il posto perfetto in cui i suoi cugini tenevano le scorte di contrabbando. Sollevò il coperchio, infilò le dita all'interno e... eccolo. La mano si chiuse intorno a un pacchetto da venti di Lucky Strike. Jackpot.

Leo aveva iniziato a fumare proprio in quella casa all'età di dodici anni, durante una lunga estate passata a scorrazzare per la tenuta dei Fenshawe insieme ai suoi spavaldi ed esuberanti cugini. All'inizio lo avevano preso in giro per la parlata antiquata, l'ossessione per i gialli classici e i vestiti di tweed che piacevano tanto a sua madre. Ma poi avevano imparato a sfruttarlo, mandandolo in missione per recuperare bottiglie di brandy e di vino dalla cantina e sigari dallo studio del conte. Lo avevano ricompensato con due dipendenze che lo avrebbero accompagnato per tutta la vita: la nicotina e il bisogno compulsivo di ottenere amici e influenza.

Suo padre non aveva mai saputo della prima, ma aveva pienamente appoggiato la seconda.

«Non conta quello che sai, ma chi conosci», era uno dei suoi detti preferiti. Lo ripeteva spesso e con gusto, come se l'avesse inventato lui. «È a questo che servono davvero la scuola e l'università. Tra vent'anni non importerà a nessuno se sai fare di conto, ma se ti crei i contatti giusti a scuola, ne raccoglierai i frutti per il resto della vita».

Da allora Leo aveva collezionato amici come gli altri bambini riempivano gli album di figurine, selezionando quelli più utili, che lo valorizzavano come persona e che potevano offrirgli opportunità in futuro. All'università aveva seguito in modo superficiale i corsi e le lezioni, ma aveva studiato assiduamente l'elenco dei vari circoli. In cima alla lista c'era lo storico Stagworth Club, un'organizzazione segreta a cui si poteva accedere solo su invito. Non era stato facile, e una volta entrato, Leo non si era trovato molto bene. Il suo antico lignaggio nobiliare non impressionava nessuno, perché erano tutti come lui. Ma era certo che l'esperienza avrebbe dato i suoi frutti, fornendogli le conoscenze necessarie per farsi strada nel mondo.

La Murder Masquerade Society era una cosa completamente diversa. Non solo rappresentava l'opportunità di rimettere in scena gli amati gialli della sua giovinezza, ma gli aveva anche permesso di mettere insieme una notevole collezione di esseri umani. La figlia dell'oligarca, l'ereditiera greca, il rampollo di un potente broker della City e i gemelli Boniface, con il padre che aveva avuto un successo straordinario con il boom dei PC domestici negli anni Ottanta e Novanta. La famiglia di Shona McBride possedeva una serie di gallerie internazionali e serviva a spuntare la sezione "arte e cultura", Sam era chiaramente destinato a una brillante carriera medica e anche Charley aggiungeva qualcosa, un tocco di piacevole diversità. Se qualcuno lo avesse accusato di vivere in una bolla, poteva sempre indicare lei, l'amica della classe operaia.

Leo era pienamente consapevole del suo privilegio, ma non si vedeva come uno dei cattivi. Il suo piano era di sfruttare il sistema per salire ai vertici e poi ricostruirlo dall'interno. Una sorta di cavallo di Troia aristocratico. Ma per avere il successo necessario a cambiare le regole del gioco, bisognava prima giocare.

Come faceva tanti anni prima, Leo si sedette sul cornicione fatiscente della finestra, con le gambe all'esterno, che dondolavano nel vuoto. Insieme al cugino aveva trascorso molti pomeriggi felici lassù, battendo coi piedi sul muro antico e lanciando il muschio dal tetto per colpire la servitù di passaggio.

Non era più così comodo ora che era un adulto, e la sensazione di vertigine e panico quando guardava in basso era del tutto nuova, ma era comunque una bella sensazione. Si appoggiò al telaio della finestra, fece un lungo tiro dalla sigaretta – appagante malgrado il vago sapore di muffa – e osservò il panorama. Un prato verde e ben curato, un sentiero fiancheggiato da siepi di bosso potate con precisione e, al di là, lo specchio freddo e immobile dello stagno. L'acqua era diventata grigio ardesia nella luce invernale e faceva freddo, ma i Masquerader si aggiravano ancora sul prato, ammazzando il tempo mentre lui e Ali preparavano il gioco.

Karl, Dasha e Shona stavano allineando qualcosa sulla panchina di pietra. Nella penombra non riusciva a vedere cosa fosse, ma era contento che avessero distolto Shona dalla caccia ai fantasmi. Leo era un uomo razionale e non credeva al fantasma del castello, ma non voleva che lei frugasse nelle camere da letto del piano superiore e scoprisse il segreto di famiglia.

Nel giardino, i tre si allontanarono dalla panchina, avvicinandosi all'edificio e scomparendo alla vista. Ma poi… *pum.*

Il rumore di uno sparo gli fece salire il cuore in gola. Uno degli oggetti sulla panchina balzò in aria e i tre Masquerader applaudirono deliziati. «Ancora, ancora», gridò Shona. Un altro sparo. Un altro oggetto si incrinò e cadde. Leo capì che era una bottiglia della cantina. Un liquido scuro si riversò sulla pietra chiara.

Oh, Cristo, suo zio sarebbe andato su tutte le furie. Chi aveva portato una pistola? Essendo cresciuto in campagna, Leo aveva un approccio rigido nei confronti delle armi da fuoco: riconosceva il diritto di possederle e usarle, ma da un grande potere deriva una grande responsabilità. Andavano adoperate solo per la caccia e tenute sotto chiave quando non erano in uso. E quello non era il rumore di un fucile da caccia.

Dasha emise una risata squillante e andò a riposizionare una bottiglia. Per la prima volta, Leo riuscì a intravedere l'arma che impugnava. Era una pistola. Piccola, a canna corta, adatta a essere portata per autodifesa e, a quanto ne sapeva lui, illegale. Gli si gelò il sangue.

«Certo che potete usare il maniero», aveva detto lo zio Tolly. «Ma non fate sciocchezze. Non voglio scandali».

I Fenshawe nutrivano una grande avversione verso tutto ciò che intaccava la loro dignità: creare scompiglio equivaleva a una scomunica, e un colpo di pistola sparato nella proprietà era praticamente la cosa più scandalosa e sconsiderata che si potesse fare.

Se fosse stato più maturo e sicuro di sé, forse sarebbe subito sceso a confiscare la pistola. Invece rimase seduto sul cornicione, agitandosi per la frustrazione mentre guardava esplodere un'altra bottiglia.

Era in trappola, perché una sola mossa sbagliata avrebbe potuto far saltare l'intera Murder Masquerade Society.

Solo lui si era accorto di quanto fosse fragile, vicina al punto di rottura. Gideon sembrava avere paura della sua stessa ombra, Sam si era disaffezionato: i corsi in ospedale erano sempre più impegnativi e aveva ripetuto spesso che i loro gialli gli sembravano banali al confronto. Ovviamente Karl si era offeso, e già era in rotta con la sorella per qualche oscuro ma importante motivo. Inoltre, ultimamente era diventato freddo nei suoi confronti, da quando aveva saputo dello Stagworth. Cos'è che aveva detto? Devi capire dove sta la tua lealtà. Come se non si potesse essere fedeli al codice dello Stagworth e al tempo stesso essere un Masquerader.

Sì, stava andando tutto a rotoli già prima della scomparsa della collana di Dasha, e le divisioni interne si erano solo accentuate. Pan e Ali si accanivano su Charley, giurando che non si sarebbero più fidate di lei. Shona si divertiva a incrementare la tensione, Karl e Sam sembravano convinti che ci fosse molto rumore per nulla. E Dasha era furiosa, non per la perdita della collana, che aveva già ricomprato uguale, ma per l'idea che qualcuno avesse osato derubarla.

L'ultima sera, mentre erano a letto insieme, Ali gli aveva detto che Karl voleva lasciare il gruppo.

Tutte le crepe, tutti i rancori, riconducevano a Karl. Era lui che aveva dato vita alla Society e sarebbe stato lui a far finire tutto.

Se Leo non avesse fatto niente, il gruppo sarebbe imploso e lui avrebbe perso la sua collezione di "umani interessanti". Peggio ancora, rischiava di perdere il suo gioiello della corona: Dasha. Non avrebbe mai trovato un'altra come lei, un personaggio in vista dell'alta società internazionale con un padre che poteva muovere i mercati con un'alzata di sopracciglio.

Per questo motivo non aveva nessuna intenzione di andare lì e rimproverarla come una bambina. Non era stupido: era un ingegnere sociale. Il suo sogno era di lavorare sull'intero paese, ma per il momento gli bastava quel piccolo gruppo di cavie viziate. E così avrebbe aspettato il momento giusto. Se la serata fosse andata come voleva, l'indomani sarebbero stati di nuovo un gruppo di amici affiatati. Un po' scossi e spaventati, forse, ma se avesse giocato bene le sue carte, alla fine avrebbero brindato al suo grande talento e alla sua genialità.

Perché Leo aveva un piano. Aveva escogitato un modo per portare il gioco dell'omicidio misterioso a un livello completamente nuovo e per offrire un colpo di scena micidiale che li avrebbe lasciati tutti a bocca aperta.

7

Suona la sveglia: un bip furioso che strappa Charley da un sogno di risate crudeli, facce beffarde e acqua gelida. Stavolta erano tutti in piedi attorno a lei e facevano a turno per tenerla sotto, finché alla fine si faceva avanti Karl, con un ghigno crudele sul viso attraente, e premendole una mano sul naso e sulla bocca la spingeva ancora più a fondo.

Quando è sveglia, evita di pensarci, di prendere in considerazione l'idea che sia stato Karl a tentare di annegarla. Non può essere stato lui: era rientrato nel maniero, era lontano, ci teneva a lei, non avrebbe mai fatto una cosa del genere… Eppure, il suo inconscio le ricorda sempre che, anche se a volte la faceva sentire la persona più importante del mondo, Karl metteva sempre sé stesso al primo posto. Aveva una vena arrogante ed egoista. Era il motivo per cui lui e Dasha funzionavano come coppia.

«È finita, sto con lei solo per salvare le apparenze», le aveva detto tante volte. Stava aspettando il momento giusto, non voleva ferire Dasha o irritare il suo potente padre. Lei gli credeva, ma sapeva che in fondo Karl amava l'idea di avere accalappiato un'ereditiera bellissima e pericolosa, la più ricca di tutte, che non si faceva problemi a lasciare in giro una collana di Bulgari da cinquemila sterline, dove chiunque avrebbe potuto prenderla. Ci stava mettendo un po' troppo a rinunciare al sogno della coppia potente a livello globale.

Ma mi amava, si dice ancora mezza addormentata. *Quello era vero.*

Controlla l'ora sul telefono con gli occhi annebbiati. Merda. Le tre e dieci. Aveva impostato la sveglia alle tre meno dieci, quindi doveva averla ignorata due volte senza svegliarsi. *Ohi.* Pan si sarebbe incazzata di brutto.

Dopo aver scalciato via piumone e trapunta, il freddo della casa le entra nelle ossa. Il riscaldamento deve essersi spento durante la notte. Peccato che non abbia trovato il suo bagaglio con l'allegro pigiama in pile dei Minions, ma non sarebbe stato comunque in linea con lo spirito della Masquerade. Si mette la camicia da notte di Ebenezer Scrooge sopra la biancheria intima e infila i piedi nelle sue anacronistiche scarpette da ginnastica.

Sta per aprire la porta, quando sente un rumore. Un leggero raschiare proveniente dall'alto, troppo forte per essere un topo. Rabbrividisce, pensando ai ratti che brulicano nell'intercapedine del soffitto sopra il suo letto.

Sbircia nel corridoio buio. Non c'è quasi luce, a parte una striscia sottile che filtra da sotto la porta di Shona, accanto alla sua, e un tenue bagliore dal piano di sotto. C'è uno strano silenzio, è come se qualcuno le avesse infilato dell'ovatta nelle orecchie mentre dormiva.

La porta di Pan si apre e Charley prova un'ondata di sollievo. Il suo primo istinto è di correre da lei e dire: "Oh, meno male, anche tu hai dormito troppo!". Ma non è così che si svolgono i gialli in maschera. Lei è l'assassina, Pan la vittima. Charley si rintana nell'oscurità della sua stanza, ma si accorge che la persona che esce non è Pan, a meno che non abbia indossato una salopette a fiori.

Kamala si getta una cauta occhiata alle spalle mentre chiude silenziosamente la porta e si allontana furtiva, con i calzettoni che non fanno rumore sulla spessa moquette. Dall'altro lato del corridoio c'è una scala che Charley non ha notato prima e Kamala vi sale in punta di piedi, immobilizzandosi per qualche secondo quando sente scricchiolare un'asse. In mano ha qualcosa, una specie di fagotto di plastica. Charley pensa che abbia rubato qualcosa, ma si rimprovera subito dopo. Lei è l'ultima persona che dovrebbe saltare a quelle conclusioni.

Tuttavia, è strano. La stanza di Pan è buia e Kamala ha chiuso la porta stando attenta a non fare rumore: è chiaro che non è entrata per fare due chiacchiere. Charley sfiora la ringhiera con le dita, ma è così fredda che le ritira immediatamente. Dubita che Pan l'abbia aspettata, con quella temperatura.

All'improvviso, si ricorda una cosa. Le ultime parole che le ha rivolto Pan, quando era mezza addormentata e troppo stanca per farci caso: l'appuntamento era alle due e mezza, non alle tre. Charley geme. È ancora più in ritardo di quanto pensasse.

I gialli in maschera sono sempre stati scanditi da orari precisi. Ovviamente, nessuno si aspetta che Pan rimanga sdraiata sul pavimento della biblioteca fingendosi un cadavere finché tutti non si saranno svegliati il giorno dopo. Scenderà di nascosto la mattina a un'ora prestabilita, cercando di evitare gli altri. Di sicuro un altro giocatore ha il compito di andare in biblioteca a una certa ora e trovare il cadavere. Ma lei e Pan devono incontrarsi all'ora della morte, e anche gli altri probabilmente hanno in programma di alzarsi e aggirarsi per la casa più o meno alla stessa ora, di modo da essere tutti sospettati, senza che nessuno abbia un alibi valido.

E lei ha rovinato tutto con quel ritardo.

Ora è praticamente inutile che vada a uccidere Pan. Ma ormai si è alzata, tanto vale fare le cose per bene, quindi continua a scendere le scale. Nel corridoio sente uno strano rumore, una sorta di rantolo regolare, che la attira in salotto. Accasciato su una sedia accanto all'elegante albero di Natale c'è Leo. Sta russando sonoramente, con un bicchiere da cocktail ancora in mano. Charley scoppia in una risata repressa. Qualcuno (leggi: Shona) gli ha scritto SCROOGE SEGAIOLO sulla fronte con un pennarello nero.

I resti del fuoco nel camino lottano per rimanere in vita e Charley si sofferma a riscaldarsi accanto alle braci incandescenti, rendendosi conto che è la mattina di Natale. Dovrebbe stare con suo padre e trovare al risveglio una federa piena di calzini nuovi, libri di barzellette o meme sui gatti, e un set da toilette di Boots. Un aperitivo con *Buck's Fizz* alle undici, pranzo a base di tacchino e poi lo speciale di *Strictly Come Dancing* in tivù. Invece l'ha costretto a passare la giornata dalla noiosa zia Elsa, mentre lei è lì ad ascoltare uno Scrooge segaiolo strafatto di whisky che russa sonoramente. Ed è pure in ritardo per l'omicidio.

Voltandosi, nota un rapido movimento vicino alla porta della Sala Azzurra e si riaccende di speranza. Forse non ha mancato l'appuntamento.

Nel buio intravede non una, ma due persone. Una indossa una lunga vestaglia di seta che si addice allo stile del giallo classico, l'altra è in abiti moderni, forse una felpa nera con il cappuccio alzato.

«Pan?», sussurra. «Sei tu?».

Sentendo la sua voce, la figura in nero si gira e vola al piano di sopra. Charley scorge un volto pallido, per un istante, ma niente di più. L'altra figura scompare nella Sala Azzurra, con la vestaglia di seta svolazzante. Non sapendo se fa parte del gioco, si trattiene un attimo prima di seguirla. Quando entra nella stanza, non trova nessuno. Il cervo la guarda con aria severa mentre ispeziona le altre due porte. Kamala è entrata da quella a sinistra per sparecchiare, quindi sarà la porta della cucina. La seconda, a detta della sua piantina, conduce alla biblioteca, la scena del crimine.

La stanza è ancora più buia del salotto, ma riesce a scorgere un tessuto chiaro dall'altra parte.

«Lady Partridge? Pan? Mi dispiace tantissimo per il ritardo. Mi sono riaddormentata, lo facciamo adesso?».

Le sue dita cercano nell'oscurità finché non trovano l'interruttore. La luce la abbaglia per un momento, poi recupera lentamente la vista.

La biblioteca non è grande come quella di Fenshawe Manor. C'è qualche scaffale di volumi d'epoca, rilegati in pelle con i rilievi in oro, ma sono intervallati da thriller e romanzi rosa, bestseller e gialli ambientati nelle ville di campagna, i libri che la gente legge in vacanza e abbandona quando se ne va. Accanto al camino ci sono una poltrona da lettura e un divano con i cuscini. I proprietari l'hanno concepita come un rifugio comodo e tranquillo dove gli ospiti potessero leggere, anziché come un luogo in cui mettere in mostra i loro straordinari gusti letterari. Ma è anche sterile: si vede che non la frequenta nessuno e fa ancora più freddo che nel resto della casa.

Su un tavolino di vetro davanti al divano c'è un oggetto che stona con il resto della stanza: un lungo coltello scintillante. Suo padre è uno chef; Charley è cresciuta in mezzo ai coltelli e sa riconoscere un vero Sabatier quando lo vede. Suo padre diceva sempre che erano i più affilati, i migliori, e ignorava le lame giapponesi amate dai cuochi più alla moda. Sembrava il coltello da disosso che usava per preparare il pollo, solido e terribilmente affilato. Accanto, le immancabili bustine di "sangue" a base di sciroppo di mais rosso con cui avrebbero sporcato il coltello e i vestiti di Pan. Avrebbe lasciato anche qualche indizio macabro: una macchia sul telaio di una porta, una scia di gocce scarlatte. Non le serve altro per uccidere Lady Partridge, ma dov'è la vittima?

«Pan?», la chiama inutilmente. Con la coda dell'occhio scorge di nuovo un tessuto svolazzante, ma è solo la tenda alla sua sinistra che si gonfia davanti alla portafinestra spalancata.

Quando si avvicina, sente un freddo pungente. Grossi fiocchi di neve vorticano nell'aria e si spiaccicano contro il vetro, alcuni le si impigliano ai capelli. Probabilmente è da un bel po' che nevica, il che spiega lo strano silenzio che ha notato prima. Si è già formato uno spesso strato di neve. Pan non sarà mica uscita in camicia da notte di seta?

Scrutando nel buio, non riesce a vedere nulla. Nessuna impronta, nessuna figura umana, solo le sagome degli alberi con le chiome agitate dal vento, indistinte nell'oscurità e nella neve che cade fitta. Chiude la portafinestra, provando sollievo al cessare della corrente gelida.

Le viene in mente un pensiero sgradevole. Ali si rifiuterà di pagarla se l'omicidio non avverrà come previsto? Deve convincere Pan a sostenerla, a garantire per lei quando si farà viva Ali. Una sorta di alibi al contrario, qualcosa che dimostri che era nel posto convenuto e che l'omicidio è andato a buon fine. Ma per il momento può solo spruzzare un po' di sangue sul coltello e distribuire le macchie per la stanza come da istruzioni, nella speranza che Pan scenda e si metta in posizione la mattina dopo.

Mentre torna su, bussa alla porta di Pan, ma non giunge risposta e la stanza è ancora al buio. Sospira e si dirige in camera sua, pregustando il momento di tornare a letto.

È quasi impercettibile, il lieve rumore di passi sul pianerottolo. Le viene la pelle d'oca. C'è qualcuno lì nel buio che la osserva, ne è sicura. Si gira lentamente, fissa il corridoio vuoto.

Prova di nuovo a chiamare: «Pan?», ma istintivamente sa che non è lei. Nessuno risponde.

Charley si sveglia in un mondo ovattato; la luce che filtra dalla finestra ha una tonalità cupa e torbida che fa pensare alla neve fuori e a quella che ancora verrà. Il suo lato più adulto vorrebbe rimanere sotto le coperte, leggere un libro ed evitare di uscire fino all'ora di pranzo, ma il lato più infantile ha la meglio. È Natale! Si toglie le coperte, si precipita alla finestra… e resta senza fiato.

La sua camera si trova nella parte anteriore della villa e la vista è spettacolare. Sa che non sta guardando delle vere e proprie montagne – il libretto di benvenuto di Snellbronach le definisce "colline" e "Munros" – ma per lei hanno tutta l'aria delle montagne: rocciose, innevate e irte tra basse nubi. Kamala ha detto che nei vicini Cairngorms vive un branco di renne e le piacerebbe tanto vederle. Sarebbe meraviglioso se a Natale, oltre alla neve, ci fossero anche le renne. Si ripromette che appena finirà il gioco passerà più tempo possibile all'aperto, evitando gli altri e godendosi il paesaggio.

Tra le colline e la villa ci sono soltanto alberi, un mare infinito di sempreverdi. Non è la prima volta che vede abeti innevati, e di solito sotto la neve si intravede un po' di verde scuro, ma stavolta i rami e persino alcuni tronchi sono di un bianco brillante. È come se uno spirito natalizio troppo entusiasta avesse esagerato con lo spray.

Guardando in basso, il vialetto di ghiaia è completamente scomparso, sommerso da una fitta coltre bianca, con una serie di impronte che si dirigono verso il bosco, mostrando che la neve arriva alle ginocchia e che chi è uscito di casa ha faticato non poco per attraversarla. Gli unici segni delle siepi basse e ben tagliate viste la sera prima sono cumuli uniformemente distanziati su entrambi i lati.

Si sente un fruscio. Un uccello fugge spaventato quando una figura emerge dai cespugli. Sembra un troll irsuto con un cappello di pelliccia, ornato delle pelli scure e sfilacciate delle sue vittime, con un'ascia che penzola da una mano guantata di nero, mentre l'altra trascina il cadavere di un giovane pino di due metri. Il troll alza lo sguardo verso la finestra e Charley intravede il volto di Shona: le labbra viola premute con cupa determinazione, la fronte aggrottata.

Shona lascia cadere l'ascia e, cingendo il tronco con ambo le mani, lo trascina a fatica sulla neve fresca, lasciando dietro di sé una scia di fango, foglie e nidi abbandonati.

L'ultima cosa che vorrebbe fare è andare ad aiutare Shona ad addobbare la sala, ma quando sta per tornare a letto sente di nuovo quell'impulso. Quella vecchia, fastidiosa debolezza che pensava di aver superato: *Se la aiuto potremmo diventare più amiche. Magari mi inviterà alla sua prossima mostra, o si confiderà con me...* I pensieri successivi sono ancora più convincenti: *Forse mi dirà cosa sta architettando Ali... o mi rivelerà qualcosa di nuovo su Karl...*

Si alza e indossa un vestito di lana marrone che prude da morire, poi infila le scarpe robuste che la aspettano in fondo all'armadio. E scende al piano di sotto per offrirsi volontaria.

Charley trova Shona distratta che borbotta su spiriti e demoni, sul bene e sul male. Si offre subito di trovare un contenitore dove sistemare l'albero e fugge in cucina.

Kamala è già lì che affetta pane fresco a lievitazione naturale ascoltando musica grime a tutto volume. Charley inciampa su una scopa fuori posto e Kamala si gira di scatto.

«Porca miseria, mi hai spaventata a morte!». Poi si ricorda. «Ehm... Miss Colly».

«Ti sei alzata presto», dice Charley, e le chiede in tono allusivo: «Hai fatto tardi ieri sera?».

Kamala la guarda inespressiva. «Sono rimasta sveglia a fare i preparativi per stamattina. A proposito, buon Natale».

«Buon Natale anche a te», risponde Charley.

«Non festeggio il Natale. Quindi lavoro».

«Giusto», dice. «Comunque non sapevo che saresti rimasta qui».

«Speravo di tornare a casa, infatti, ma ieri sera nevicava troppo per guidare e adesso la neve è alta. Snellbronach è difficile da raggiungere. La strada è privata e se c'è una forte nevicata bisogna aspettare che la sgomberino i proprietari di Strathcarn. Di solito non viene nessuno qui in inverno. È lontano da tutto e in questo periodo dell'anno la maggior parte della valle non riceve la luce diretta del sole. Ecco perché fa così freddo e la brina si accumula sugli alberi rendendoli così bianchi. È molto bello, ma non la sceglierei mai come casa vacanze. Tè o caffè?».

Kamala si sposta alla macchina del caffè e la attiva rumorosamente. "Per fortuna è meno irritabile stamattina", pensa Charley sedendosi in cucina ad aspettare.

«Senti, mi dispiace che gli altri siano dei… ehm…».

«Dei gran coglioni?», interviene Kamala. Charley stava per dire "personaggi eccentrici". «Non preoccuparti, ci sono abituata. È una struttura di lusso per le vacanze, quindi ho visto la mia bella dose di cretini privilegiati e superstronze. I finti vegani mi fanno incazzare, ma non è la prima volta che mi succede».

«Magari per l'anno nuovo faccio anch'io il Veguanary…», inizia titubante Charley.

«Senti, non serve che tu me lo dica per farmi contenta. Se ti piace la carne, mangiala. Posso giudicarti quanto mi pare per questo – e lo faccio, perché stai uccidendo il pianeta – ma ti giudicherò peggio se ti scusi per quello che sei». Kamala si interrompe, accorgendosi di avere oltrepassato il limite con una cliente, anche se di poco conto. «Comunque la colazione è a base di uova, quindi oggi non è il caso di diventare vegani. Anche se ho dell'acqua di ceci per le omelette di Lady Partridge. Sai, nel caso si svegliasse vegana stamattina».

Ansiosa di cambiare argomento, Charley è quasi contenta quando ricorda che il suo bagaglio si è perso. «Non è che hai visto la mia valigia? È un piccolo trolley rosa; magari è stato messo via per sbaglio».

Kamala fa spallucce e continua a mangiare il suo panino.

«Forse è rimasta sul bus? So che anche altri hanno avuto lo stesso problema».

Charley ci riflette un po', cercando di ricordare se ha tirato giù lei la valigia, ma si rende conto di essere corsa subito dentro la villa per riscaldarsi come tutti gli altri, e poi se n'è dimenticata. Accidenti. A quanto pare rimarrà bloccata negli anni Venti per il resto del Natale.

Tornata nell'atrio, scopre che Shona ha abbandonato l'albero e sta spargendo della polvere scura oltre la soglia di casa, borbottando tra sé.

La guarda con occhi spiritati. «Sale nero per protezione», dice. Fa un passo avanti e allunga una mano adunca. Charley si ritrae istintivamente. «Scaccia il male».

«Ah-ah», fa lei circospetta.

Shona fa un altro passo verso di lei. La sua faccia stramba e pesantemente truccata è a pochi centimetri dal suo viso. Sente l'odore di caffè nell'alito, e di qualcos'altro, una nota amara e insolita.

«A cosa credi, Charley?», sussurra. «Sei una credente devota o preferisci le stronzate pretenziose degli influencer come Pan?».

Charley esita. Indietreggia e si ritrova schiacciata contro il tavolo Mackintosh. «Ho… una mente aperta?».

Shona si avvicina con occhi famelici. «Bisogna guardare oltre le apparenze, uccellino. Ieri sera quella giovane cuoca ci ha detto che c'eravamo soltanto noi nella gola. Oggi, la mattina di Natale, vedo una figura bianca che mi osserva dal bosco. Una vecchia con il volto scavato e ossuto, il naso adunco e un piede fasciato. Proprio come Frau Perchta, la strega di Natale, altrimenti detta la Splendente o la Sbudellatrice».

Charley si divincola e cerca di sfuggirle, ma rimane bloccata contro la balaustra.

«Alcuni dicono che sia la dea dei mondi di mezzo», continua Shona. È così vicina che Charley vede ogni grumo di mascara sulle sue ciglia. «Tra la salvezza e il pericolo, il bene e il male, la vita e la morte, il Natale e la Dodicesima notte. Un tempo era una protettrice di donne e bambini, poi è diventata vendicativa. Quando inizia il periodo natalizio, si alza in volo con la Caccia Selvaggia dei demoni e sbudella i cattivi con un coltello da intaglio».

Charley cerca di non tremare, non vuole mostrarsi debole. «Stai solo c-cercando di spaventarmi, ma non funziona. Non ho dodici anni».

Shona sogghigna e scrolla le spalle con aria sprezzante, facendo tremare le pellicce. Non si allontana per niente. «Stammi a sentire, uccellino, ogni racconto di Natale, da Krampus e Scrooge, ha un tema dominante: la ricompensa dei virtuosi e la punizione dei peccatori. Quindi è il momento di chiedere: sei una peccatrice?».

Shona regge il suo sguardo. Charley comincia a tremare per la vicinanza, per la stranezza della situazione. Sente delle chiazze di sudore formarsi nel vestito da governante, ma sa che Shona vuole che indietreggi e si rifiuta di accontentarla. Deve fare ricorso a tutte le sue abilità di attrice per mantenere un'espressione neutra e non distogliere lo sguardo.

Dopo quella che sembra un'eternità, Shona tende le labbra in un sorriso. «E va bene, uccellino. Montiamo quest'albero».

Con le mani tremanti, Charley ripulisce la chioma da terra e foglie secche, cercando di superare il disagio causato dallo strano comportamento di Shona. Ma non ci riesce e si sente ancora inquieta quando issano l'albero e lo poggiano dentro un secchio per il carbone, sostenendolo con un misto di ciottoli del vialetto, ciocchi di legno e preghiere.

Senza addobbi e decorazioni, ha proprio l'aspetto naturale e selvaggio che voleva Shona, e senza nemmeno le luci sembra aver portato qualcosa di primitivo e oscuro dentro casa. L'odore di pino riempie la stanza e la neve sciolta gocciola dalle punte dei rami. L'albero di Natale di plastica lì accanto sembra un po' ridicolo.

Sam arriva con una tazza di caffè e dice che è storto. Al suo fianco, sottobraccio, c'è Audrey. A Charley sembra più stanca di lei, malgrado sia stata la prima ad andare a letto.

«Abbiamo un po' esagerato ieri sera a cena, vero?», dice Sam, guardandola negli occhi. «Ti chiedo scusa. Ne parlerò anche con Pan quando si sveglia. È ora di lasciarci il passato alle spalle».

«Udite, udite!». Leo appare, splendente in una vestaglia di seta con un motivo Paisley, che probabilmente fa parte del costume, ma con lui non si può mai sapere. Stringe una tazza anacronistica con il disegno di una mucca e sulla fronte ha ancora qualche traccia della scritta "Scrooge segaiolo".

«Bonjour, Madame Poule», dice, facendo un cenno a Shona. «Grazie per avermi scelto per la sua opera d'arte. Se solo l'avesse firmata, ora la mia fronte varrebbe una fortuna».

«*Tout est à propos de l'argent*», si schermisce lei con una vezzosa alzata di spalle, senza nemmeno una residua ombra di paura sul viso. «Pensate solo ai soldi, tu e Monsieur Gold».

Proprio allora Gideon scende le scale in pigiama a righe, raggiante come un bambino di nove anni. «Che splendida mattina! Qualcuno ha parlato di soldi? Musica per le mie orecchie dorate! Rah».

La discussione ricorda a tutti che sono lì per un omicidio: a un certo punto, quella mattina, scopriranno un cadavere.

Ma c'è tempo per fare colazione prima.

Nella Sala Azzurra i posti sono gli stessi della sera precedente, anche se c'è un coperto in più per Audrey. La sedia di Ali, o di Mrs Dove, a capotavola è ancora vuota. Sul tavolo ci sono cinque scatole incartate con cura. Tutte delle stesse dimensioni e, sebbene Charley non sappia com'erano i regali negli anni Venti, la combinazione di carta marrone e nastro di raso è abbastanza convincente. I regali non sono per loro, ma per i personaggi. Sul suo ci sarà certamente il nome *Miss Colly*.

«Oh, Ali, sei un genio», esclama Shona, adocchiando il suo pacchetto. «Questi regali saranno *diabolici*».

«Non sono veri regali», spiega Sam a Audrey. «Fanno parte del gioco, ci saranno degli indizi all'interno e le reazioni dei personaggi indicheranno il segreto che nascondono».

«Bello, è tutto molto intricato», commenta Audrey.

Charley non capisce se il suo tono sia di scherno o di ammirazione e, per un attimo, vede il gioco della Masquerade Society dall'esterno, nel modo in cui probabilmente lo vedrebbe anche suo padre. Un manipolo di ricchi viziati che fanno un gioco di ruolo terribilmente costoso. Aveva impiegato gran parte della sua carriera a cucinare per gente come loro, e spesso tornava a casa con racconti di banchetti sontuosi e svaghi decadenti. "Sono tutti pazzi", diceva scuotendo il capo. "Se hai troppi soldi in banca, perdi il senso della realtà".

Ma è troppo tardi per preoccuparsene: ormai è lì. E vorrebbe prendersi una pausa dal gioco per appurare se Pan, una volta sveglia, è disposta a fingere che l'omicidio la sera prima sia avvenuto come da programma. «Forse dovremmo aspettare Mrs Dove per aprirli», propone con la voce da Miss Colly.

«Non ha senso aspettare Mrs Dove», interviene Kamala. «La strada per arrivare qui sarà impraticabile finché non verranno a spazzare la neve. E non succederà la mattina di Natale. Non posso neanche telefonare per dire che ci siamo, perché la linea fissa non funziona. Di nuovo». Alza gli occhi al cielo.

Charley studia Leo, cercando di capire se è arrabbiato per l'assenza di Ali o perché non sta passando il Natale con lei, ma quando parla è per lamentarsi della mancanza di accesso a internet.

Pensa a Matt: lui di sicuro sarebbe stato pieno di livore e rabbia se non si fosse presentata, anche a costo di superare una valanga. Si meraviglia constatando che tutte le coppie sono diverse.

«Non ci sono regali per Mrs Dove e Lady Partridge», osserva Leo. «E sono entrambe assenti. Spero non sia successo nulla di spiacevole».

Shona non riesce più ad aspettare e inizia a tirare i nastri del suo pacchetto. Gideon alza le mani inorridito.

«Madame Poule, in questo paese apriamo i regali solo dopo cena», dice. «Farlo prima è da...». L'occhiata a Charley è così rapida che lei quasi non se ne accorge. «Be', è piuttosto normale».

Gli altri sbuffano. Audrey gli lancia un'occhiata sprezzante.

«Non dire sciocchezze, Goldy», interviene Sam. «Sono di buona famiglia come te e abbiamo sempre aperto le calze dopo colazione. Inoltre, questi non sono veri regali, fanno parte del gioco».

«Paparino non è qui a giudicarti», aggiunge Leo, e Gideon arrossisce. Da quando è sceso è vivace come un Golden retriever, ma ora un po' di quella energia positiva è scemata.

«Magari prima porto su un vassoio con la colazione a Lady Partridge», propone Charley.

«Vado io!», si offre volontario Gideon, ma è troppo tardi. Gli altri stanno già scartando i regali.

«Fate uno alla volta. E ricordate di reagire rispettando il personaggio», raccomanda Leo, guardando Gideon. «Mi riferisco soprattutto a lei, Mr Gold».

«Splendido!», esclama lui, sedendosi di nuovo a tavola. «Rah!». Scarta il nastro, infila una mano nella scatola e tira fuori un oggetto luccicante e dorato. È un piccolo tocco da laureato ricoperto di lustrini e paillettes.

«Oh, che carino... anche se è un po' pacchiano», osserva Mr Gold. Quando lo inclina, ne esce un rotolo di carta multicolore. Un mazzetto di banconote del Monopoli. «Aooh…». Il suo volto si congela in un mezzo sorriso e incrocia brevemente lo sguardo di Sam, poi si ricorda che deve restare nel personaggio. «Oh, cielo, che bel gruzzolo! Lo aggiungerò alla piscina di banconote in cui mi tuffo a fine giornata. Rah!».

Bisogna riconoscerlo, Gideon ha preso un personaggio molto debole e lo ha arricchito. Ma cosa significa il regalo?

Leo prende la sua scatola e la scuote vicino all'orecchio. «È molto leggera», dice con la voce di Leapworth. Strappa l'involucro con noncuranza e solleva il coperchio, estraendo una manciata di piume. «Forse servono a proteggere qualcosa… Svuota la scatola sul tavolo e altre piume si ammucchiano davanti a lui.

«Piume bianche…», dice il dottor Swan. «Sono solo piume bianche… per la codardia».

Per un attimo Leo impallidisce, apre e chiude la bocca, come se si stesse sforzando di controllarsi. È reale, pensa Charley. *Non è così bravo come attore.* Poi sembra ricordare dov'è, chi sta interpretando.

«È oltraggioso», esclama. «La mia condotta durante la guerra è stata impeccabile! Ho servito il re e il mio paese!». È quasi convincente, ma c'è qualcosa di esagerato nei suoi modi. Quelle piume significano qualcosa di più, in una sorta di linguaggio privato tra marito e moglie. Ed è tutt'altro che romantico.

«Sono curioso di vedere cosa è stato regalato alla povera, umile Miss Colly», dice Mr Gold. «Lei è più bisognosa di noi, ovviamente».

Charley sa cos'è prima ancora di aprire il pacco, prima ancora di sollevarlo e sentire il forte tintinnio al suo interno. Lo scarta cupamente e tira fuori la pesante collana d'oro.

Non somiglia per niente a quella di Dasha. È grossolana, troppo lunga, e gronda di ridicole "gemme" multicolori. La collana di Dasha era delicata e di buon gusto, con un ciondolo di diamanti e malachite verde. Era bella e una volta aveva commesso l'errore di dirlo, cosa che poi era stata usata come prova contro di lei.

«Ohoho!», fa Mr Gold. «Lady Partridge dice che è tempo di dimenticare e perdonare, ma forse Mrs Dove la pensa diversamente!».

«Sir, non so cosa intenda dire», risponde Miss Colly. «Sono solo un'istitutrice, non ho bisogno di gioielli...».

«Ah!». Leapworth le dà un buffetto. «Suvvia, Miss Colly, una donna giovane e carina come lei non può essere così umile. Indossi la collana. Se la goda».

Nel suo fascicolo c'è scritto che Charley disprezza Leapworth ancora più degli altri, ma deve resistere un altro po' e fingersi sottomessa prima di poter fuggire da Snellbronach con il bottino rubato. Si mette la collana.

A quel punto tutti si accorgono che Shona non parla da un bel po', anche se è stata la prima ad aprire il regalo. È seduta al suo posto con lo sguardo fisso sulla scatola, e Charley nota che la parte inferiore è bagnata e fuoriesce una specie di liquido.

«Qual è il suo regalo, Madame Poule?», chiede il dottor Swan.

«Budella». Shona risponde con la sua vera voce, senza il finto accento francese. «Ho ricevuto delle budella». Infila una mano nella scatola e ne tira su una manciata: viscere umide e viscide le scivolano tra le dita. Sono piccole, forse di una gallina o di qualche altro volatile che Kamala sta preparando per pranzo. Shona non è mai stata schizzinosa: realizza sculture e installazioni con ossa di animali e sottoprodotti dell'industria della carne. Quindi non ha problemi a toccare le interiora, ma ha ancora un'espressione inorridita mentre fissa le viscere che ha in mano.

Charley ricorda le sue parole su Frau Perchta, la sbudellatrice, e rabbrividisce.

Audrey emette un gemito di disgusto e si porta una mano alla bocca. Sam la cinge con un braccio, protettivo. Gideon sembra atterrito e Leo dilata le narici aristocratiche in segno di ribrezzo.

Shona lascia cadere le interiora nella scatola e si pulisce le mani con i rigidi tovaglioli di lino di Snellbronach. L'atmosfera è cambiata. Il dottor Swan non ha ancora aperto il suo regalo.

«Temo che tocchi a me», dice.

«Non farlo», si oppone Audrey. «Non è più divertente».

«Non può essere peggio di…». Indica la scatola di Shona, poi sfila il nastro e lo piega con precisione. Si alza per sbirciare dentro e gli si legge in faccia un'espressione confusa, seguita dallo shock.

«Mi dispiace, Audrey», dice. «Ma è un uccello. Un uccello morto».

Lo solleva delicatamente, quasi con tenerezza, e Charley pensa fugacemente che forse è un medico molto attento e premuroso. L'uccello è nero, con il becco giallo brillante, i piccoli artigli stringono l'aria e gli occhi, simili a perline lucenti, sono ancora aperti. Ma l'immobilità di un uccello canoro è innaturale, sbagliata.

«È orribile», mormora Charley, sentendo salire la nausea. Sa che Ali sa essere dura e un po' spietata, ma come ha potuto uccidere un povero uccellino solo per farne un oggetto di scena?

«È peggio di quanto sembri», dice Shona, fissando il povero pennuto. Il suo volto, simile a una maschera, esprime una genuina angoscia. «È un merlo. È la carcassa di un merlo. Non capite?».

Gli altri la guardano inespressivi.

«Ma non sapete niente di folklore e tradizioni?». Stranamente, il suo tono è piatto e senza tracce di scherno. «Nel canto sui dodici giorni di Natale, il verso "*four calling birds*" è apparso solo di recente. Prima la gente cantava "*four colly birds*". *Colly* all'epoca era un altro modo di indicare il merlo. Charley è Miss Colly, non Miss Calling. Quindi il dono del dottor Swan, impacchettato con un bel fiocco, è un merlo morto».

8

Charley si rifugia in salotto, trova una poltrona sotto l'albero di Shona e si rannicchia con le ginocchia al petto.

La porta del corridoio è aperta e sente Sam interrogare Kamala sulla provenienza dei pacchi.

«Erano già in cantina quando sono arrivata». Sembra tranquilla, un po' perplessa, come se non capisse il perché di tanto interesse. Quindi non sa cosa c'era dentro. «Mrs Dove ha detto che avrei trovato dei regali e che dovevo metterli sul tavolo la mattina di Natale. Mi sembrava un'idea carina».

«Da dove vengono? C'erano delle cose dentro che... dovevano essere tenute al freddo».

«Non ne so niente. Fa piuttosto freddo in questo periodo dell'anno, soprattutto in cantina e nelle stalle».

Charley smette di ascoltare per concentrarsi sul significato del regalo di Sam. Aveva a che fare con il gioco? Ali cercava di insinuare che l'assassina, Miss Colly, sarebbe stata assassinata a sua volta in seguito? Nel suo fascicolo non c'era nulla al riguardo. Ma l'altra spiegazione è di gran lunga peggiore: che il regalo fosse destinato al vero Sam, piuttosto che al personaggio, il dottor Swan. È un'accusa.

Era Sam che aveva cercato di affogarla?

Charley rabbrividisce. Lei e Sam non sono mai stati amici, ma non hanno nemmeno avuto motivi di disaccordo. Tra tutti i Masquerader presenti a Fenshawe Manor quella sera, lui era stato l'unico a non accusarla di aver rubato la collana, oltre a Karl.

Forse tutti i regali avevano un significato non inerente al gioco. Sicuramente ce l'aveva il tocco da laureato di Gideon, e Leo non era riuscito a nascondere la sua reazione alla vista delle piume.

Proprio allora entra Leo, con il piatto della colazione: uova in camicia e salmone affumicato. Nessuno vuole più mangiare a tavola. Si sistema sul grande divano di velluto e accende la tivù. Dopo aver armeggiato un po' con il telecomando, scopre che ci sono solo due canali e tira un sospiro di sollievo, perché uno di questi è BBC One. Il familiare rullo di tamburi della sigla di BBC News si diffonde nella stanza, seguito da un filmato di gente che intona canti di Natale a Downing Street. Nel sottopancia scorre la solita carrellata di notizie insulse tipiche delle feste: *Smedley si scusa per la gaffe sulla diversity, i manifestanti contro la caccia intensificano la campagna del Boxing Day; il discorso del re è centrato sulla gentilezza; Odastra: l'amministratore delegato era consapevole dei problemi.* Prova il solito senso di colpa, ma lo placa: non può cambiare quello che è successo, lei non ne sapeva nulla. Guarda Leo, ma lui la ignora, continuando a mangiare e a prendere appunti. Nel suo mondo tutte le sfumature di quelle notizie sono interessanti. Forse la donna di cui ha parlato Pan, la signora Gupta, ha a che fare con un suo articolo. Charly sbircia il taccuino, ma Leo ha una calligrafia spaventosa.

Lo schermo del televisore si spegne e Leo impreca. È ora di riprendere la recita. Charley cambia posizione e assume un atteggiamento più da Miss Colly.

«Lord Leapworth, posso fare qualcosa per lei?».

Lui posa il taccuino e si volta verso di lei, entrando nel personaggio. «Quella collana le dona molto, signorina». Argh. Fa parte della storia? Leapworth deve filtrare con lei? Forse la sta adulando per ottenere informazioni.

«Grazie, spero solo di indossarne una autentica, un giorno». E poi, ricordando il segreto del suo personaggio, aggiunge in tono malizioso: «È il mio più gran desiderio».

È allora che nota una seconda testa di cervo esposta sopra il camino, simile a quella della Sala Azzurra. Intorno si vede una leggera sagoma sulla parete, a indicare che prima vi era affisso un quadro o forse uno specchio. È un altro degli oggetti di scena di Ali?

Si sforza di concentrarsi su Leapworth. «Il suo regalo sembrava un po'... insolito per un politico. So che il suo stato di servizio in guerra è impeccabile, ma è possibile che Mrs Dove le abbia mandato le piume per un altro motivo? Magari più serio?».

Lui la guarda e per un attimo sembra che stia per mettersi a piangere. La sua maschera comincia a sgretolarsi... finché ricorda con chi sta parlando e ripristina l'espressione rigida e controllata. «Stai al tuo posto, Charley... volevo dire, Miss Colly. Lasciami mangiare in pace, non ho molto tempo perché ho un appuntamento in biblioteca alle undici in punto».

Charley salta in piedi. Chiaramente è lui che deve trovare il cadavere di Lady Partridge. Deve parlare urgentemente con Pan. Prima di andarsene, si toglie quella ridicola collana e la lascia sul tavolino accanto a Leo.

Sul pianerottolo, al piano di sopra, bussa delicatamente alla porta di Pan, senza ottenere risposta. Bussa più forte. Possibile che stia ancora dormendo?

«Pan, ti prego. Sono le undici meno dieci e Leo deve trovarsi in biblioteca alle undici in punto. Abbiamo ancora tempo per prepararci. Va bene? Ali mi paga stavolta e ho davvero bisogno di soldi... Non ha promesso anche a te un contratto con uno sponsor?».

Bussa di nuovo, un po' più forte, ma ancora non risponde

nessuno. Poi Charley si ricorda che Pan una volta ha fatto dei reel su Instagram su dei tappi per le orecchie che le avevano davvero cambiato la vita, permettendole di dormire meglio. Schiude leggermente la porta.

Il letto è sgualcito, ma vuoto. Per terra ci sono mucchietti di vestiti e altri oggetti disposti ad arte. Costumi di paillettes e libri vintage presi in biblioteca, un maglione di cashmere messo intorno a una crema per la pelle e a una sorta di siero. Pan avrà fatto dei *flat-lay* per Instagram. "Almeno lei ha ancora la sua valigia", pensa stizzita.

La porta del bagno è aperta. Charley bussa, poi sbircia dentro.

Non c'è nessuno.

Ormai è nel panico e si rimprovera per aver perso tempo ad aprire quegli stupidi regali e a parlare con Leo. Dov'è finita Pan? Si è nascosta apposta per crearle problemi? O ha passato la notte altrove?

Forse...

Corre in camera sua, prende la pianta della villa nella sua cartellina e trova la stanza di Gideon.

Entra senza bussare. Gideon è a torso nudo e si sta abbottonando un paio di pantaloni di tweed vintage. Lancia un grido acutissimo di stupore e indignazione. Ma Charley lo ignora ed entra nel bagno in camera. Niente, solo accessori da barba, qualche fazzoletto appallottolato... l'incarto di un preservativo vuoto.

Ah, ecco dove ha passato la notte Pan.

Gideon l'ha seguita in bagno ed emette versi indignati, con le braccia conserte sul petto quasi glabro.

«Ho bisogno di Pan», dice Charley. «È ancora qui?».

Gideon farfuglia, agitato: «Non so cosa vuoi dire... Sono fidanzato... molto felice...», ma poi si arrende. «Non la vedo da ieri sera. Ha detto che doveva incontrarsi con te».

«Ehm... non ci siamo più viste». Non ha la forza di rimproverare Gideon e Pan per aver barato al gioco condividendo informazioni. Probabilmente stavano barando tutti e lei era l'unica a rispettare le regole.

Uscendo, sente un suono nell'atrio. Il vecchio orologio vicino alla porta batte le undici. Charley perde la speranza. Ha fallito. Può dire addio ai soldi di Ali, al nuovo inizio in un appartamento tutto suo, e anche al perdono e all'accettazione degli altri. *La piccola Charley è troppo stupida e non riesce nemmeno a portare a termine un lavoretto di recitazione senza mandare tutto all'aria!*

Sente il rumore dei passi di Leo che attraversa l'atrio piastrellato come se fosse a casa sua, il rumore della porta della Sala Azzurra che si apre al suo passaggio. Rimane immobile in cima alle scale, con una mano sulla ringhiera, ascoltando gli sviluppi del suo fallimento.

Il rumore della porta della biblioteca che si apre. E il silenzio.

Silenzio.

Ancora silenzio.

Strano, ancora niente.

Poi, un grido di panico. «Merda! Oh, merda merda merda! VENITE TUTTI. CHIAMATE UN'AMBULANZA!». La voce di Leo esprime un orrore così realistico che per un attimo Charley dimentica che sta recitando.

Poi corre giù per le scale, sollevata. *Oh, Pan, sei un tesoro! Mi dispiace di aver dubitato di te. Grazie, grazie, grazie…*

Accorrono anche gli altri, con i volti ansiosi ed eccitati. Bando agli indugi, gli indizi ci sono tutti: il gioco è cominciato.

9

Pan – Dodici Natali prima, ore 17:00

«Wow, questo bagno è enorme», esclamò Charley.

Ali soppresse una risata, Pan fece un verso di esasperazione.

«Per l'amor del cielo, Charley, non potresti essere un po' più *sobria?*». Era la sua nuova parola preferita e la usava tantissimo con lei.

Ma quella volta Charley non esagerava, il bagno era grande anche per gli standard delle ereditiere greche. Tuttavia, come accadeva in molte case di campagna inglesi, le dimensioni non erano sempre sinonimo di lusso. C'era spazio a sufficienza per una zona doccia, un bidet e un'elegante vasca da bagno, invece era una cella spoglia e con piastrelle anonime che conteneva un gabinetto con lo scarico gocciolante, un lavandino macchiato di ruggine, un vecchissimo tavolo da toilette e una vasca di ghisa proprio sotto la finestra piena di brina e spifferi. Probabilmente gli infissi risalivano all'epoca edoardiana.

«Poteva andare peggio», commentò Ali, sgombrando la toeletta e cominciando a truccarsi. Dato lo spazio esiguo, Pan si unì subito a lei per stabilire il suo territorio.

Il giallo natalizio era ambientato negli anni Trenta, e dava a Pan e Ali l'opportunità di sperimentare rossetti audaci e acconciature da star del cinema muto, e a Shona la scusa per indossare una mantellina da sera che aveva pagato una fortuna a Camden Market.

Dasha, che non aveva intenzione di partecipare al gioco ed era venuta solo perché non aveva nient'altro da fare, aveva aperto la finestra di uno spiraglio per fumare una sigaretta e si era sdraiata nella vasca vuota, poggiando sul bordo le lunghe gambe infilate in un paio di jeans attillati da almeno mille dollari. Pan provò una punta di invidia. Tutto ciò che faceva Dasha era sexy e sfacciato. Una delle sue peggiori angosce delle tre del mattino era il pensiero che iniziasse a creare contenuti su Instagram e ottenesse più follower di lei in una sola notte.

Di giorno riusciva a mettere da parte le preoccupazioni e a rassicurarsi di avere tutto sotto controllo, ma era più difficile mentire a sé stessa a tarda notte, da sola, al buio. Doveva stordirsi con l'alcol per prendere sonno. Non che non riuscisse a dormire senza, ma preferiva non correre rischi. Poi, alle tre del mattino, l'alcol abbandonava il suo organismo, svegliandola e lasciandola in balia delle scene spaventose che si svolgevano sotto le sue palpebre. Alla paura di sbagliare, di vestirsi male. Che i suoi genitori scoprissero il suo nuovo numero e che qualcuno – Ali, Shona o, peggio ancora, Gideon – scorgesse le anomalie della sua vita, aprisse gli occhi e la vedesse per quella che era. La vera Pan. E di recente un nuovo timore si era aggiunto alla lista, centrato su Karl, Charley e su quello che sapevano.

Pan aveva una certa esperienza nel mantenere segreti, sapeva che bastava un piccolo errore a metterti nei guai, e quello che aveva commesso lei non era piccolo. Lei e Ali avevano organizzato una riunione per l'organizzazione della Masquerade nel loro appartamento. Il vino scorreva a fiumi, la musica era alta e per qualche istante Pan si era concessa di rilassarsi, persino di flirtare con Gideon. Lui ci metteva poco a imporporarsi e a lei piaceva molto farlo arrossire.

Avevano discusso animatamente della possibilità di farla franca per un omicidio nella vita reale, con la moderna tecnologia forense e quelle fastidiose telecamere a circuito chiuso ovunque. Sarebbero riusciti ad ammazzare qualcuno? Avevano risposto quasi tutti di sì, se non avessero avuto scelta.

«Pan è troppo buona», aveva detto Gideon.

Al che lei aveva ribattuto immediatamente. «Certo che potrei farlo! Smettila di idealizzarmi, Gids».

«Non esiterebbe un attimo ad ammazzarti», aveva aggiunto Karl.

«Meglio non parlare di quello che potrebbe fare la *tua* ragazza!», aveva replicato lui, accorgendosi subito di aver ammesso così che Pan fosse la sua ragazza e diventando rosso come un peperone.

Proprio allora aveva suonato il citofono e lei era andata ad aprire. Convinta che fosse il tipo della pizza, non aveva nemmeno controllato dallo spioncino. Un errore da dilettante.

Aveva aperto la porta e se l'era trovato davanti, con il suo bel sorriso. «Ciao, tesoro, ti sono mancato?». La sua voce da studente della Londra bene, troppo acuta, era risuonata nell'atrio e lei era rimasta di sasso, con la bocca aperta, il cuore in gola.

Da dentro erano giunte delle voci, Ali che chiedeva: «Chi è?». Leo che rispondeva: «Il cast di *EastEnders*, a quanto sembra».

"Fa' qualcosa, idiota", si era detta, ma era rimasta lì immobile per un bel po' di secondi prima di sbattergli la porta in faccia.

Quando si era voltata, aveva trovato Charley e Karl proprio dietro di lei, che la fissavano.

Con il cuore a mille, si era girata di nuovo per dare un'occhiata alla porta chiusa e aveva pregato qualsiasi dio fosse in ascolto: "Fa' che non bussi di nuovo. Fa' che abbia capito il messaggio. Fallo andare via".

«Uno che ha sbagliato indirizzo», aveva spiegato alzando le spalle, ma si rendeva conto benissimo di avere un sorriso troppo ostentato, un tono di voce troppo disinvolto. Aveva detto la bugia sbagliata: se davvero fosse stata una persona sconosciuta, lei sarebbe stata più gentile, più educata. Avrebbe dovuto rispondere: Testimoni di Geova, o un piazzista di infissi. Ormai era tardi per rimediare. Doveva solo aggiungere quell'incidente al registro mentale di tutte le bugie che aveva detto.

Si era chiesta se lui fosse ancora là fuori, se li sentisse parlare. Non era possibile appurarlo, ma almeno non aveva più bussato. Karl l'aveva scrutata con un sopracciglio alzato e lei aveva sperato che dimenticasse presto l'episodio.

Non se ne dimenticò. Invece, cominciarono le domande. Non erano indiscrete, erano domande di circostanza che è normale farsi tra amici. Sui conoscenti comuni, sulla località sciistica che avevano frequentato entrambi prima di conoscersi, sulla fissazione per la sicurezza delle rispettive famiglie. Domande innocue, ma a volte le ripeteva più di una volta e c'era solo un motivo per farlo.

E poi ultimamente aveva notato che anche Charley la guardava con sospetto. Possibile che lei e Karl fossero in combutta?

Pan era sempre più tesa, nella sua mente si accumulavano strati d'ansia sempre più fitti, come l'elenco di bugie che diventava sempre più intricato. All'approssimarsi del Natale, l'angoscia delle tre del mattino non si atteneva più alla solita fascia oraria, ma la visitava a ogni ora, per tutta la notte.

Si chinò sulla toeletta e si applicò con cura un rossetto audace chiamato "Piccolo Babbo Natale", poi premette le labbra con soddisfazione. A volte persino lei si stupiva di quanto sembrasse calma e sicura di sé all'esterno.

"Forza", si disse con convinzione, "sei Pandora Papadopoulos, letteralmente una dea greca, erede dei milioni della Hellenicorp. Potresti comprarti questa vecchia villa fatiscente a peso d'oro".

«Ti sta bene, cara», disse Shona. «Chi sei in questo giallo?»

«Miss Cartwright, archeologa e donna in carriera», rispose Pan, indossando un paio di occhiali a mezzaluna e facendoli scivolare sul naso. *Così va meglio.* «E tu sei la ricca vedova?»

«Adoro fare la ricca vedova, così posso essere sgarbata con tutti». Shona sorrise felice. «Ali è la raffinata Miss Trimble e Charley fa di nuovo la puttana».

Ah, era il momento di denigrare Charley. Pan tirò un sospiro di sollievo. Era un terreno sicuro per lei… be', quasi sicuro. Diede un'occhiata fugace alla preda. Sul tavolo da toeletta non c'era spazio per i trucchi di Charley, che quindi era stata costretta a tenere le sue cose in equilibrio sul lavandino e si stava mettendo il mascara con l'aiuto dello specchietto del suo misero fard No. 7. Faceva l'indifferente, ma si era immobilizzata per un istante. La bacchetta del mascara le tremava in mano.

Pan non si concesse nemmeno un briciolo di pietà prima di lanciare la sua frecciatina. «Mi stupisce che tu abbia scritto una parte per lei, Ali. Per come sono andate le cose».

«Mi ha costretta Karl. Innocente fino a prova contraria, dice». Ali arricciò il naso.

Dasha emise un verso di scherno, ma non alzò lo sguardo dal telefono.

«Probabilmente sta facendo la ricognizione per un nuovo furto da quando è arrivata», bisbigliò Pan.

Ali scoppiò a ridere e Shona annuì torva, dandole l'iniezione di fiducia che la spinse a continuare. «Questo posto sarà pieno di cose da rubare. Ali, dovresti avvisare Leo di tenere d'occhio tutto ciò che non è inchiodato».

Pan aveva sempre diffidato di Charley, anche all'inizio, quando il resto della Society l'aveva accolta, facendole domande su cosa significasse vivere con una borsa di studio.

Ma le avevano dato ragione dopo la scomparsa della collana di Dasha: era perfettamente logico sospettare di Charley. Dopotutto, era l'unica di loro ad avere palesemente bisogno di soldi, e a lei conveniva tenerla sotto pressione. Ma Charley resisteva e Pan si stupiva che non fosse ancora crollata: non avrebbe dovuto nemmeno presentarsi a quel weekend con delitto. Non poteva essere tanto forte.

Crash. Il rumore della borsa dei trucchi di Charley caduta per terra dal lavandino. I tubetti di trucchi da due soldi rotolarono sul pavimento, il fard si sparse sul tappeto tarmato. Charley si inginocchiò e raccolse tutto, poi si rialzò, stringendo al petto i trucchi e il costume.

«Forse dovresti trovarti un altro bagno», disse Pan, tenendo la porta aperta.

«Lo farò». Charley cercava di mostrarsi spavalda e sicura di sé, ma le tremava la voce, sembrava sul punto di piangere. "Funziona", pensò Pan, "stavolta l'ho offesa davvero". Charley si girò a guardarla prima di uscire. Aveva gli occhi lucidi, e d'un tratto Pan capì che non erano lacrime di vergogna ma di rabbia. Non l'aveva ancora spezzata.

«Devi stare più attenta a chi fai arrabbiare, Pan», disse. Poi si avvicinò e aggiunse sottovoce, per non farsi sentire dalle altre. «Karl mi ha raccontato tutto delle tue bugie».

Detto ciò uscì, lasciandola scossa e tremante.

Stava bluffando? Che cosa sapeva? Tornò dentro, avendo cura di sfoggiare un sorriso soddisfatto.

Le altre stavano ancora sparlando di Charley, imitavano i suoi atteggiamenti e scoppiavano in risate stridule per quella volta che aveva pensato che Glyndebourne fosse un whisky.

«Che noia», disse Dasha, posando il telefono con un sospiro e stiracchiandosi nella vasca. «Charley bla bla bla. Scopriremo presto se quella *cyka blyat* ha preso la mia collana. Ho i miei metodi. Non la passerà liscia».

«Non c'è da stupirsi che tu e Karl andiate d'accordo», commentò Shona con sarcasmo. «Scoprire i segreti delle persone è il suo passatempo preferito».

«Be', io non lo faccio per i ricatti o i pettegolezzi», ribatté Dasha, «ma solo per vendetta. Ci sono due modi per punire i nemici. Il più semplice e pulito è agire in fretta e fare giustizia, *bang*. Il secondo è aspettare che il tuo nemico creda di essere al sicuro, di aver vinto, e poi giocare con lui, metterlo sotto pressione, fargli venire gli incubi».

«Dovresti proprio scrivere un manuale di auto-aiuto sul tema», disse Ali, applicandosi l'eyeliner.

«Comunque, lasciate perdere Charley e diamo inizio alle danze. Pandora, c'è una bottiglia di ottima vodka nel mio zaino».

Pan rimaneva spesso colpita dalla forza, dall'audacia della personalità di Dasha. Per il suo occhio allenato, la figlia di un oligarca che girava armata, bestemmiava e beveva vodka era un personaggio troppo bello per essere vero. Forse Dasha nascondeva un lato sensibile, leggeva romanzi rosa e coltivava bonsai, ma Pan ne dubitava. Non aveva motivo di nascondere nulla. Cresciuta nel privilegio, senza un briciolo di autocoscienza che la contenesse, era un frutto del suo ambiente naturale. Magari era così che gli altri vedevano anche lei. Sperava di sì.

Rovistando nello zaino, Pan trovò una bottiglia di Stoli e un piccolo set di cicchetti di ottima qualità in un astuccio di pelle, sistemati accanto alla pistola. Ali prese un iPod e un altoparlante e mise su una playlist natalizia per farle entrare nello spirito delle feste.

«Queste canzoni non hanno senso», disse Dasha. «Chi vorrebbe mai quattro merli per Natale? E perché i signori saltano?»

«Ah, perché parla di morte», esordì Shona e Pan trattenne un gemito esasperato. «C'è una storia che racconta di un re dei tempi antichi la cui figlia era gravemente malata. Il re andò a trovare la Morte nel suo palazzo e la pregò di far superare l'inverno alla principessa, offrendole una pernice grassa appena uccisa. La Morte accettò il dono, che il re appese a un albero di pere, e la principessa sopravvisse un'altra notte. Ma poi la Morte disse che non era abbastanza, così, il giorno dopo, il re le offrì una coppia di colombe, poi tre galli, e quattro merli. La Morte non era ancora soddisfatta. Il re provò con l'oro, ma l'anima della principessa valeva molto di più». E poi con un sorriso raggiante aggiunse: «Infine, ricorse al sacrificio umano. Le mungitrici furono le prime a essere uccise, poi le danzatrici. Quando dieci dei suoi nobili più potenti si opposero al massacro, il re fece trucidare anche loro. Infine, ordinò l'esecuzione di dodici suonatori di tamburo, ma quando il boia brandì la sua scure, sul patibolo apparve la Morte. Disse che nel suo palazzo c'era già troppo chiasso, con le mungitrici che ciarlavano, le dame che danzavano e i pifferai che suonavano, non aveva bisogno pure dei tamburini. Preferiva prendere una principessa silenziosa. I tamburini furono liberati, si rivoltarono contro il re e lo fecero a pezzi. Così padre e figlia entrarono nel palazzo della morte insieme, mano nella mano». Shona sorrise con i denti sporchi di rossetto che le davano un aspetto da vampiro.

Pan aggrottò la fronte, incerta su come reagire. Era una tradizione che avrebbe dovuto conoscere? L'avrebbero presa per stupida se avesse confessato di non averne mai sentito parlare? Ma Ali sembrava altrettanto confusa.

Dasha scoppiò a ridere. «Stronzate. Te la sei appena inventata».

Shona sogghignò. «Vi ho messo paura, però, non è vero? Forse un giorno ne farò una scultura, per introdurla nel folklore britannico. È così che nascono tutte le fiabe, con una storia di malvagità che sembra vera, ma non lo è».

«Dimmi, Shona, com'è il tuo pianeta Natale?», chiese Ali ridendo. «Passami la bottiglia, Dasha, e prepariamoci a questo omicidio».

SECONDA PARTE
SCOPERTA

10

Charley si precipita nella biblioteca con gli altri, aspettandosi di vedere Pan teatralmente distesa sul pavimento e ricoperta di sciroppo di mais. Ma la stanza è in ordine e senza vittime, come la sera prima.

Qualcuno ha tirato le tende, facendo entrare la luce smorta del mattino insieme all'aria gelida. La porta laterale è di nuovo aperta e fuori ci sono impronte nella neve.

Charley incrocia lo sguardo di Sam; entrambi fanno spallucce ed escono, seguiti a ruota da Shona e Audrey. Il freddo si abbatte su di lei, penetrandole nei muscoli mentre cammina. Probabilmente in estate quel posto è un bel rifugio, in posizione appartata sul retro della casa, con le alte siepi di ligustro che lo proteggono dal vento. Ma ora è tutto morto e congelato. La neve alta fino alle ginocchia le inzuppa le calze. L'acqua ghiacciata si raccoglie intorno alle dita dei piedi. Alza lo sguardo. Leo è a pochi metri da loro, sta fissando un albero.

No, fissa qualcosa *sotto* l'albero.

A una prima occhiata somiglia a un pupazzo di neve sbilenco, accanto al tronco. Almeno, ha una forma vagamente umana ed è tutto bianco. Ma c'è qualcosa di sbagliato, qualcosa di ripugnante. Charley si sofferma su un dettaglio. Una mano pallida. Non il ramoscello biforcuto di un pupazzo di neve, ma una mano vera. Con le dita cariche di anelli sottili.

E d'un tratto, con una lucidità nauseante, comprende ciò che ha davanti.

«È una specie di... scherzo», domanda Audrey, con voce tremante. «Fa parte del gioco?».

Charley scorge il volto di Pan, parzialmente coperto di neve fresca, privo di colore e di vita, con gli occhi chiusi. E poi vede un cappio tra le ciocche ghiacciate dei suoi capelli, la corda appesa a un ramo robusto dell'albero. Attraverso la coltre di neve, è ancora visibile l'elegante abito blu pavone che indossava la sera prima.

«Oh, Pan», mormora Shona. Lo shock ha spento tutta la sua sfrontatezza, il suo carattere spigoloso.

Alle loro spalle si sente un rumore, una specie di rantolo strozzato, il verso bestiale che una persona emette solo quando non ha parole per esprimere il suo dolore. È Gideon. Indossa le prime cose che ha trovato, un tweed bordato d'oro e un berretto di daino, il suo volto ha perso ogni colore. È un uomo che non ha mai perso nulla a cui tenesse, destinato a percorrere la vita su binari lisci e lucidi, ammortizzati dal denaro e dal potere, abituato ad avere tutto ciò che desidera. E l'unica persona a cui tenesse davvero non c'è più.

Gli altri si spostano per lasciarlo passare. Va verso di lei, ignorando i cumuli di neve, i fiocchi freschi che cadono dal cielo. Allunga una mano e le scosta delicatamente una ciocca di capelli dal viso.

«Lady Partridge...», mormora.

Nessuno lo corregge, sono troppo storditi, troppo scioccati per reagire.

«Non lo sapevo», dice Shona. «Sapevo che era sotto pressione, ma non avevo idea...».

«Non lo sapeva nessuno». La voce di Leo è flebile, inespressiva. «Non avrei mai immaginato che Pan potesse fare una cosa del genere».

Gideon si gira di scatto e li guarda con un lampo di rabbia negli occhi. «Pensate che si sia uccisa? Lady Partridge non si sarebbe *mai* suicidata! Non è nella sua natura. Aveva tutte le ragioni per vivere, soprattutto ora, che ci eravamo appena fidanzati».

«Gideon, smettila», dice Leo. «Non è divertente».

«Chi è Gideon?», ruggisce lui. «Smettila di chiamarmi così. Lasciatemi in pace, ho bisogno di stare con lei, da solo». Cade in ginocchio sulla neve, cinge le gambe di Pan e scoppia a piangere.

Di comune accordo, decidono di ignorare la sua angoscia e focalizzarsi su Pan, su cosa fare. Leo recupera il suo aplomb e si concentra sulle cose pratiche. Trema in tutto il corpo, ma non ammetterebbe mai questa debolezza.

«Non possiamo lasciarla qui», dice. «Sarebbe sbagliato, irrispettoso. Ci serve qualcosa per tagliare la corda».

«Vado a prendere l'ascia», si offre Shona, tornando dentro.

Charley vorrebbe solo tirare giù Pan e toglierla da quella posizione orribile, ma un pensiero la trattiene. Trova la voce. «Pensate che sia giusto spostarla?», chiede. «Non è meglio che la veda prima la polizia?»

«La polizia non arriverà oggi», replica Sam. La neve gli vortica attorno, sempre più fitta e veloce. «Non possiamo nemmeno chiamarla con il telefono fisso. La cuoca ha detto che non funziona, e le strade sono bloccate. Non possiamo lasciarla qui per giorni».

Gideon emette un rauco verso di orrore.

«Si è tolta la vita, Charley», dice con calma Leo. «Ci sarà un'inchiesta… o non so come la chiamano in Scozia. Ma è un caso piuttosto semplice. Forse dovremmo fotografarla, per quanto sia orribile, per dimostrare che abbiamo agito in buona fede». Sotto sotto, sta pensando allo scandalo.

«Lo farò io», dice Sam. «Sono un medico».

Charley annuisce e si stringe nelle braccia, per trattenere il calore residuo. La neve è troppo fitta e non riesce a vedere più niente, mentre Sam cerca di prendere il telefono e di sbloccarlo con le dita congelate.

«Non si è uccisa», ripete Gideon. «Non lo avrebbe mai fatto, mai».

Ma dopo aver visto la sua faccia la sera prima, la preoccupazione e la stanchezza che vi erano impresse, Charley non ne è più così sicura.

È Gideon a portare Pan, adagiata sulle sue braccia come una damigella in pericolo. È rigida per il freddo e per il rigor mortis, ma lui si rifiuta di accettare qualsiasi aiuto. E si rifiuta di chiamarla Pan. Pan non è morta, quella è solo Lady Partridge, l'amata di Mr Gold. Alla fine del gioco si toglieranno i costumi, rideranno dell'accaduto e saranno di nuovo insieme.

Vorrebbe adagiarla sul letto, ma Sam riesce a farlo ragionare e trovano la stalla vuota di cui parlava Kamala, dietro la villa. Rompono una vecchia balla di fieno e la spargono per fare un giaciglio, foderandolo con una coperta presa in biblioteca. Shona accende le candele e il bastoncino di incenso che ha trovato chissà dove, poi dispone dei rametti di agrifoglio e vischio intorno ai suoi capelli dorati e coperti di neve.

Gideon è l'ultimo a rientrare in casa.

Sono tutti in piedi nella biblioteca, tremanti, intorpiditi dal freddo e dallo shock, quando Kamala appare sulla porta, sorridente e arrossata dal calore della cucina.

«Il pranzo di Natale è servito!». Cambia espressione di colpo quando si accorge che qualcosa non va. «Che c'è? Che cosa è successo?».

Mangiano. Charley non pensava fosse possibile, ma il pranzo è in tavola. Una sontuosa oca ripiena, roast beef, cavoletti di Bruxelles e tutti i contorni che Kamala ha preparato in una cappa di beata ignoranza colma di musica. Charley è intorpidita dal freddo e il calore del pasto la attira a tavola. All'improvviso, ha una fame tremenda.

C'è qualcosa di primitivo nel loro modo di mangiare. Shona affonda i denti in una coscia, il sugo le cola sul mento. Leo spolpa le ossa con le dita unte. Sam affetta con gusto il centro rosa e succoso del suo roast beef. Nessuno assaggia il filetto alla Wellington di zucca vegano.

Solo due di loro non toccano cibo. Audrey è sotto shock e se ne sta nell'angolino che le hanno assegnato, timorosa di sedersi al posto di Pan e sbigottita dall'ingordigia degli altri. Gideon ha una corona di carta rossa sghemba sul capo. Nessuno voleva tirare il cracker di Natale con lui, così l'ha fatto scoppiare da solo. In una mano tiene un bicchiere di vino troppo pieno e nell'altra la barzelletta trovata nel cracker.

«Quanto paga per le renne Babbo Natale?», legge.

Nessuno risponde.

«Niente... sono già sul tetto, offre la casa!».

Nessuno ride.

«Sul tetto...», riflette. «Dev'essere un indizio... forse c'è qualcosa sul tetto della casa? Oppure il piano dell'assassino è di attirarmi lassù e...».

«Smettila, Gideon», intima Leo con voce stizzita. «Non è un indizio, è solo la barzelletta di un cracker di Natale. E non stiamo più giocando».

«Suvvia, Leapworth!», risponde Gideon. «Questo non è un gioco e non c'è bisogno di parlarmi con quel tono. Solo perché Lady Partridge ha scelto me al posto tuo. Ha ha ha». Ride a lungo, più di quanto sia naturale, finché diventa davvero sgradevole. La realtà è troppo dolorosa per lui, si è chiuso, è rimasto intrappolato nel suo personaggio e si rifiuta di uscirne.

Ancora una volta, prendono in silenzio la decisione unilaterale di ignorarlo. Il suo è un dolore troppo profondo, troppo estraneo, nessuno vuole averci a che fare.

«Allora, vorrei fare un brindisi», dice Shona. «A Pandora: eri sveglia, intelligente, e ci facevi ridere a crepapelle. Se solo avessimo saputo che eri in difficoltà, se ti fossi confidata con noi, forse avremmo potuto aiutarti».

Charley rimane a bocca aperta e le sfugge una risata scioccata quando ricorda le parole di scherno di Shona e gli altri che la incitavano. *Su, cosa ci nascondi, scommetto che si tratta di sesso...* «Perché mai avrebbe dovuto confidarsi con te dopo ieri sera?».

Negli occhi di Shona appare un lampo, tristezza forse, o un guizzo di senso di colpa. Ma poi irrigidisce la mascella. «Non era niente, stavamo solo scherzando. Pan lo capiva, sapeva stare agli scherzi e ne faceva anche lei. No, c'è un'altra spiegazione. È questo posto. Avverto qualcosa qui, qualcosa di malvagio. Nel bosco...».

«Oh, piantala, Shona», dice Leo seccato. «È una valle disabitata. Non c'è nessuna strega nel bosco».

Shona sputa un'imprecazione. Ma Leo si volta dall'altra parte e si rivolge a Sam, il contrappunto razionale al soprannaturale di Shona.

«Ma su una cosa Shona ha ragione: Pan non era in sé ieri sera», dice. «E ha ricevuto quella telefonata all'aeroporto. Sembrava una brutta notizia».

«Stava bene, Leapworth», sbotta Gideon. «Anzi, stava più che bene quando mi ha lasciato stanotte perché aveva un appuntamento con... *Miss Colly*».

Gideon punta un dito tremante contro Charley: ha un tono duro, accusatorio. Tutti si voltano a guardarla e lei istintivamente rientra nel personaggio di Miss Colly. *Sii sottomessa, tieni la testa bassa.*

«Non l'ho vista». Si accorge che sta parlando con un accento di Galway e smette subito. «Non l'ho vista stanotte». Racconta di non aver sentito la sveglia, ma anche a lei sembra una scusa poco convincente.

«Piccola arrivista intrigante!», strilla Gideon, puntando di nuovo il dito come un coltello. «È stata lei. Ha ucciso la mia signora. È stata lei! È stata lei!». Si fruga nella tasca e tira fuori un mazzetto di banconote, i soldi del Monopoli. Glieli lancia, urlandole di prenderli, che le darà tutti i soldi che vuole, basta che confessi. Gli altri sono paralizzati dall'orrore, tranne Shona, che si sporge in avanti e studia il volto tormentato di Gideon, come se cercasse i segni della malvagità del posto.

Charley si alza, facendo strisciare la sedia sul parquet, e si allontana dal tavolo, appoggiandosi alla credenza alle sue spalle. Non riesce a guardare Gideon, quindi fissa la testa del cervo; le gira la testa.

Sente Shona borbottare cupa tra sé e Leo chiedere a Sam se ha un calmante per Gideon.

«Non è un omicidio in una casa di campagna», risponde Sam in tono polemico. «E io non vado in giro con una valigetta di pelle piena di siringhe e sedativi».

«Credo che Pan avesse dei tranquillanti», dice Charley, felice di avere una scusa per lasciare la stanza. «Vado a vedere».

Mentre si precipita verso le scale, sente la voce di Gideon, forte e rauca, che promette una ricompensa di diecimila ghinee per chi la consegnerà alla giustizia.

Charley trema tutta, si sente le gambe di gelatina, la pelle le prude come se fosse piena di formiche sotto il rigido abito da governante. Corre in camera sua, si spruzza dell'acqua sul viso e, ricordando gli esercizi per controllare la paura da palcoscenico al corso di recitazione, inspira ed espira rapidamente dal naso, con respiri brevi e bruschi. Non si calma, anzi, trema ancora più forte.

Non è facile entrare nella stanza di Pan, sapendo che è morta. Si fa strada tra i mucchietti di oggetti disposti per terra per le foto che non verranno più postate, e arriva in bagno, dove trova l'enorme borsa dei trucchi di Pan posata su un mobiletto di legno scuro. Trova subito la scatola di tranquillanti che ha visto prima e, dopo aver rovistato un po', anche due blister di pillole. Dovrebbero essere antidepressivi, ma chiederà conferma a Sam.

Lì accanto, nota la cartellina di Pan. La prende, senza pensarci. Forse tutti hanno un personaggio pieno di segreti come il suo. Forse c'è qualche indizio lì dentro, che insieme alla telefonata che Pan ha ricevuto all'aeroporto chiarirà cosa l'ha spinta a compiere quel passo terribile. La apre e trova una busta strappata con dentro il ruolo di Pan. Legge.

Lady Partridge, sei la prima vittima.

Charley sa che è solo un gioco e che non stanno più giocando, ma la parola "prima" la inquieta.

Sente un rumore proveniente dalle scale.

Una voce femminile che grida con rabbia. «È ridicolo, non va affatto bene! *Devi* venire».

Il suono proviene dalla soffitta e, dopo un po', si vedono due Dr. Martens che scendono rumorosamente le scale. Charley si rifugia d'istinto nella sua stanza finché Kamala non è passata e poi sale all'ultimo piano in punta di piedi.

È buio e fa freddo. La torbida luce pomeridiana filtra da un oblò sporco di polvere in fondo al corridoio. C'è una fila di porte chiuse e Charley prova tutte le maniglie. La prima è una porticina malandata con la scritta "Attrezzi per la pulizia". Dev'essere uno sgabuzzino. Le altre si aprono su piccole camere da letto gemelle, ordinate e vuote, probabilmente destinate ai bambini delle famiglie più numerose, con un minuscolo bagno in fondo. L'intero piano è deserto.

In una stanza, c'è un letto occupato e sul comodino ci sono alcuni oggetti, tra cui un telefono collegato alla presa di corrente. Dev'essere di Kamala. Quindi prima parlava al telefono. E a quanto pare il suo è funzionante, ma per qualche motivo non lo dice a nessuno.

Charley si avvicina, lo schermo si illumina, ma non c'è più campo. Spera che Kamala stesse parlando con la polizia, ma ha dei dubbi. Chi ha chiamato veramente?

Charley non ha nessuna voglia di affrontare Kamala né di tornare nella Sala Azzurra, anche se Gideon ha veramente bisogno di un calmante. Posa i farmaci sul tavolo Mackintosh, bene in vista, e recupera il suo piumino invernale dall'armadio accanto alla porta d'ingresso. È bello indossare di nuovo un capo che è stato realizzato per il ventunesimo secolo.

Ha smesso di nevicare, ma c'è un freddo penetrante e secco, un silenzio soffocante. Il sole è scomparso dietro le colline brulle, ma c'è luce sufficiente per vedere, in lontananza, una fila di piccole ombre sulla neve, simili a figurine ritagliate, che avanzano lungo un pendio. Cervi, o forse le famose renne locali, in cerca di cibo. Fuori c'è un mondo che non si è fermato per la tragedia.

La recente nevicata ha coperto le loro orme fino alla stalla, anche se è ancora visibile la scia di avvallamenti lisci nella neve lasciati da Gideon che portava sulle braccia la sua dama perduta. Charley segue il sentiero.

Nella stalla non c'è luce, a parte le candele di Shona ancora accese che la rendono leggermente più calda dell'esterno. Il tepore è bastato a sciogliere la neve ghiacciata tra i capelli di Pan, che ora rilucono di goccioline d'acqua, simili a gemme. Il fondotinta, applicato con cura, ha resistito a una notte di neve, quindi il suo viso ha ancora il colore dei vivi, ma non ha nulla di sereno. Il rigor mortis dev'essere iniziato ore prima che la trovassero e non sono riusciti a cambiare la sua espressione tormentata, la strana posizione del collo. È un modo orribile di morire.

Charley si inginocchia. Come ha detto a Shona, ha una mentalità aperta riguardo al soprannaturale, o alle "cavolate da svitati" come le chiamava Matt. Molto tempo addietro, suo padre aveva cucinato per un'anziana vedova che spendeva gran parte della sua fortuna in sedute spiritiche, cercando di contattare il marito nell'aldilà. Una volta, in una delle sue rare visite alla cucina, la vedova le aveva detto che i morti restano con noi, trattenendosi vicino al corpo per ore o addirittura per giorni dopo il trapasso. Con tutte le cose capitate nelle ultime ore, è pronta a crederci.

Si inginocchia accanto alla sua ex nemesi e le parla. «Pan, volevo dirti che mi dispiace. Cercavi di fare pace e non ti ho ascoltato. Pensavo che mi stessi prendendo in giro, ma eri intrappolata quanto me nell'ordine gerarchico della Masquerade Society. E se avessi sentito la sveglia, forse avremmo potuto parlare, forse...». Le si incrina la voce. Si pulisce una lacrima con un gesto brusco e, nel farlo, nota che alcuni degli anelli sono stati sfilati dalle dita pallide e contratte di Pan. Forse Gideon li ha presi come ricordo. Una ciocca di capelli le copre il viso, e improvvisamente le sembra offensivo, assurdo lasciarla lì. Ma non vuole toccarla. L'ha evitato anche prima, lasciando a Gideon e Shona il compito di sistemarla, ma ora allunga le dita esitanti e sfiora la ciocca, scostandola dal viso senza toccare la pelle. E la vede.

Una macchia rossa vicino alle radici dei capelli. Spinge indietro le morbide ciocche, esponendo uno squarcio sul lato sinistro del cranio, incrostato di sangue. Non l'hanno visto prima, probabilmente era nascosto dalla neve sui capelli e sul viso. Esita. Poi controlla di nuovo. È proprio un brutto taglio e c'è altro sangue incrostato nei capelli attorno alla ferita. Qualcuno l'ha colpita alla testa prima che morisse. Pan non era sola.

Charley avverte una strana sensazione alla bocca dello stomaco, come se stesse precipitando, come se si fosse aperta una voragine sotto i suoi piedi. Indietreggia, come per cancellare dalla memoria ciò che ha appena scoperto. La sua mente è in fibrillazione, piena di pensieri che vorrebbe allontanare. Fin dall'inizio le era sembrato strano, anche l'albero non la convinceva…

Chiudendosi la porta della stalla alle spalle, Charley si trascina fino all'albero dove hanno trovato Pan. I resti della corda sono ancora lì, parzialmente nascosti dalla neve, con l'estremità sfilacciata dall'ascia di Shona. Lì accanto c'è un frutto ancora attaccato al ramo, troppo scuro e avvizzito per essere commestibile. Sembra una pera in decomposizione.

Lady Partridge sull'albero di pere.

Partridge significa pernice. Charley si accorge di un dettaglio che non ha notato prima. L'albero è molto più piccolo di quelli che circondano Snellbronach. Il ramo con la corda è a circa due metri da terra e si protende verso l'alto. Sembra abbastanza robusto da sostenere il peso di Pan, ma avrebbe davvero retto mentre lei si dimenava per respirare? Non era il posto ideale per impiccarsi. L'albero era stato scelto di proposito, come una sorta di perverso scherzo natalizio.

E non l'aveva scelto Pan.

A questo punto si rende conto della terza questione, un dettaglio a cui nessuno di loro ha pensato nei primi momenti di angoscia e dolore. Le persone che si impiccano hanno bisogno di salire su qualcosa – uno sgabello, una sedia – da calciare via. Quella mattina non ha visto niente del genere sotto l'albero. E nemmeno adesso lo vede, non ce n'è proprio traccia sulla neve.

Le si stringe lo stomaco, il panico aumenta. Fa un passo indietro, inciampa in una radice nascosta nella neve e cade, stordita e disorientata dall'improvvisa certezza che Pan è stata assassinata.

Si rialza in fretta, scrollando via la neve dalle mani gelate, e si dirige a tentoni verso la casa. Deve dirlo a qualcuno, deve dirlo… a chi? Si ferma di colpo sui gradini d'ingresso, travolta da una nuova, orrenda constatazione. Non c'è nessuno per chilometri, sono completamente isolati, quindi è stato uno di loro a uccidere Pan. E non si è limitato a ucciderla, ma le ha fatto perdere i sensi e l'ha portata fuori per impiccarla a un pero in una perversa parodia del ruolo del suo personaggio.

Chi mai farebbe una cosa del genere? Ne ha viste di cattiverie da quando frequenta la Masquerade Society, ma chi potrebbe essere capace di tanto? Scorre mentalmente la lista dei membri: Shona? Ha un'immaginazione macabra, ma qual è il suo movente? Sam? Forse, ma è un medico. Gideon? Be', ne era abbastanza ossessionato. Leo? Sicuramente non avrebbe messo a repentaglio la sua reputazione, ma se Pan lo avesse minacciato…?

Tuttavia, deve dirlo a qualcuno. Audrey sembra una persona con i piedi per terra, ma è comprensibilmente sconvolta da tutte le stranezze dei Masquerader e dalla morte di Pan. Le sembra vulnerabile. Non vuole spaventarla ancora di più.

Kamala, allora. Sembra abbastanza forte, ma ha mentito sul fatto di avere un telefono che prende e la sera prima Charley l'ha vista uscire dalla stanza di Pan. Quanto sapevano davvero di lei? Pan aveva già subito le attenzioni di fan pazzoidi, aveva avuto persino uno stalker. Era uno degli inconvenienti dell'essere una influencer di successo. Per lei era motivo di vanto. "Non sei davvero famosa finché qualcuno non ti vuole morto", aveva detto ridendo. Ma se Kamala fosse stata una sua fedele follower e fosse rimasta amaramente delusa quando la sua eroina si era rivelata un'ipocrita?

"Okay, adesso sei paranoica", si dice. Ma una parte di lei è pronta a crederci. Le normali regole si sono alterate e deformate, assumendo un aspetto che non riconosce. Di chi può fidarsi?

11

Sam – Dodici Natali prima, ore 18:00

L'aperitivo iniziò in salotto alle sei. Ali aveva ingaggiato una *mixologist*, con un elegante carrello in stile Art Déco, uno shaker d'argento lucido e un menu di cocktail a tema. Un iPod e un altoparlante ben nascosti sostituivano un quartetto d'archi, diffondendo adattamenti in chiave classica di canzoni natalizie.

La compagnia riunita era in eleganti abiti da sera, a parte Babbo Karl, che faceva del suo meglio per mantenere un aspetto dignitoso con il cappello a pompon e i pantaloni bordati di pelliccia. Brindava con Madame Carlotta, ossia Charley, che rideva a crepapelle per una battuta del vicario Leo. Ali si aggirava nervosa: toglieva un grumo di polvere dalla spalla del vicario, ricontrollava la cartellina, guardava l'orologio. Pan lanciava occhiate provocanti, da sopra gli occhiali, a tutti gli uomini che incrociavano il suo sguardo. L'intera Murder Masquerade Society era in pieno fermento: disseminavano indizi, si calavano nei personaggi, si pavoneggiavano con i loro costumi.

Ma ogni volta che Sam chiudeva gli occhi, vedeva solo sangue. Tanto sangue. Caldo. Rosso rubino. Che gli scorreva tra le dita. Sentiva la voce dell'aiuto chirurgo che gli urlava: «La pressione, idiota! Mantieni la pressione. Lo stiamo perdendo!».

Sam non aveva mai perso un paziente in quel modo, non era mai stato così vicino a qualcuno mentre la vita abbandonava il corpo, mentre si trasformava da persona viva, che respirava, padre di tre figli, badante part-time, fanatico della Formula Uno, in un guscio vuoto. Occhi vitrei, mascella allentata, spento per sempre. Era successo meno di una settimana prima e ora si trovava lì, nel castello con fossato dello zio di Leo, insieme a quella manica di imbecilli privilegiati, a fingere un omicidio. Banalizzando quella linea sottile e fragile che separa la vita dalla morte.

Non sapeva come avesse fatto a superare le ultime ore del suo turno in ospedale, ma che fosse sconvolto doveva essere evidente, visto che nessuno gli aveva chiesto di rimanere fino a tardi. Si era tolto il camice macchiato di sangue, si era lavato le mani una dozzina di volte ed era tornato nella stanza che condivideva con Karl.

Voleva riposare, ma Karl si era messo d'impegno per finire la loro scorta di erba prima delle vacanze e aveva voglia di chiacchierare. Si era disteso sul divano, affabile e rilassato, senza rendersi conto del suo stato d'animo, e lo aveva esortato a sedersi, prendersi una pausa e fargli compagnia.

Sam aveva provato a raccontargli di quello che era successo, dell'espressione negli occhi del paziente e della travolgente ondata di emozioni che aveva scatenato in lui.

L'opinione di Karl non gli era stata d'aiuto.

«Queste cose fanno parte del gioco», aveva detto. «Se non riesci a gestirle, forse la carriera medica non fa per te. In effetti, ci ho pensato molto ultimamente. Sei sicuro di essere tagliato per fare il medico, Sam?».

Al ricordo, Sam provò un'ondata di rabbia. Sicuramente la sua reazione confermava che era perfetto per fare il medico. Nessuno voleva un robot insensibile a capo di un ospedale. E le parole di Karl somigliavano un po' troppo a quello che avrebbe detto sua madre: «La medicina è così fredda, così scientifica. L'arte ce l'hai nel sangue, Sammy, non sprecare il tuo talento». Ma lui voleva solo rendersi utile, fare la differenza.

E guarda dov'era finito. Guardò con disappunto il suo cocktail e tutti i Masquerader riuniti. Erano più sbronzi del dovuto perché Dasha aveva cominciato a distribuire vodka appena arrivata. L'alcol aveva rimosso la sottile patina di civiltà che di solito mantenevano, mettendo a nudo l'avidità, l'insicurezza e il nervosismo di chi ha un segreto da nascondere.

C'era Pan: la sua risata sembrava stranamente stridula e nervosa. Era chiaro che aveva in mente qualcosa ed era agitata per questo. Ali aveva la solita espressione, quella di una bomba inesplosa ma pronta a detonare per un nonnulla. Leo spostava nervosamente lo sguardo tra lei e Karl. Probabilmente perché si era comportato male e Karl l'aveva strapazzato un po'.

Quanto a Charley, era stupito che si fosse presentata dopo l'ordalia delle ultime settimane, dopo tutte le accuse e le angherie per quella collana. Era stata dura per lei. Aveva notato il suo viso teso e ansioso durante le riunioni di pianificazione e si era chiesto quanto avrebbe resistito ancora in quel covo di vipere che era la Murder Masquerade Society. Invece eccola lì a divertirsi nel ruolo di Madame Carlotta, donna promiscua e tentatrice. Labbra cremisi, capelli sciolti e un abito elegante che le lasciava scoperte le spalle color latte, intenta a stuzzicare il malcapitato vicario Leo. Una volta gli aveva confidato che voleva fare l'attrice e il suo primo pensiero era stato: "Sì, come tutte le belle ragazze del dipartimento di lettere". Ma forse lei aveva davvero la stoffa.

Poi c'era Gideon, che sudava profusamente nel suo costume da Lord Trimble e usciva dal personaggio più spesso del solito.

«Karl ci ha scoperti», aveva detto mentre si cambiavano. «Lo dirà a mio padre. Devi fermarlo, mi distruggerà».

Sam aveva represso un'ondata di irritazione e l'impulso di dirgli di tirare fuori le palle e affrontare Karl, o meglio ancora, di opporsi a suo padre. Era un incubo averlo come complice.

«Ti pagherò», aveva detto Gideon. «Ti darò cinquecento sterline se sistemi tutto».

Quella sì che era una proposta interessante. I suoi genitori erano piuttosto tirchi con gli assegni, perché speravano che lasciasse medicina e tornasse a fare arte, e i suoi fondi erano diminuiti negli ultimi tempi. Ma come poteva far tacere Karl, che era su una lunghezza d'onda completamente diversa dalla sua?

Avrebbe voluto prendere a schiaffi Gideon, dirgli che era solo un piccolo contrattempo, che qualche rimprovero e forse un'ammenda pecuniaria inflitta dal padre non lo avrebbero "distrutto". Il suo futuro era scritto nella pietra: una carriera nell'azienda paterna, una moglie trofeo approvata dal genitore (non Pan, era una donna troppo complicata per ottenere l'approvazione di sir Nathaniel), niente camici intrisi di sangue e parenti in lacrime. Gideon era destinato ad attraversare la vita senza dover imparare il difficile mestiere di vivere. Da quella prospettiva, capiva le motivazioni di Karl: Gideon aveva bisogno di affrontare una cosa del genere per crescere.

Ma non voleva si sapesse che era coinvolto anche lui. *Doveva* diventare un medico. L'esperienza dell'ultima settimana aveva solo rinsaldato la sua determinazione.

Tra tutti, l'unica che appariva completamente rilassata era Shona, che flirtava con la mixologist appoggiata al bancone dei cocktail, incurante del fatto di essere vestita da anziana vedova. Le sorrise affettuosamente: Shona era il motivo per cui era finito lì, l'amica d'infanzia che lo aveva trascinato in quella compagnia di pazzi. Ma riusciva ancora a farlo ridere, quindi era perdonata.

Sapeva bene che presto avrebbe dovuto buttarsi nella mischia, lasciare i suoi indizi e parlare con Miss Cartwright dei veleni che aveva scoperto in una tomba egizia, come da istruzioni della sua cartellina. Ma in quel momento, mentre si teneva in disparte e sorseggiava il suo Murder-tini, si sentiva estraniato da ciò che aveva intorno.

«Che situazione grottesca!». Dasha apparve accanto a lui. In mano aveva un bicchiere da cocktail che prima conteneva un liquido rosa, generosamente corretto con la vodka. Un'altra persona, dopo ore di bevute, avrebbe biascicato e barcollato, ma il portamento di Dasha era perfetto. «Giocano agli omicidi, ma quanti anni hanno? È una follia!».

«Penso che tu sia la persona più sana di mente qui», rispose Sam.

«No, secondo Karl sono una pazza pericolosa», disse lei, compiacendosi di quello che considerava un complimento; poi lanciò un'occhiata agli altri. «Ma non sono pazza come loro».

"Non sei la sola", pensò Sam, mescolando il suo cocktail. Comunque fosse andata, sapeva che quello era il suo ultimo weekend con delitto. Ne aveva abbastanza di quelle persone e dei loro problemi da mondo dei ricchi. Là fuori c'era il mondo reale che lo aspettava, e lui era pronto a fare la differenza.

12

Al suo rientro Charley è accolta dal calore della casa e si sfila le scarpe da governante, gelide e inzuppate. Ma non si toglie il piumino. Teme che il freddo non la lascerà più.

Il resto della compagnia, eccetto Gideon, si è trasferito in salotto. Il volto del re riempie lo schermo del televisore, cupo e signorile, e Charley sente parole come *gentilezza* e *cortesia* nel suo impeccabile accento britannico. Leo e Shona sono stravaccati sul divano con bicchieri di liquido ambrato in mano, e bisticciano sul concetto di monarchia. È quasi come se non fosse successo nulla, come se Pan non fosse fuori nella stalla, assassinata.

Guardandoli, si rende conto che deve raccontare tutto, il prima possibile. Tacendo, darebbe al colpevole più tempo per coprire le tracce. Eppure esita. Dopo che per anni l'hanno esclusa, senza nemmeno darle il beneficio del dubbio per la collana, è come un cane maltrattato, che ha timore di abbaiare per evitare di essere di nuovo preso a calci.

Non ha mai raccontato a nessuno del tentato annegamento di tanti anni prima. Dopo che l'aggressore l'aveva lasciata andare ed era scomparso, Charley era tornata nel maniero, barcollando e tossendo, terrorizzata. La sua priorità era riscaldarsi e asciugarsi, poi cercare Karl e sprofondare tra le sue braccia, in lacrime. Lui avrebbe sistemato tutto. Avrebbe avuto le risposte.

Era tornata in camera sua e aveva trovato un asciugamano ingrigito e bucato steso sul letto. Nonostante fosse ricca sfondata, la zia di Leo era notoriamente tirchia e l'asciugamano sembrava ormai adatto solo a foderare la cesta del cane. Aveva le dita intorpidite dal freddo e tremava in tutto il corpo. Era una nuotatrice esperta, sapeva come riscaldarsi, ma anche dopo essersi asciugata e avvolta nelle coperte, non riusciva a smettere di tremare. Non era il freddo, ma la sensazione di quelle mani forti e implacabili che la tenevano sott'acqua. Dasha era stata la sua prima sospettata. Forse era tornata, li aveva seguiti fino al lago e l'aveva aggredita in preda alla gelosia. Oppure aveva ordinato a uno degli scagnozzi del padre di toglierla di mezzo.

Forse era stato uno dei Masquerader.

O Karl.

No. Aveva scacciato quel pensiero atroce, ma era rimasto sepolto in un angolino della sua mente. E col passare degli anni era cresciuto.

Quando finalmente aveva smesso di tremare si era rimessa il suo costume da Carlotta, stupendo ma non molto caldo. Era arrivata con un paio di minuti di ritardo e, sebbene Ali le avesse lanciato un'occhiata particolarmente malevola, sembrava che nessuno si fosse accorto della sua assenza.

Più tardi, quando, aperta la porta del salotto, aveva trovato un cuscino abbandonato per terra e sciroppo di mais spruzzato ovunque, ma nessuna traccia di Babbo Natale, tutto era cambiato per sempre. Alla luce della scomparsa di Karl, quello che era successo al lago le era sembrato una sciocchezza. Non si era preoccupata nemmeno di informare la polizia, voleva solo che si concentrassero sulle ricerche.

Ma ora deve trovare la forza di parlare. Sam e Audrey sono seduti su un altro divano, vicino al fuoco. Audrey si abbraccia le ginocchia e fissa il televisore, con un braccio di

Sam sulle spalle. Al momento, Sam è quello che la spaventa di meno: si è scusato per la sera prima. Si rivolge a lui.

«Credo...». La sua voce è fioca, rauca, come se il suo corpo cercasse di impedirle di rivelare la scoperta. *Dirlo lo rende reale e io non voglio che lo sia.* «Credo che Pan sia stata assassinata».

Non sapeva bene cosa si aspettasse: un urlo, una colonna sonora da climax, un sussulto di incredulità. Invece Leo sbotta in una risatina di scherno, convinto che stia recitando. Shona non l'ha nemmeno sentita e continua a lanciare insulti repubblicani al televisore. Sam e Audrey, invece, si raddrizzano e la guardano sconvolti.

«Cosa te lo fa pensare, Charley?», domanda Sam. Una vocina nella sua testa le dice: *non ti rispetta abbastanza per crederti.*

Charley gli racconta della ferita alla testa, dell'albero e del fatto che non ci fosse uno sgabello.

«Oh, sciocchezze, perché qualcuno avrebbe dovuto ucciderla?», dice Leo.

«Non lo so, ma è così». La sua voce è più decisa, sa cosa ha visto.

Sam le crede, è evidente, e Audrey gli mormora sottovoce: «Oh, no! Non può essere».

Shona ha smesso di guardare la tivù e beve un bel sorso di whisky.

«Ve l'ho detto, c'è il male in questa valle», borbotta. «Devo portare avanti il mio lavoro». Salta su ed esce dalla stanza. Pochi istanti dopo, sentono il rumore della porta della sua camera da letto che si chiude con un colpo secco.

Leo tace, ha le labbra serrate. Sta cercando di concentrarsi, di tirare le somme. Sembra quasi di vedere le rotelle che girano nella sua testa. Non sarebbe sopravvissuto nelle redazioni dei giornali e agli eventi politici degli ultimi dieci anni senza la capacità di mantenere la calma nei momenti di crisi.

Se fossero state persone normali, ci sarebbero state reazioni di incredulità, ne avrebbero discusso. Qualcuno avrebbe esclamato: «Che cosa tremenda». Qualcun altro avrebbe chiesto: «Chi può averla uccisa?». Un altro avrebbe aggiunto. «Siamo completamente isolati, non può essere stato un estraneo». E infine, esitando, uno di loro avrebbe detto: «Non starai insinuando che sia stato uno di noi, vero?». Ma dopo aver inscenato omicidi per anni, i Masquerader non hanno bisogno di questa fase, sono un passo avanti. Tralasciando i convenevoli, Leo e Sam stanno arrivando a quello che lei ha già capito: l'assassino di Pan è lì, a Snellbronach.

Leo si alza e si toglie gli occhiali.

«Gideon è stato l'ultimo a vederla viva», dice. «Vado su a parlargli».

«Io esco a dare un'altra occhiata a Pan», dice Sam. «Audrey, è meglio che resti qui». Non serve che aggiunga "è più sicuro".

Senza deciderlo consapevolmente e senza nemmeno sapere perché, Charley segue Leo al piano di sopra. Lui se ne accorge solo quando bussa alla porta di Gideon. Dilata le narici, irritato. Le fa segno di aspettare fuori, spiegando che vedendola lui potrebbe arrabbiarsi.

Charley fa un passo indietro e arrossisce, perché è la verità. Quando si apre la porta scorge Gideon, rannicchiato sul letto, che piange in silenzio. Sul comodino c'è la confezione di pillole che ha lasciato prima sul tavolo. Il sedativo avrà fatto effetto.

Leo lascia la porta aperta di uno spiraglio. Charley aspetta fuori, tendendo l'orecchio.

«Eravamo così affiatati, Leapworth», mormora Gideon con voce lamentosa. «Finalmente mi aveva raccontato tutto quello che aveva fatto, tutti i suoi segreti, e c'era una logica chiarissima. L'ho perdonata, anzi, l'ho amata ancora di più...».

Leo si gira e chiude la porta.

Charley torna nella sua stanza per togliersi la calzamaglia fradicia e mettersi un altro vestito da governante vessata. Questo è di cotone grigio, meno pruriginoso, ma anche meno caldo. Prende il cardigan scialbo dal letto e nota che sotto c'è la cartellina di Pan. Inizia a leggere.

Nome: *Pandora Papadopoulos*
Ruolo: *Lady Partridge, star del cinema diventata vedova allegra.*
Caratteristiche: *Lady Partridge è una briosa donna di mondo di umili origini, i cui ruoli nei primi film muti hanno conquistato il cuore di Lord Partridge, un anziano signore con problemi cardiaci deceduto cinque anni dopo il matrimonio. Tutti la credono ricca, ma in realtà il marito ha lasciato tutto al Fondo per i gerbilli bisognosi, e a lei tocca trovare un altro facoltoso consorte per sopravvivere.*
Il segreto: *Lady Partridge ha una sorella gravemente malata, che ha urgente bisogno di cure costose.*

Charley fissa le parole stampate chiedendosi cosa significhino. I personaggi degli altri erano fedeli alla realtà, ma Pan non era squattrinata e non era di umili origini. Aveva trascorso gran parte della sua vita su uno yacht e aveva perso l'accento greco nei prestigiosi collegi inglesi. Inoltre, non aveva una sorella, né parenti stretti in vita.

Continua a leggere.

Sa che Miss Colly ha rubato una collana preziosa e intende ricattarla, promettendole il silenzio in cambio di una parte del ricavato della vendita del monile. Lady Partridge ha fissato un appuntamento con Miss Colly in biblioteca alle tre del mattino per mettere in atto il suo piano.

Il ricatto le sembra credibile. Poi nota un altro dettaglio. Si raddrizza di scatto. *Le tre del mattino*. Charley controlla due volte l'ora nella sua cartellina. Sì, le tre del mattino.

Aveva ragione sull'ora. Allora perché Pan si era sbagliata? Proprio allora, qualcosa scivola fuori dalla cartellina. È una busta color crema, simile a quella dei biglietti di invito, ma di una sfumatura leggermente diversa dalle pagine della cartellina. All'interno c'è un foglio A4 della stessa tonalità, con le seguenti parole:

L'orario dell'appuntamento in biblioteca è stato spostato alle 2:30. Non dirlo a nessuno.

Charley si stringe addosso il cardigan, ancora più infreddolita. Qualcuno deve averlo dato a Pan prima di cena, quando erano tutti di sopra a prepararsi nelle loro stanze. Glielo aveva consegnato di persona? Oppure lo aveva fatto scivolare sotto la porta?

Quindi l'omicidio non era un delitto passionale, non era stato commesso d'impulso: qualcuno si era preso la briga di trovare una busta e una carta da lettere simile a quella degli inviti, l'aveva stampata in anticipo per indurre Pan ad alzarsi prima in modo da non avere testimoni, e poi l'aveva uccisa in modo plateale, al fine di scioccare e spaventare gli altri. Così facendo, aveva reso mostruoso un crimine già di per sé tremendo.

All'improvviso pensa alle impronte e getta il foglio sul letto. È troppo tardi. Le sue impronte sono ovunque, lì e sulla busta. Le sue e quelle dell'assassino.

Deve andarsene. Deve rivolgersi alla polizia. Dovrà pur esserci un modo.

Si cambia di nuovo, indossa i leggings e la felpa sporchi del viaggio, infila nella borsa a tracolla le poche cose che ha, insieme alla cartellina di Pan e alla busta. Sta per uscire quando sente la voce di Leo sul pianerottolo. Charley sbircia dalla porta socchiusa. È appena uscito dalla stanza, sembra molto agitato e si torce le mani, guardando Gideon.

«Sì, lo so». Ha un tono conciliante. «Ma se potessi mantenere il riserbo su questo te ne sarò eternamente grato. È chiaro che Pan ha visto qualcosa online, ma ha preso una cantonata. La signora Gupta è una semplice simpatizzante che condivide molte delle mie idee sul sistema educativo».

Charley appoggia l'orecchio alla porta per sentire la risposta di Gideon. La sua voce è pacata, un po' rauca, come se l'avesse esaurita a suon di urla. Ma Charley riesce a sentire cosa sta dicendo.

«Pan non ha preso una cantonata. Scoprirai che ha sempre avuto ragione su tutti: su Shona, su di te e soprattutto su Karl. Su tutti, tranne Charley».

Sente sbattere la porta e rimane lì, raggelata, con l'orecchio premuto sulla porta ad ascoltare i passi di Leo che torna in camera sua e poi il battito del suo cuore.

Si azzarda a uscire solo quando non sente più alcun rumore. Esita prima di bussare alla porta di Gideon. Sembra che sia tornato in sé, sa di non essere Mr Gold, ma la ritiene ancora colpevole? *Pan si sbagliava su Charley…* forse voleva dire che Pan l'aveva difesa l'altra sera, e poi lei l'aveva ripagata uccidendola. Si allontana dalla porta.

Nell'atrio, anche Audrey sembra pronta ad andarsene. Indossa il piumino e si trascina dietro una valigia.

«Me la farò a piedi!». La voce è stridula per la paura. «Non mi interessa. Ci vado a piedi a costo di congelarmi. Non ce la faccio, non posso più restare qui».

Sam allunga una mano, le tocca la spalla, ma lei si ritrae con rabbia.

«Ti prego, Audrey, fa troppo freddo. È già buio, è pericoloso».

«Il pericolo è ovunque. Questo posto trasuda malvagità», aggiunge Shona.

Charley è confusa quando Audrey si gira verso di lei, urlando: «E tu, che ripeti sempre queste cose! Cerchi di spaventarci tutti. Non è più un gioco. Non posso restare qui. Non ce la faccio…». Si accascia a terra e si abbraccia le ginocchia.

Shona prende fiato, come se si stesse preparando a ribattere, ma poi si volta dall'altra parte con un'espressione tormentata. Audrey ha ragione, Shona cerca davvero di spaventarli da quando sono arrivati. Ci ha sempre provato gusto a fomentare litigi e a terrorizzarli con storie soprannaturali. Ma il modo in cui si è comportata con lei quella mattina, quando l'ha afferrata e l'ha fissata con un'intensità inquietante… quello è un'altra storia.

«Temo che nessuno di noi possa andarsene», dice Leo. È a metà dell'ampia scalinata, la sua voce imponente risuona nell'atrio piastrellato. Con il suo tweed e il viso aristocratico, sembra proprio un detective del secolo scorso. Abbozza un sorriso: sotto sotto si sta divertendo. «Nevica troppo forte. Prima ho visto al telegiornale che questa è la nevicata più abbondante che l'Inverness-shire abbia avuto da dieci anni a questa parte. Le strade sono bloccate, si sta facendo buio e fa ancora più freddo di stamattina, quando l'abbiamo trovata. Direi di metterci comodi, per quanto è possibile, mentre cerco di capire come stanno le cose».

Shona fa un verso disgustato. «Questa non è la messa in scena di un delitto, Leo. Non ha senso cercare di risolvere il mistero».

Invece Sam non dice nulla, è concentrato su Audrey. Le tiene delicatamente il viso, la guarda negli occhi e le parla con tenerezza. «Ti conosco. So quanto sei coraggiosa, forte e tenace. Puoi farcela».

«Posso farcela», ripete Audrey, come per convincere sé stessa.

Si abbracciano e Charley prova uno strano moto di invidia. Si chiede cosa stia facendo Matt, se sia tornato dai suoi genitori per Natale a lamentarsi della "stronza sfigata che lo ha mollato". E se l'abbia già rimpiazzata con un'altra ragazza in crisi.

Leo scende le scale ed estrae dal taschino una penna placcata in oro.

«Charley, vieni con me in biblioteca. Voglio parlare prima con te».

Non si volta a controllare se lo segue. Sono secoli che la sua famiglia impartisce ordini aspettandosi che vengano eseguiti.

Ma anche se non si fida di lui ed è abbastanza certa che stia mentendo sulla signora Gupta, Charley ha bisogno di rivelare a qualcuno quello che ha scoperto, di discuterne e dare un senso alle domande che le frullano per la testa. Quindi lo segue, come una sventurata contadinotta che va dietro al suo signore.

TERZA PARTE
INDAGINI

13

Leo è il tipo di persona che ha sempre un Moleskine infilato nel taschino. Lo prende e lo posa sull'antico scrittoio, facendole cenno di sedersi dall'altra parte, come se fosse un vero interrogatorio di polizia. Charley arrossisce per l'assurdo senso di colpa che si prova quando si passa dalla dogana dell'aeroporto, pur sapendo di non avere merce di contrabbando nel bagaglio.

Sul tavolo c'è una ciotola di caramelle. Charley ne prende una e se la mette in bocca, accorgendosi troppo tardi che il ripieno è alla fragola.

«Allora, raccontami quello che è successo stanotte», ordina Leo. Si appoggia allo schienale e scarta una caramella verde. Ha scelto un gusto classico, semplice e affidabile.

E così gli racconta tutto, il ruolo di assassina nel gioco, il passaggio in biblioteca, le figure che parlavano al buio.

«So che quella in camicia da notte non era Pan, perché indossava ancora il vestito blu quando l'abbiamo trovata», dice. «Quindi forse era Shona… O Audrey, ma se fosse stata lei avrebbe indossato un pigiama moderno. Non ho visto bene l'altra figura: era vestita di nero ed era troppo buio per capire se fosse un uomo o una donna. Sicuramente non era Kamala, perché l'avevo già vista nel corridoio di sopra e dubito che abbia una felpa nera col cappuccio nel suo guardaroba. Poteva essere chiunque, tranne te, perché stavi russando sul divano».

«Sì, certo». Leo allontana l'immagine con la mano. «Mi sono intrattenuto a bere con Shona fino all'una circa, poi lei è andata a letto e io sono rimasto lì a pensare. Devo essermi appisolato».

«Quando ti sei svegliato?», gli domanda Charley. Sembra che Leo non si sia accorto che adesso è lei a interrogarlo.

«Credo verso le quattro. Era ancora buio, ovviamente. Faceva un freddo pazzesco. Sono venuto qui per leggere qualcosa e ho visto le tracce del delitto che ti eri lasciata dietro, come la macchia di sangue sulla maniglia della porta, e così ho capito di essere capitato sulla scena del crimine del nostro gioco».

Charley si gira e osserva la biblioteca per la prima volta da quella mattina. Si rende conto che il coltello che aveva visto sul tavolo è sparito. A un certo punto qualcuno è entrato e lo ha preso. Rabbrividisce.

«Sei sicuro di non aver visto nessuno?», chiede.

Leo scuote la testa.

Charley si perde d'animo. Può essere stato chiunque di loro, incluso lui. È riluttante adesso a rivelare quello che ha visto nella cartellina, ma la prende ugualmente dalla borsa, spiegando la teoria secondo cui Ali cercava di scatenare un conflitto inserendo dei segreti in tutte le schede personaggio.

«Ali non si è confidata con te a proposito di questo fine settimana?», chiede. «È evidente che ha un piano, al di là del gioco».

Leo si passa le mani tra i capelli e fa un respiro profondo. «Purtroppo Ali non si è più confidata con me dopo il matrimonio. L'ho delusa. Non credo di poter rimediare, a dire il vero».

«C'entra qualcosa la signora Gupta?»

«No», ribatte Leo seccato. «Niente affatto».

E poi un lampo di consapevolezza. «Riguarda Karl, vero?», gli chiede. «Ali sospetta che tu… no, non è possibile».

«Non dire assurdità», protesta Leo. «Ma è vero, dopo la scomparsa di Karl non si è più fidata di nessuno di noi. Nemmeno di me. Ci abbiamo provato, davvero. A volte se ne dimenticava per qualche giorno ed eravamo felici. Ma la scomparsa del fratello getta un'ombra su tutto quello che facciamo. Non se ne farà mai una ragione e quando finalmente troverà il colpevole gli darà filo da torcere».

Perché Ali non si fida di lui che è suo marito? Charley trattiene la domanda. È una confessione importante, e non vuole metterlo sotto pressione visto che è tanto disponibile a parlare. Inoltre, sa fin troppo bene che in una coppia si può diventare due estranei.

«Pensa che Karl sia stato assassinato», dice.

«Ne è convinta. Per un periodo ha persino pensato che fossi stata tu. Le ho detto che era un'idea ridicola».

«E tu cosa pensi?». Charley mantiene un tono tranquillo, non minaccioso.

«Io so che è stato ucciso».

La sicurezza con cui lo dice la coglie di sorpresa, lasciandola senza parole. La pausa dà a Leo la possibilità di ricomporsi, di ricordare chi è lui e chi è lei.

Charley ricorda che all'inizio, quando era appena entrata nella Murder Masquerade Society, Leo le stava simpatico. Si comportava come se provenisse da un altro secolo, ma con assoluta naturalezza, e questo l'aveva colpita molto. In un ateneo dove tutti cercavano freneticamente di reinventarsi, di dimostrare il proprio spessore intellettuale, il proprio prestigio sui social o le credenziali hipster, lei aveva rispetto per chi diceva ancora "santo cielo" quando succedeva qualcosa di inatteso. Per un po' erano stati amici, si erano persino frequentati nei locali e alle feste. Ma dopo il collana-gate, lui aveva sostenuto le accuse di Ali, e le sue frecciate subdole e classiste l'avevano ferita ancor più di quelle di Pan.

Quindi non lo ritiene più degno di stima e di fiducia. Ma suo malgrado prova un pizzico di simpatia per lui. Quella chiacchierata le ha fatto bene. Si sente un po' sollevata, nonostante le circostanze.

E anche se lui non lo ammetterebbe mai, sospetta che Leo si senta allo stesso modo. Dopo aver concluso l'interrogatorio, le consegna il Moleskine e le chiede di restare. «È difficile concentrarsi sulle domande e prendere appunti allo stesso tempo», spiega, anche se sicuramente fa parte della sua normale routine di giornalista.

Chiamano il nuovo interrogato.

Kamala è ancora sotto shock, nervosa e agitata. Si agita sulla sedia, raccoglie gli incarti delle caramelle da buttare.

«Insomma, quella povera donna», dice. «Non mi sembra vero che qualcuno l'abbia… A quel vecchio pero tutto storto poi… È solo… be', è da malati, non vi pare? Perché il mondo fa tanto schifo, perché è pieno di stronzi rivoltanti che fanno del male alle donne per divertimento?»

«Non eri una grande fan di Pandora, vero?», osserva Leo.

Kamala si alza e si sporge verso di lui sullo scrittoio. «Cosa stai insinuando? Pensi che l'abbia uccisa perché era maleducata e mentiva sul fatto di essere vegana? Per l'amor del cielo. Siete davvero assurdi!».

Charley interviene, la rabbonisce e le assicura che vogliono solo capire dove si trovasse ciascuno di loro la notte prima, per dare una mano alla polizia, quando arriverà.

«Va bene. Meglio che stare con le mani in mano». Kamala torna a sedersi, ma incrocia le braccia con aria di sfida. Dice a Charley (ignorando Leo) che è rimasta fino a tardi a riordinare la Sala Azzurra e a preparare i pasti del giorno dopo, poi è salita nella sua stanza all'ultimo piano. Fermandosi in corridoio, ha notato che Madame Poule e Mr Gold avevano le luci accese, ma in tutte le altre camere erano spente. Dalla stanza di Mr Gold provenivano delle risate. «Scusate, ho dimenticato i vostri veri nomi. Tranne il suo. Pandora».

«E dopo essere andata a letto, non ti sei più alzata?». Charley spera che Kamala abbia una spiegazione per essere entrata nella stanza di Pan, ma lei fa spallucce.

«No, ero molto stanca. Lo sono ancora. Mi sono alzata alle sette e sono rimasta in cucina per una buona mezz'ora. Non ho visto nessuno finché non siete entrati a cercare un secchio».

«Ne sei sicura?». Leo si china in avanti, intrecciando le dita. «Perché un testimone oculare afferma di averti vista uscire dalla camera di Pan alle prime luci del mattino».

Kamala ride. «Un testimone oculare? Strano. Be', si sarà sbagliato».

Si alza e se ne va, con le suole che fanno scricchiolare il parquet.

«Aspetta, per favore», dice Charley. «Devo farti solo un'ultima domanda. I regali che abbiamo trovato a tavola stamattina da dove provengono?»

«L'ho già detto al dottor Swan: li ho trovati quando sono arrivata. Mrs Dove mi ha detto di andarli a prendere in cantina. Non sapevo cosa ci fosse dentro». Fa una smorfia di disgusto.

«Chi può averceli messi, secondo te?», domanda Charley.

Leo la guarda quasi con stupore.

Kamala si ferma un attimo a riflettere, torcendo la carta delle caramelle tra le dita e facendola scricchiolare. Fissa un punto al di sopra della testa di Charley. «La signora Mackintosh, suppongo. È la proprietaria... anche se di solito non si occupa delle richieste degli ospiti, soprattutto se sono bizzarre. Oppure potrebbero essere state le donne delle pulizie... Non lo so, non ci ho pensato».

Charley annuisce e, notando l'immediato sollievo sul volto di Kamala, si convince che sta mentendo.

«Solo per sapere: il telefono non funziona ancora? Non c'è modo di chiamare la polizia?»

«Magari ci fosse. Non desidero altro che andarmene da qui».

Forse, se dicesse a Leo del telefono, lui affronterebbe Kamala facendole capire che conoscono la verità, ma lei non ha la sua sicumera. Restare in attesa è ciò che sa fare meglio.

Charley invita Sam a entrare, chiedendogli di portare con sé la cartellina del suo personaggio.

La sfoglia. Il dottor Swan è un medico di un certo rilievo. Le sue opinioni sul darwinismo sociale fanno sembrare Hitler un tipo di larghe vedute; ha eseguito alcune "operazioni chirurgiche sperimentali e non necessarie" su "pazienti deboli di mente del sottoproletariato". La famiglia di un operaio deceduto lo accusa di negligenza.

«Il mio personaggio è il peggiore», dice Sam, vedendo l'espressione di Charley. «Immagino che Ali volesse attirare sospetti su di lui rendendolo completamente odioso». Un vecchio trucco dei gialli in maschera.

«Ma finora, tutti i profili includono qualche verità sulle nostre vite», osserva Leo. «Nel tuo non ce ne sono?»

«Oh, sì… Insomma, non sono un nazista, ovviamente. La mia è un po' più nascosta». Sam indica l'ultimo paragrafo, la voce "segreti" della cartellina. «Mi ha procurato qualche provvedimento disciplinare all'università, ma ormai è acqua passata».

«Ricattavi Gideon perché non sapeva leggere?», chiede Leo perplesso.

«Be', no. Ma praticamente la sua laurea in economia l'ho presa io. Tieni presente che la mia famiglia non ci sa fare con i soldi come la tua, Leo. Tendono a sprecarli in feste sfarzose e a sponsorizzare artisti di scarso successo. Inoltre, non erano particolarmente entusiasti della mia scelta professionale e, pur pagando le tasse universitarie, non mi davano granché per mantenermi. Quindi avevo bisogno di un reddito extra per completare gli studi di medicina. Avevo il massimo dei voti in economia e, con un po' di letture e un po' di copia e incolla, gli ho fatto ottenere una laurea di secondo grado. Suo padre era soddisfatto e io sono riuscito a mantenermi. Non ve l'abbiamo mai detto, perché se sir Nathaniel lo fosse venuto a sapere si sarebbe preso un'incazzatura stratosferica. E vale ancora adesso».

«Non è mai stato quello che si dice un genitore permissivo», concorda Leo.

Condividono un breve momento di intimità ricordando le peggiori sfuriate di sir Nathaniel. Una volta Gideon era stato escluso dal testamento per ben sei mesi dopo aver fatto uno scherzo a un insegnante.

Charley interrompe la digressione. «Presumo che Karl sapesse cosa stava succedendo», dice. È la prima volta che pronuncia il suo nome dopo le rivelazioni della sera prima, ma le fa già un altro effetto. Il filtro che aggiungeva una nebulosa patina di felicità al tempo passato insieme ormai è danneggiato.

«Eravamo compagni di stanza, ricordi? Trovò i libri di economia sui miei scaffali e quando iniziai a rimanere indietro con gli esami nel mio corso fece due più due. Era difficile nascondergli qualcosa, aveva un vero talento nello scoprire i segreti. Minacciò di dirlo a sir Nathaniel se Gideon non avesse smesso. Cominciava a fare il moralista su cose del genere. Alquanto ipocrita, secondo me, visto che lui non aveva mai dovuto preoccuparsi di pagare le bollette».

Charley sente suonare un campanello d'allarme. Sam aveva bisogno di soldi... possibile che fosse stato lui a prendere la collana di Dasha? Se Karl l'aveva scoperto, forse Sam aveva preso provvedimenti per farlo tacere... Studia il suo volto: ha di nuovo quell'aria da medico stanco e stressato. Questo spiegherebbe perché l'aveva difesa, all'epoca. Ma lui e Karl erano amici. Non riesce ad accettare l'idea che Sam gli abbia fatto del male.

«Sicuro di aver detto tutto?». Guarda di nuovo la cartellina. «Non sei stato denunciato per negligenza nella vita reale, vero?»

«Certo che no!». Nei suoi occhi si accende un lampo di rabbia. «Questa volta te la perdono, Charley, perché non puoi saperlo, ma con i medici non si scherza su queste cose. Passiamo tutta la vita a esaminare ogni decisione e ogni errore, a chiederci se avremmo dovuto agire diversamente, se le nostre scelte hanno rovinato la vita a qualcuno. Ma io sono un medico dannatamente bravo, mi faccio il culo, e nessuno…».

«Ti chiedo scusa», lo interrompe Charley. «Cosa mi dici allora del merlo nel tuo pacco regalo?»

«Oh, è stato orribile. Non ho idea di dove volesse andare a parare Ali. Se può essere d'aiuto, credo che gliel'abbia portato il gatto e lei l'abbia messo lì dentro per sconvolgerci».

Charley annuisce. Come spiegazione è più tollerabile del pensiero che l'abbia ucciso Ali per metterlo nel gioco. Nelle ultime ore le è spesso balenata in mente l'immagine di quella testolina con il becco giallo aperto, gli occhi neri e vuoti, alternata all'espressione sofferente di Pan.

«Comunque tu nascondevi un segreto molto più grande», osserva Sam, con un tono sornione e provocatorio. Fruga nella ciotola e prende una caramella mou, dolce e appiccicosa. Apre l'incarto e le dà un bel morso. «Non riesco ancora a capacitarmi di non aver mai saputo di te e Karl. Com'è possibile che nessuno di noi se ne fosse accorto?».

Charley diventa rossa. «Non mi piace fare le cose di nascosto», risponde. «Ma dopo quello che è successo, sono felice di averlo fatto. Se Dasha l'avesse scoperto sarebbe stato peggio».

«Hai detto alla polizia che avevate una relazione?», chiede Leo, e Charley si sforza di nascondere l'imbarazzo.

«Ovvio. Perché credi che mi abbiano interrogata tre volte? Hanno accettato di non dirlo a nessuno, se non ci fosse stato un motivo per farlo, e per fortuna non c'è mai stato». Prende fiato. All'epoca questo gli aveva procurato dei bei sensi di colpa e mal di testa atroci. Quelle sensazioni stavano tornando. «Possiamo concentrarci su Pan, per favore?».

Leo chiede a Sam se il suo occhio clinico ha colto qualche altro dettaglio sul cadavere.

«Quando Charley è entrata e ci ha comunicato i suoi sospetti sono uscito a controllare, ed è vero, ha una piccola lacerazione sul cranio. Non c'è molto sangue, e questo mi fa pensare che Pan sia stata colpita con un oggetto contundente che le ha procurato una ferita non molto profonda, ma sufficiente a metterla fuori combattimento. Credo fosse ancora viva quando è stata impiccata al pero». Il suo volto si scurisce. Si mette in bocca il resto della caramella mou. «Un pero, cristo. È una cosa perversa».

«Lo so», concorda Charley.

Ripassano di nuovo gli eventi della mattinata, parlano di quanto Pan fosse turbata la sera prima e condividono la preoccupazione per lo stato mentale di Gideon.

Poi Sam si alza e fa per andarsene. «Sentite, Audrey è sconvolta», dice. «Io mi sono prestato perché siamo amici, Leo, e mi sembrava almeno un tentativo di fare qualcosa. Ma non penso che lei sia in grado di sostenere un interrogatorio in stile poliziesco».

Leo comincia a fare storie, come se fosse il detective ufficiale di Snellbronach e tutti dovessero rispondere a lui, ma Charley lo interrompe. «Le parlerò io più tardi, in un posto dove si senta a suo agio», promette. «Ma credo che dovresti controllare le cartelline di tutti, appena possibile. Compresa quella di Ali».

Dopo aver convinto Leo a seguire questa strada, si sente

un po' più rilassata. È sicura che le cartelline, e il fatto che Ali non si sia presentata, abbiano a che fare con quello che è successo. Qualunque sia il movente, è legato alla loro storia e alla scomparsa di Karl dodici anni prima. Se lo sente.

«Vedo che la tua valigia non è sparita», commenta ironicamente Leo quando Shona entra in biblioteca. Si è tolta il costume di Madame Poule e indossa un elegante abito di velluto cremisi, un po' liso in alcuni punti e pieno di buchi, un cardigan a righe in lana mohair identico a quello del bambino nel film *Dennis la Minaccia* e un paio di stivali con le suole chiodate che sembrano aver subito parecchie riparazioni. Ma anche se indossa la sua solita armatura, Shona sembra stanca e distratta quando si siede.

«Be', ormai non giochiamo più». Fa spallucce. «*Au revoir*, Madame Poule».

Charley frena un moto di stizza: anche lei vorrebbe tanto dire addio a Miss Colly e ai suoi vestiti rigidi e pruriginosi.

Shona prende una caramella mou dalla ciotola, ma non la mangia. La scalda tra le mani per ammorbidirla e comincia a modellarla con le dita.

Racconta di non essere andata a dormire dopo la sbronza della sera prima e di essere rimasta sveglia a lavorare a una nuova idea fino alle tre meno dieci, quando doveva scendere in salotto senza far rumore, con una serie di oggetti di scena, per tenere un rituale occulto come indicato nella sua cartellina. Trovando Leo, aveva ceduto alla tentazione e gli aveva scarabocchiato la fronte. Aveva visto Gideon camminare in punta di piedi nel corridoio del piano superiore e, verso le tre, aveva visto Sam sgattaiolare nell'atrio per fare una finta telefonata nei panni del dottor Swan, ma poi era andata subito di sopra per continuare a lavorare al suo progetto.

«Quindi non eri nell'atrio verso le tre e un quarto a parlare con qualcuno con la felpa nera?», domanda Charley.

Shona osserva la sua scultura di caramella mou, che è diventata una testa umana in miniatura con il naso schiacciato, le orbite vuote e la bocca urlante, e scuote la testa.

A differenza di Kamala, Shona è talmente abituata a mentire che non c'è modo di capirlo dal suo linguaggio del corpo.

«Hai portato la cartellina», chiede Leo.

«Non ti servirà a niente», dice lei e gliela passa. Leo inizia a leggere e Charley si sporge per sbirciare.

Madame Poule... artista francese... interesse per l'occulto... sacrifici di animali...

«Insomma, non si può negare che tu sia interessata all'occulto», osserva Leo.

«Non è certo un segreto. È nelle mie opere, in tutto ciò che faccio. Ma non sono una satanista e non ho mai sacrificato un animale su un altare in vita mia. Il folklore e il soprannaturale fanno parte della mia arte, e uso le ossa e la carne di animali come materia per le mie sculture. Ecco cosa voleva dire Ali». Ispeziona la testa urlante che ha creato con la caramella mou, continuando a degnarci solo di una parte della sua attenzione. Pizzica il naso della scultura, rendendolo simile a un uncino.

«Sì, certo, non è un segreto». Leo sfoglia la cartellina, che sembra avere meno fogli delle altre. «Hai strappato qualche pagina?».

Shona incrocia le braccia, lo fissa intensamente negli occhi e, con un'espressione imperscrutabile, spiega che ieri sera stava creando un'opera con la cartapesta e le serviva del materiale.

Leo sembra annoiato e sta per congedarla, quando Charley prende la parola.

«Che cosa hai visto veramente nel bosco, Shona?»

«Ho visto quello che ho detto prima. Una donna scheletrica con un piede bendato e gli occhi malvagi. La strega dell'inverno con il piede gonfio».

Leo fa un verso di scherno e Shona lo guarda inviperita.

«Non sei costretto a credermi, ma le opzioni sono due. La prima è che una povera vecchia stia vagando sola e zoppicante sulla neve in una foresta disabitata. La seconda è che a questo mondo ci sono cose che sfuggono alla vostra comprensione. Non so perché per voi sia più semplice credere alla prima spiegazione e scartare la seconda».

C'è una terza spiegazione, pensa Charley. Che Shona stia ancora cercando di spaventarli, anche dopo quello che è successo a Pan. Che abbia qualcosa in mente.

Shona getta la testa di caramella mou sul tavolo. A Charley sembra che la stia fissando con le orbite vuote. Shona si china in avanti, invadendo di nuovo il suo spazio personale, e la scruta con uno sguardo penetrante. «Come ho detto prima, il Natale è il periodo in cui si premiano i buoni e si puniscono i cattivi. Forse questo è iniziato come un gioco concepito dai mortali, ma non siamo più noi a gestirlo».

Dopo che Shona se n'è andata, Charley riconsegna il Moleskine a Leo, che la guarda con aria interrogativa.

«Sei un'acqua cheta… tutte quelle domande».

Charley non sa se prenderlo come un complimento. Non sembra che lo sia.

Tornando alla Sala Azzurra si ferma, sentendo Shona e Sam che discutono nell'atrio, a bassa voce, interrogandosi a vicenda. Vuole evitare entrambi e si siede al tavolo per cercare di riordinare i pensieri.

È piena di dubbi. Gli interrogatori l'hanno lasciata più confusa che mai. Karl ricattava Gideon perché smettesse di imbrogliare con gli esami, quindi Gideon aveva un movente. E se Pan l'avesse scoperto, se gli avesse detto qualcosa quella notte…

Ma Gideon era molto allegro prima di colazione, e il suo dolore era sincero dopo la scoperta del corpo. La amava troppo per farle del male. C'erano due misteri da risolvere, senza contare quello che li aveva condotti lì. Ma non riesce a togliersi dalla testa l'idea che la scomparsa di Karl e l'omicidio di Pan siano collegati. E anche l'assenza di Ali è un bel punto di domanda.

Charley osserva di nuovo la testa di cervo, che sicuramente non si intona con la stampa art déco appesa accanto. Sulla credenza sottostante c'è una grande ciotola di porcellana con un coperchio, un altro oggetto in stile art déco, e Charley la sposta mettendola esattamente sotto la testa di cervo, ma così l'insieme è ancora più sbilanciato. Quando la rimette a posto, il coperchio cade di lato. C'è qualcosa all'interno.

È un pacchetto quadrato, marrone, con un fiocco. Un altro regalo, come quelli che hanno trovato a colazione. Dev'essere di Pan. Naturalmente era previsto che Lady Partridge fosse "assassinata" prima di colazione, ma Ali deve aver predisposto quel regalo come un indizio in più, o come un'altra bomba da far esplodere nella Murder Masquerade Society. Allora perché era nascosto?

Perché incrimina l'assassino.

Le si stringe lo stomaco quando solleva il pacchetto e infila le dita sotto il fiocco. Si fa coraggio, sapendo che all'interno potrebbe esserci qualcosa di orribile, e tira fuori un quadrato di stoffa blu, grande come un fazzoletto, sfilacciato ai bordi e coperto di sangue.

Charley ci mette un paio di secondi a capire. Non può essere sangue vero. Non è secco e bruno, ma ancora rosso. Lo annusa: sì, certamente non è sangue vero. Ha un odore dolciastro, quindi si tratta del caro, vecchio sciroppo di mais, tanto amato dalla Murder Masquerade Society.

Charley controlla che non ci sia nessuno e sale di sopra senza far rumore, fermandosi di nuovo davanti alla porta di Gideon. Leo è stato evasivo quando gli ha chiesto di lui, le ha detto che era ancora intrappolato nel personaggio di Mr Gold, il che era una bugia bella e buona, e che era meglio gli stesse alla larga. E questo era proprio l'incentivo che le serviva per fare l'esatto contrario.

Alla porta non risponde nessuno, ma la trova aperta di uno spiraglio. La stanza è in penombra. Spinge piano la maniglia finché non scorge la sagoma di Gideon, ancora rannicchiato sotto il piumone. Non piange più, il respiro è profondo e regolare, dalle coperte spuntano solo i capelli biondi. Sta per andarsene, quando scorge la sua cartellina sul comodino. La prende. Nel farlo urta qualcosa, che cade e atterra con un tonfo abbastanza forte da svegliare Gideon, ma non succede. È un telefono. Il cellulare di Pan nella sua inconfondibile custodia ingioiellata. O l'ha lasciato lei nella sua stanza quella notte, oppure l'ha preso Gideon prima di…

No, l'ha lasciato lei, con l'intenzione di tornare nel letto di Gideon dopo l'appuntamento in biblioteca. Povera Pan.

Charley se lo mette in tasca e torna di corsa in corridoio, diretta in camera sua, ma si imbatte in Leo.

«Di chi è quella cartellina?», le chiede.

«Mia», risponde, stringendola al petto per nascondere il nome del personaggio sulla copertina. Checché ne pensi lui, lei non è Watson e lui non è Sherlock Holmes. Non si fida nemmeno di Leo. Darà un'occhiata alla cartellina, poi deciderà cosa fare.

Nella sua stanza, Charley non riesce a rilassarsi. La finestra è chiusa, ma entra comunque uno spiffero d'aria fredda che gonfia delicatamente le tende e le fa ricadere indietro, come se la casa respirasse. All'inizio le piacevano il silenzio e il buio della campagna, ma ora le sembra minaccioso ed è ipersensibile al minimo rumore. Sente qualcuno camminare avanti e indietro davanti alla porta della sua stanza, un leggero scricchiolio dall'alto, forse Kamala che rovista nel ripostiglio degli attrezzi per le pulizie, ma è più probabile che siano i topi nell'intercapedine del soffitto. Aziona il bollitore e versa l'acqua in una tazza con una bustina di cioccolata calda natalizia, inalando il confortante profumo di zenzero e cannella. Quando si infila sotto le coperte per scaldarsi, toglie dei fogli dalla cartellina di Gideon. Sono bianchi, quindi non appartengono al profilo del personaggio. In cima a ogni pagina c'è un logo che le sembra di avere già visto, ma non ricorda dove: un'immagine stilizzata blu di un serpente che si morde la coda, un uroboro, simbolo di vita eterna. I fogli sono ricoperti di grafici, pieni di cifre, sterline e percentuali che non capisce. Alcune sono evidenziate e qualcuno ha scarabocchiato con una penna: "Scandaloso. Risolvi il problema il prima possibile. Non rispondere per email o messaggio e distruggi questo foglio".

Chi aveva scritto l'appunto aveva premuto così forte che la penna aveva scavato dei solchi nella pagina. Qualcuno al lavoro era molto arrabbiato con Gideon. Ma non era al vertice della sua azienda?

Solo sir Nathaniel avrebbe osato rivolgersi a lui in quel modo.

Mette da parte i fogli e prende la cartellina.

Nome: *Gideon St John*

Ruolo: *Mr Gold, ricco banchiere innamorato di Lady Partridge.*

Caratteristiche: *Mr Gold è un banchiere sfacciato e spaccone che usa il denaro per risolvere i problemi. Ex miglior amico di Kurt Piper, i rapporti si sono raffreddati quando Kurt ha scoperto che era un impostore e aveva falsificato le sue qualifiche.*

Segreto: *Mr Gold non sa leggere, ma l'ha tenuto nascosto a tutti pagando un servitore che leggesse al suo posto. Il dottor Swan lo ha scoperto e ne ha approfittato per ricattarlo al fine di farsi finanziare le sue ricerche eugenetiche.*

Un altro esempio di come Ali avesse esagerato i segreti di tutti: qualche tesina scritta da un altro nella vita reale era diventata analfabetismo nel gioco. E in realtà era stato Karl a minacciarlo, non Sam. Charley continua a leggere.

A sua volta, Mr Gold sa che Lady Partridge è al verde e ha minacciato di dirlo al mondo intero se non lo sposerà.

Ancora questa storia di Lady Partridge squattrinata.

Charley prende il telefono di Pan. È l'ultimo modello, ovviamente, e c'è ancora un bel po' di batteria. Ma senza il codice di accesso può vedere solo la foto sullo schermo di blocco: com'è prevedibile, un selfie al lancio di un prodotto di bellezza. Accanto a lei, visibilmente eccitate per essere state incluse nell'inquadratura, ci sono due estetiste con indosso quei camici da chirurgo che l'industria cosmetica usa per convincere i clienti della validità dei prodotti dal punto di vista medico.

Pan è raggiante, ha un'espressione soddisfatta e sicura di sé: è una donna all'apice della sua carriera che guarda al futuro con ottimismo. Non c'è segno dell'aria distratta e tormentata che aveva prima di morire. Qualcosa l'aveva turbata. Non era più la stessa dopo quella telefonata all'aeroporto. Charley fissa lo schermo bloccato del telefono, con la frustrazione di non poter vedere il mittente della chiamata. Mentre beve l'ultimo sorso di cioccolata calda sente bussare alla porta e, a malincuore, esce da sotto il piumone.

Apre e trova Kamala che la fissa con uno sguardo torvo.

«Mi hanno mandata a chiamarti», dice. «Il dottor Swan vuole che decoriamo l'albero».

Nel salotto, la accoglie una scena surreale. Il televisore è di nuovo acceso e mostra un servizio sui canti di Natale in una chiesa antica, le voci del coro intonano melodiose *I dodici giorni di Natale* e tutti, tranne Gideon, stanno appendendo le decorazioni all'albero di Shona.

Shona è in piedi su uno sgabello e avvolge le luci bianche e calde dell'albero di plastica su quello nuovo. Scintillano attraverso i lunghi aghi di pino. Leo prende le eleganti decorazioni dal vecchio albero e le ammucchia per farle appendere da Audrey.

«È ridicolo, non è vero?», bisbiglia Kamala. «Il dottore dice che ci serve per distrarci e aiutarci a superare il Natale di merda che stiamo passando, ma in realtà lo fa per la sua ragazza. Guardala, è proprio messa male».

A Audrey tremano le mani mentre cerca di appendere un pesante gingillo di cristallo. Ma quello non è un albero da vivaio, con rami belli, solidi e facili da decorare. Il gingillo cade a terra e va in frantumi.

«Voglio andare a casa...». La sua voce è stridula, segno che sta per crollare.

«Lo so», dice Sam, parlandole in tono rassicurante e gentile. «Supereremo tutto questo. Kamala, ci sono altre decorazioni in casa?»

«C'è una scatola nella stalla, ma col cazzo che vado a prenderla».

«Leo?», chiede Sam e lui esce obbediente per andarla a recuperare. Charley non li vede lavorare insieme così dai bei tempi precedenti al collana-gate. Leo torna con uno scatolone malconcio pieno di decorazioni retrò nei colori tradizionali – rosso, oro e verde – con l'aggiunta di nastri tartan. Sono più leggeri e più facili da appendere all'albero. Audrey, Leo e Charley si mettono al lavoro, e anche Kamala appende malvolentieri qualche pallina. Sam completa l'opera, spostando con discrezione gli addobbi per distanziarli in modo più uniforme.

«Non è uno dei tableaux di tua madre», brontola Leo. «Non deve essere perfetto».

Sam alza le spalle. «Non posso farci niente, ce l'ho nel sangue».

«È ancora troppo classico», ribatte Shona. «Aspettate, vado a prendere una cosa».

Dopo un po' torna e tira fuori un oggetto da una busta malconcia, annunciando che lo metterà al posto d'onore.

«È un ragno gigante?», domanda Audrey.

Sembrerebbe una vera tarantola quella che ha in mano, auspicabilmente morta. I peli sono stati ritoccati con vernice argentata e sta al centro di una ragnatela fatta di... Charley spera che non siano ossa, ma sa che lo sono.

«L'ho fatta io», dice Shona e sale di nuovo sullo sgabello. «Lo sapete che i ragni cambiano pelle? Me l'ha data un mio contatto che lavora allo zoo».

«Ma perché un ragno?», domanda Kamala, rabbrividendo.

«Per un'antica leggenda dell'Europa dell'Est. Parla di una famiglia povera che aveva portato a casa un albero di Natale preso nel bosco, ma non poteva permettersi i regali e gli addobbi. Non avevano nemmeno abbastanza da mangiare. I bambini piangevano al pensiero di un Natale senza gioia e, in un angolo della piccola casa, un ragno li sentì e ne ebbe compassione. Lavorò tutta la notte per tessere ragnatele come addobbi. Poi, quando spuntò l'alba e la luce del sole illuminò l'albero, le ragnatele si trasformarono magicamente in oro e argento».

«Oh, questa è... carina?». Charley cerca di non far trapelare la sorpresa dalla sua voce.

«Un'altra storia di Natale che premia l'innocenza». Shona fissa la macabra stella in cima all'albero con un filo d'argento. «Magari addobbare quest'albero placherà il male che c'è qua fuori e lo terrà a bada».

«Shona, per favore», la ammonisce Sam, indicando Audrey con lo sguardo.

Shona si volta verso di lui e soffia. Un verso animalesco, come quello di un gatto messo alle strette.

Sam indietreggia scioccato e Charley lo fissa. È da quando la conosce che Shona si diverte a spaventare e turbare la gente, ma si trattava sempre di gesti deliberati, calcolati. Questa è un'altra cosa: Shona ha un'aria selvaggia.

Nessuno parla più, si sente solo la musica della televisione: il coro sta cantando *Noi tre re*.

Fa parte del repertorio del suo coro, così Charley comincia istintivamente a mormorare le parole:

> Io porto mirra: il suo profumo amaro
> reca l'annuncio di un buio incombente,
> di dolore e singhiozzi, di sangue e di morte,
> sigillato nel freddo d'una tomba di pietra.

Malgrado gli addobbi che brillano sull'albero si sente intrappolata nell'ombra, circondata dalla morte. Il Natale non sarà più lo stesso. Nemmeno il *Buck's Fizz*, il tacchino arrosto e lo speciale di *Strictly Come Dancing* potranno mai restituirle la calda sensazione di festa.

Si guarda attorno. Kamala sta rimettendo nella scatola le decorazioni scartate, senza guardare lo schermo. Leo sembra un soldato sull'attenti, con lo sguardo fisso davanti a sé, il ritratto del ferreo autocontrollo. Shona giocherella con l'anello d'argento a forma di teschio alla mano destra, gesto che fa spesso, come denuncia la pelle arrossata delle dita. Sam si concentra di nuovo su Audrey: le accarezza la guancia, mormorando parole rassicuranti, ma il suo volto è oscurato dal dubbio.

Un tempo i Masquerader le sembravano sovrumani, forti dei loro privilegi e pronti a conquistare il mondo. Ora c'è un'ombra sopra di loro.

E sembrano tutti spaventati.

14

Shona – Dodici Natali prima, ore 18:10

La Dama Bianca se ne stava in un angolo e osservava i Masquerader che si gustavano i loro cocktail. Era una presenza impalpabile, gli altri avrebbero detto che era la luce riflessa da uno specchio appeso al muro sui pannelli di fronte, ma Shona sapeva della sua presenza. Somigliava più allo schizzo di una persona che a una forma umana a tutti gli effetti, ma lei vedeva chiaramente l'espressione del suo volto e, se glielo avessero chiesto, l'avrebbe definita confusa.

Era da quando Leo aveva proposto un Natale con delitto a Fenshawe che sperava di scorgere la famosa Dama Bianca del castello. Era un vero e proprio spettro di Natale, non un banale fantasma dickensiano. Lo si vedeva solo a metà inverno, quando aleggiava per i corridoi provocando litigi e spaccature in famiglia. Nei primi del Settecento, c'era stato un duello a causa sua. Un secolo dopo, l'avevano avvistata la notte in cui il primogenito del conte era fuggito con la matrigna. E una volta trovarono una cameriera nel guardaroba della contessa che era "morta dallo spavento" per aver visto la Dama Bianca.

Shona pensò che spaventare a morte qualcuno forse era il delitto perfetto, a patto di riuscire a convincere il fantasma a fare da complice.

Nessuno degli altri Masquerader, né la bella mixologist, aveva dato segno di poterla vedere, ma non ne era sorpresa. Da tempo era consapevole di vedere le cose in modo diverso dagli altri. Da bambina una volta si era sdraiata sul letto e si era concentrata intensamente fino a levitare fuori dal suo corpo e, man mano che cresceva, gli eventi occulti, come li chiamava lei, erano diventati sempre più frequenti. Nessuno le aveva mai creduto, così si era resa conto che le persone, persino Sam, il suo amico d'infanzia, non avevano molta curiosità per le cose che non potevano vedere di persona. Questo aveva alimentato il suo senso di superiorità: il mondo era pieno di sciocchi ignoranti che non vedevano l'oscurità e la natura selvaggia della realtà che li circondava.

Sentì lo sguardo del fantasma spostarsi verso di lei e guardò la Dama Bianca dritto nelle orbite vuote, salutandola con un discreto cenno di intesa. Erano due spiriti affini, entrambi attratti dai conflitti.

E in quella stanza ce n'erano a bizzeffe. C'era tensione, una tensione squisita. Nella sua testa formavano una ragnatela tesa tra Pan, Gideon, Sam, Ali, Leo e Charley, con Karl al centro. Era attaccata a un filo anche lei, benché cercasse di ignorarlo. Karl sapeva della sua relazione con il dottor Pike. E con il professor Khalid. E con il giudice del Premio Giovani Artisti dell'università. Karl ricattava le persone allegramente e senza malizia e, quel che è peggio, questo lo rendeva ancora più simpatico. Ci voleva un fascino particolare.

Essendo una che amava tormentare gli altri, Shona aveva sempre ammirato la sua capacità di provocare, mettere sotto pressione, punzecchiare e irritare gli amici senza mai perdere la loro lealtà. Ma forse cominciava a esagerare. Un'ondata di panico stava per abbattersi sulle fondamenta della Murder Masquerade Society.

Se non ci fosse stata la Dama Bianca, forse avrebbe lasciato perdere. Le piacevano i gialli in maschera, stimolavano il suo amore per i giochi di ruolo stravaganti e il suo fascino per la morte. Non voleva che il gruppo si dividesse. Ma aveva l'impressione che la Dama Bianca, tremolante in un angolo, le stesse lanciando una sfida: vedi fino a che punto puoi spingere queste persone.

Posò gli occhi su Dasha, che si era allontanata da Sam e si era accomodata su una piccola chaise lounge, arrotolandosi una ciocca scura intorno al dito mentre sfogliava pigramente una copia di «Vogue Russia». Sembrava annoiata, e la noia era un buon punto di partenza per seminare zizzania.

Shona andò a sedersi accanto a lei e si scolò gli ultimi sorsi della sua bottiglia di Stoli.

«Dovrei spararti per questo», disse Dasha.

«Ma dai...». Shona fece una faccia che sperava fosse simpatica e adorabile. «È il mio lato infantile».

«Almeno avrei qualcosa da fare». Le fece un sorrisetto e Shona si ricordò delle voci che giravano quando Dasha era arrivata al campus. Racconti di quello che il padre faceva ai nemici nell'isolata dacia di famiglia. Probabilmente erano esagerazioni, ma comunque Dasha aveva visto più morti in vent'anni di vita di quanti ne avrebbero mai visti i viziati Masquerader. Sentì un brivido delizioso al pensiero. *Aveva ucciso qualcuno anche lei?*

Dasha si appoggiò ai cuscini di seta ormai logori. «In questo momento potrei essere su uno yacht a St. Barts, ma ho pensato: "No, per una volta proviamo un tranquillo Natale britannico e restiamo con Karl". E così mi trovo in questo posto che cade a pezzi, il cielo ha lo stesso colore delle mutande di mia nonna, ma non nevica, e il mio *khuylo* ragazzo è vestito come uno scassinatore geriatrico del cazzo».

«Credo che Karl ami essere al centro dell'attenzione», osservò lei, indicando Babbo Natale e Madame Carlotta che intrecciavano le braccia per sorseggiare i loro cocktail. Era convinta che il motivo principale per cui giocavano ai gialli in maschera era che fornivano uno spazio sicuro per flirtare senza spingersi oltre. Persino Ali e Leo si concedevano un lasciapassare durante le messinscene.

«Agh, quella *shlyukha*». Il suo volto prese un'espressione di disgusto mentre guardava Charley. «Scopriremo presto se ha venduto la mia collana. E guardala, sta pure flirtando con Karl. Le cartelline di Ali non dicono che Madame Carlotta flirta con Babbo Natale».

Chiunque altro l'avrebbe rassicurata dicendo che era un comportamento perfettamente normale nei weekend con delitto, non significava nulla. Ma lei era Shona, avvertiva la vulnerabilità.

«È vero», replicò con tono altero. «Pare che sia proprio un vizio mettere le mani sulle cose che ti appartengono».

«Sta scherzando col fuoco», concordò Dasha digrignando i denti, con un lampo di rabbia negli occhi. Se c'era una cosa che Shona aveva capito di lei, era che non le piaceva essere umiliata. Decise di tirare ancora un po' la corda. Niente di esagerato, solo qualche parola mirata che intaccasse il suo orgoglio.

«Non so come fai a sopportarlo».

«Mi stai dando della codarda?». La risposta fu rapida e feroce come il morso di una vipera.

«Certo che no, è solo che...».

Shona indicò il centro della stanza, dove Karl stava baciando la mano di Charley, sfiorandole la pelle scoperta dell'interno del polso. Si stavano guardando negli occhi, Charley gli sorrideva con la malizia di Madame Carlotta. Era davvero brava a recitare.

Accadde molto in fretta, Shona riuscì a malapena a seguire la dinamica. Dasha balzò in piedi come una pantera, agile, elegante, e attraversò la stanza con passi fluidi. Afferrò Charley per un orecchio e le sferrò un pugno sull'altro lato, senza sforzo, come se non fosse la prima volta e sapesse quanto faceva male.

Shona si sporse in avanti sulla poltrona, mordendosi il labbro inferiore. Sentiva una risata irresistibile che premeva per uscire, ma riuscì a trattenerla. Era una scena grottesca, però. Leo si agitava, restando in parte nel personaggio, ed esortava Dasha a "non mollare". Pan era bloccata in un'espressione di esagerato sgomento. Ali strillava, anche se non si capiva se le stesse chiedendo di fermarsi o la stesse incitando. E Karl... non riusciva a decifrare la sua espressione.

Non reagì immediatamente, si limitò a fissare Dasha come se nella sua testa stesse accadendo qualcosa di molto più importante. Dasha sferrò un altro pugno. Charley urlò di dolore.

«Dasha, smettila!», le ordinò Karl. «Lasciala andare».

Dasha, che si stava preparando a colpire di nuovo, spinse via Charley e si avventò su di lui. Karl era alto, ma lei era una modella e aveva una statura sufficiente per fissarlo dritto negli occhi. «Prendi le sue difese? Stai dalla parte di quella ladra puttana invece che dalla mia?»

«Non c'entra da che parte sto, ti chiedo solo di non fare la stronza», disse lui. «Non puoi prendere a pugni le persone solo perché ti hanno fatto arrabbiare. Stiamo giocando, Dasha. Prima», fece un gesto tra sé e Charley, «non stavamo facendo niente di male. È una recita. E in fondo non te ne frega niente di quella collana, non ti piaceva nemmeno e ne hai già comprata un'altra. Chiudiamola qui, per favore».

Shona aspettava, con il fiato sospeso. Gli altri avevano formato un cerchio protettivo intorno a Karl senza nemmeno accorgersene. La mixologist era rimasta immobile con lo shaker in mano, un seducente rossore sulle guance.

Dasha stava al centro della stanza, in posa da combattimento, a gambe divaricate e con le braccia pronte a colpire. Era così bella che Shona avrebbe voluto farle un ritratto, o forse anche scoparsela...

«Vattene, Dasha», disse Karl. «Non sei una Masquerader, non dovresti stare qui».

Si alzò un coro di proteste. Ali gridò, Leo emise un gemito di frustrazione, Pan si precipitò verso di lei dicendo: «Non lo pensa davvero… per favore, resta…».

Dasha disse qualcosa sottovoce. Forse era un'imprecazione, un insulto o un'ammissione di resa. Si girò sui tacchi e si allontanò, ma quando arrivò alla porta si voltò un attimo.

«Buon Natale, sfigati del cazzo», disse.

E se ne andò.

«Oh, Karl, hai combinato un bel casino», commentò Gideon.

«Merda, un bel casino davvero», concordò lui. «Perché l'ho fatto?».

Charley emise un verso nauseato. Si teneva la testa, ma solo la mixologist si era preoccupata di andare a vedere come stava e le aveva dato un po' di ghiaccio del suo secchiello. Gli altri guardavano Karl a bocca aperta, come se fosse il protagonista di una serie tivù.

Pochi minuti dopo sentirono il rombo del motore di una Maserati, il fruscio degli pneumatici sulla ghiaia. Dasha se n'era andata davvero e Shona si sentì un po' in colpa. Sarebbe stato tutto più noioso senza di lei.

«Su, torniamo al gioco», li esortò Ali, sforzandosi di controllare la collera. Seguirono sospiri e mugugni.

«In realtà, penso che abbiamo concluso la scena del cocktail», disse Karl. «Mi serve un po' di tempo per pensare e non ho nulla in programma da qui a un'ora. Ci vediamo dopo per l'omicidio».

Il grido di sdegno e frustrazione di Ali squarciò l'aria e Shona resistette all'impulso di applaudire Karl. Era riuscito a offendere la sorella a più livelli. In primo luogo, prendendo il controllo della situazione quando era lei a dirigere il gioco; poi applicandosi poco nella sua parte e infine, il peggiore, insinuando che la sua programmazione fosse talmente sballata da permettergli di prendersi senza problemi un'ora di pausa. Era davvero un bel tipo.

Shona lo guardò andar via, con il cuore che batteva forte per l'eccitazione e il corpo inondato di adrenalina. Si sentiva benissimo, piena di energia. Ci era riuscita. L'aveva assemblato come una scultura ed era stato magnifico.

Fu solo allora che guardò verso il punto in cui stava la Dama Bianca e vide che se n'era andata.

15

Un rumore nella sua stanza la sveglia. È ancora più leggero del tramestio dei topi, ma stavolta è sicura che si tratta di passi. Forse è Kamala che si è alzata presto, ma la sua stanza non è direttamente sopra di lei. È sul lato opposto del corridoio dell'ultimo piano.

Sente anche un altro suono. Sembra un pianto.

La notte di Natale non c'erano state bevute fino a tardi. Niente Baileys e *mince pie*, e di certo nessun gioco di ruolo con un omicidio da risolvere. Dopo i titoli di coda del servizio sui canti natalizi, si erano trasferiti in silenzio nelle loro camere. Charley si era chiusa a chiave prima di infilarsi nel letto e il sonno non era arrivato facilmente. Il buio era soffocante, la casa inquieta, anche dopo che tutti erano andati a letto. E i sogni, quando arrivarono, erano pieni di merli, capelli color miele e acqua ghiacciata.

Non le è rimasto niente dello stato d'animo tranquillo e fiducioso della mattina di Natale quando si avvicina alla finestra e apre le tende. La accoglie di nuovo uno scenario di candida bellezza. Dopo un'ultima bufera, il cielo si è schiarito e la neve è come quella dei canti natalizi: abbondante, soffice e uniforme. Vede il sole riflesso sulle colline lontane, che illumina la distesa di neve in uno spettacolo abbagliante. Ma il sole non tocca quella valle. La casa vive nell'ombra fino alla primavera, si capisce che fuori c'è ancora un freddo pungente.

Prima di andare a dormire ha sciacquato la maglia e i leggings sporchi indossati in viaggio e li ha appesi ad asciugare. Ma li ritrova ancora umidi e puzzano persino di più. Sospirando, sceglie nell'armadio un altro abito da governante, in cotone pesante con una riga goffrata e un colletto alla Peter Pan. Somiglia a una divisa da cameriera. L'aspetto giusto per gestire Gideon, pensa cupa.

Charley bussa alla sua porta, prima con delicatezza, poi con più decisione.

«Gideon, sono io. So che è presto, ma ho bisogno di parlarti. Mi dispiace tanto per Pan». Forse sta ancora dormendo oppure la sta ignorando. «Sto per entrare», avverte, girando la fredda maniglia di ottone e spingendo la porta.

La stanza è ancora al buio, la sagoma di Gideon si intravede sotto il piumone. Ma stavolta Charley si sofferma su un oggetto che spunta da sotto le coperte. Ma è…? Si china e tocca il metallo freddo.

È la collana che ha ricevuto nel pacco natalizio. Che cosa ci fa lì?

Ha la sensazione che ci sia qualcosa di sbagliato, qualcosa di strano. Non sente russare. Non sente nemmeno il suono del respiro. Si avvicina al cuscino, dove si intravede la folta chioma di riccioli biondi di Gideon, e solleva delicatamente il piumone. Due vitrei occhi azzurri la fissano. Lascia cadere la coperta, sconvolta.

Gideon è morto.

Qualche anno prima, in un'opera teatrale, ha avuto il ruolo secondario di una cameriera che scopriva un cadavere, e il regista aveva insistito affinché il suo urlo fosse più crudo e viscerale possibile. Ma ora non urla. Si porta la mano alla bocca per l'orrore.

Tira di nuovo indietro le coperte, scoprendolo un po' di più. Gideon è completamente vestito, indossa il suo tweed da Mr Gold e il letto è pieno di pezzi di carta. Piccoli rettangoli di carta colorata. Soldi del Monopoli, come le banconote che le ha lanciato il giorno prima, ma ce ne sono altre, mucchi di soldi falsi accartocciati. Glieli hanno ficcati nelle tasche, nella cintura, sparsi tutto intorno. E sul cuscino, accanto alla testa, ci sono cinque sottili anelli d'oro. Sono gli anelli di Pan, quelli di cui ha notato la mancanza ieri. L'assassino li ha sfilati al cadavere.

Charley indietreggia; non riesce più a sopportare di stare nella stanza con lui. Deve dirlo a qualcuno. Non a Leo. Forse a Sam? Ma poi dovrebbe dirlo anche a Audrey, che è già troppo sconvolta. No. Poi le viene in mente la persona giusta.

Sale al piano di sopra e bussa alla porta di Kamala, ma entra senza aspettare che lei risponda.

«Mi serve il tuo telefono», dice. «Si tratta di Gideon, è...». Non riesce a dirlo.

«Di cosa stai parlando?». Kamala sembra infastidita. I suoi doveri da dipendente non si applicano a chi fa irruzione nella sua stanza.

«So che hai un telefono che funziona», dice Charley. «Ti ho sentita parlare ieri, chiedevi a qualcuno di venire».

L'espressione irritata sparisce, rimpiazzata dal panico, da un guizzo di senso di colpa e infine da un'ovvia bugia.

«Stavo solo girando un video per TikTok con il mio cellulare, ma non posso caricarlo. Non ho campo, come te».

«Gideon è morto», dice Charley. «Dobbiamo cercare aiuto».

Sul viso di Kamala si legge lo shock: finto o reale? Non lo sa.

«Voglio vedere con i miei occhi».

Charley adesso sa cosa la aspetta, ma deve comunque farsi forza per accendere la luce e sollevare il piumone. Gli occhi azzurri sono iniettati di sangue, il dolore è impresso per sempre sul suo volto e sul collo ci sono grossi lividi scuri. Segni profondi e violacei che potrebbero essere stati incisi da una massiccia catena d'oro.

«È stato strangolato», mormora lei.

«Stai indietro». Kamala tende il braccio per bloccarla. «Non toccare nulla, soprattutto quella collana».

Ma Charley l'ha già toccata. In fondo è sua, o meglio, di Miss Colly.

Riesce a respirare solo quando escono in corridoio, ma poi si apre la porta di Leo che domanda: «Cos'è questo viavai?». Appare anche Sam, spettinato e mezzo addormentato, insieme a Audrey che si strofina gli occhi assonnati con aria confusa.

Quando apprendono la notizia, si guardano con un senso di terrore e crescente diffidenza.

È stato uno di voi.

Lasciano entrare Sam perché è un medico.

«È come ha detto Charley, l'hanno strangolato. I segni sul collo somigliano agli anelli della catena, vedi?». Sam indica la collana, ma a differenza di Charley sta attento a non toccarla. «Sembra sia morto da un po' di tempo. Almeno dodici ore».

Dodici ore. Un nauseante senso di orrore si insinua dentro di lei. Sicuramente è stato ucciso poco dopo che si è intrufolata nella sua stanza e ha preso la sua cartellina.

Come ha fatto con Pan, Sam scatta alcune foto da diverse angolature. Gli altri lo guardano, poi Leo prende la parola.

«Credo che dovremmo parlare seriamente di questa situazione. Sul possibile colpevole. Ieri sera sono salito in camera e ho visto Charley allontanarsi dalla stanza di Gideon con una cartellina, credo fosse proprio quella di Gideon... Direi che è successo circa dodici ore fa. Qualcuno ha visto Gideon vivo in seguito?»

«Non puoi insinuare che sia stata Charley!», esclama Sam.

Ma la guardano tutti. Ci stanno pensando.

Una familiare sensazione di nausea si insinua dentro di lei. L'avevano guardata allo stesso modo tanti anni fa, quando Ali l'aveva accusata di furto. Sguardi duri e giudicanti, come se avessero già maturato una convinzione.

Leo cammina su e giù per il corridoio, con l'antiquata vestaglia da camera che gli svolazza dietro. «Charley doveva incontrare Pan alle tre e abbiamo solo la sua parola sul fatto che lei non si sia presentata. Poi Gideon la accusa di aver ucciso Pan e la vediamo uscire dalla sua stanza più o meno alla stessa ora in cui è stato strangolato. Ammettiamolo, Pan e Gideon sono quelli che, fin dall'inizio, anni fa, hanno detto che Charley stava tramando qualcosa. Forse hanno scoperto un segreto che custodiva gelosamente. So cosa direbbe Ali se fosse qui».

Sam ha cambiato faccia, ha gli occhi sgranati, come se stesse giungendo alla stessa conclusione. «In effetti torna», dice, voltandosi e incrociando lo sguardo di Audrey.

Charley spera che lei non sia d'accordo, che dica qualcosa, invece si limita a fissarla con orrore.

Kamala sta con le braccia serrate e, per un attimo, guarda le scale. Nasconde un segreto lì. Ma non dice niente.

Lo stanno pensando tutti. Credono alla teoria di Leo.

«Ma se è stata Charley, come ha fatto a portare fuori Pan?», domanda Sam, come se lei non fosse lì davanti a lui.

«Forse l'ha attirata fuori, sotto l'albero, e l'ha colpita alla testa». Leo ha una risposta per tutto. «Da svenuta non dovrebbe essere stato difficile issarla tra i rami».

Charley è rimasta immobile. È tutto talmente stravagante e assurdo che non sa come difendersi. Come era accaduto con la collana, la facoltà di parola la abbandona. Riesce solo a dire: «Non sono stata io».

E all'improvviso sente una mano chiudersi intorno al polso. Una mano gelida, simile a una manetta d'acciaio, che la stringe forte, le affonda le unghie nella carne. È Shona, con un paio di occhialini steampunk sulla testa e una vestaglia di seta. Le maniche sono arrotolate e le braccia sono ricoperte di qualcosa di rosso e appiccicoso. Anche sul viso ci sono macchie che fanno risaltare le occhiaie e il trucco sbavato.

Charley cerca di divincolarsi, ma la presa di Shona è troppo forte.

«Per l'amor degli dei, volete ascoltarmi, cazzo!», grida. «Questo non è un omicidio qualunque. Non è una ragazza che uccide qualcuno per una stupida collana rubata. Questo è il *male*. Male allo stato puro! Non è naturale».

Audrey emette un gemito di angoscia, ma Leo alza gli occhi al cielo. «Oh, no, di nuovo la maledetta Frau Percher, venuta a punirci per i nostri peccati».

«*Perchta*», la corregge Shona. «E non puoi negarlo, tutti in questa casa si sono comportati male. Ali mi ha confidato che Pan non era la persona che credevamo. Gideon era corrotto fino al midollo. Leo ha insabbiato gli scandali e ha inventato articoli di sana pianta per favorire gli amici, e l'ha fatto per anni. Sam salva vite solo perché lo fa sentire superiore… e non lo negare, piccola canaglia. Anche la nostra cara Charley se la faceva di nascosto con Karl. E io? Ho lasciato che la mia anima andasse in malora già molto tempo fa». La sua faccia è spaventosa, i denti macchiati di tabacco scoperti in un ringhio quando si avvicina a Audrey. «E tu? Ti ho vista che ci fissavi, ci giudicavi, ma scommetto che sotto sotto sei altrettanto cattiva. Siamo tutte brutte persone e siamo intrappolati qui, in attesa della nostra punizione. Almeno io ammetto di meritarla».

Serra la morsa sul polso di Charley e la trascina verso la sua stanza. «Vieni, voglio farti vedere una cosa».

Charley la segue, chiude la solida porta di legno e vi si appoggia. Ha il viso bagnato di lacrime e trema, sconvolta. Dopo un momento di sollievo per essersi allontanata dagli altri e dalle loro accuse, mette a fuoco ciò che la circonda.

Le viene da vomitare.

Come le stanze di tutti gli altri, anche quella di Shona ha i muri bianchi, i mobili antichi ben restaurati e le lenzuola inamidate di un comune albergo di lusso. Ma il pavimento è coperto di spazzatura. Ci sono ritagli di raso rosso stropicciati e sfilacciati, grumi di un intruglio bianco simile a porridge, bobine di fil di ferro e... ossa. Mucchi di ossa. Gabbie toraciche di animali, ossa di zampe, lo scheletro dell'oca della cena di Natale, trattato con una specie di impregnante trasparente che lo rende lucido e brillante. Il letto è stato spostato e al centro della stanza c'è una struttura. È alta quasi quanto lei, una versione deforme di una figura umana, tenuta insieme con fil di ferro, intrecci di raso rosso induriti con qualche tipo di colla per farli somigliare a tendini – ecco il motivo delle mani macchiate di rosso. Il corpo scheletrico è vestito di stracci bianchi. Shona ha fatto a pezzi una delle sue stole di pelliccia per farne i capelli, ha scolpito un volto pallido di cartapesta, un naso adunco di fil di ferro e una bocca spalancata e famelica.

«Frau Perchta», dice, scrutando nelle orbite vuote. «Quando si sente l'ululato del vento o lo scoppio di un tuono nel periodo natalizio, è lei che guida la caccia selvaggia dei demoni nel cielo notturno. Ho iniziato a fare questa scultura appena sono arrivata. Avrei dovuto finirla in fretta ed esporla per spaventarvi, come mi aveva chiesto Ali. Ma dopo la mattina di Natale, dopo aver visto quella figura nel bosco, non sono più riuscita a smettere di ritoccarla. Era come se qualcos'altro avesse preso il sopravvento. Come se fosse compito mio mettervi in guardia dal male».

Charley distoglie lo sguardo dall'orrenda scultura e osserva Shona, notando gli occhi rossi e lacrimosi, le mani macchiate che tremano mentre affonda le unghie aguzze nel suo macabro capolavoro. La crudeltà tagliente e compiaciuta è scomparsa, non è rimasta in lei che la paura.

«Shona, sei esausta. Hai bisogno di riposare».

Lei si schermisce. «Non ho bisogno di dormire, mi sono concessa appena due ore di sonno da quando sono arrivata.

Devo completarla. Non si tratta più solo di spaventare un manipolo di deboscìati. È il messaggio della mia vita».

«Perché Ali ti ha chiesto di spaventarci?»

«Perché, secondo te, uccellino? Vuole scoprire la verità. Vuole sapere cosa è successo a Karl tanti anni fa. Forse è lei che ha scatenato questo male contro di noi, come vendetta».

«Vendetta? Ma tu non c'entri niente con la scomparsa di Karl, vero?»

«Comincio a pensare di aver avuto un ruolo», risponde Shona. «Credo che abbiamo contribuito tutti. Ammettiamolo, quando è scomparso eravamo tristi e preoccupati, ma anche sollevati. Niente più ricatti, niente più segreti che venivano a galla».

«Sai cosa gli è successo?». Charley trattiene il respiro, prega di ottenere una risposta.

Shona scuote la testa. «Non si può spiegare un evento soprannaturale. È scomparso da una stanza chiusa a chiave e non è più tornato. Nei polizieschi si scopre sempre che l'assassino si è infilato in un tubo di scarico, si è nascosto dietro una libreria girevole o si è calato in una botola. Ma ho ispezionato più volte la stanza e non c'era nulla di simile. E poi, nei gialli c'è sempre un cadavere. La vittima non può andarsene con le sue gambe. Più ci penso e più capisco che quello è stato l'inizio. Il principio del male. Dopo siamo andati tutti in giro per il mondo a diffondere la nostra corruzione, a grattarci la schiena a vicenda, osceni e disgustosi, a brindare al nostro successo come se fossimo speciali».

Charley è ancora schiacciata contro la porta, la maniglia le scava la schiena. Un gelido macigno di paura le scende nello stomaco. Immagina Shona che colpisce Pan alla testa e la issa sull'albero, Shona che strangola Gideon e lascia il cadavere a marcire nel denaro, per trasformare l'omicidio in una spaventosa opera d'arte. È possibile. Più che possibile. Shona si era allontanata per andare a prendere la decorazione a forma di ragno l'altra sera. Forse l'aveva ucciso allora, mentre erano tutti impegnati al piano di sotto.

Vorrebbe scappare, ma teme che gli altri la stiano ancora aspettando fuori con le loro accuse. Tuttavia, chiude le dita sulla maniglia della porta.

«E io sono la peggiore», continua Shona. «Sai che rubo la maggior parte delle idee al mio partner? O che compro teschi umani al mercato nero? Ho preso soldi sporchi da big pharma per finanziare una mostra, e sì, all'epoca sacrificavo davvero gli animali. Nemmeno per Satana, molto peggio. Quando gli altri bambini giocavano con i Lego, io e Sam setacciavamo la campagna alla ricerca di animali morti e li facevamo a pezzi. Già all'epoca voleva diventare un medico e pensava che questo lo avrebbe aiutato a imparare l'anatomia. Quanto a me, pensavo che sapere com'erano fatti all'interno mi avrebbe resa un'artista migliore. Hai mai sentito parlare di George Stubbs? Famoso ritrattista di animali del diciottesimo secolo, dipingeva i cavalli come nessuno prima di lui, e sai perché? Perché li faceva a pezzi, scopriva come erano costruiti, perché si muovevano così. Ricavava la bellezza dalla crudeltà. E io ho fatto lo stesso. Posso giustificare le nostre azioni. Erano già morti, non gli abbiamo fatto del male. Ma era comunque… brutto. Irrispettoso. A questo alludeva Ali con i sacrifici di animali nel profilo del mio personaggio. Non sono una bella persona, uccellino, ma almeno ne sono consapevole. Non come quel branco di ipocriti là fuori».

Charley è paralizzata dalla paura.

«P-penso che dovresti riposare», balbetta. «Staccati un po' da quella scultura, vieni in camera mia e sdraiati. Ti preparo una tazza di tè».

«Tè? Un classico, noi inglesi pensiamo che il tè possa lavare via ogni male». Si accascia per terra e continua a lavorare alla testa macabra che ha in grembo, intrecciando e manipolando il fil di ferro con le dita. «Non posso fermarmi adesso, ho quasi finito...».

Charley apre la porta e sguscia via, nel corridoio fortunatamente deserto.

Passa l'ora seguente rintanata nella sua stanza. È l'unica soluzione che le viene in mente, mentre ripercorre mentalmente tutto quello che è successo. Ali li ha riuniti per scoprire la verità su Karl. Ha organizzato quel giallo natalizio per far emergere i loro segreti. Ma non è ancora venuta a controllare. *A meno che...* Un orribile sospetto comincia a formarsi nella sua mente.

Proprio allora sente bussare alla porta. Con un crescente senso di terrore, Charley la schiude di uno spiraglio. È Audrey, con due tazze fumanti di cioccolata calda allo zenzero.

«Sicura di voler stare da sola in stanza con me?», chiede Charley con amarezza, aprendo la porta. Prende una tazza e si siedono sul letto, imbarazzate.

«Mi dispiace», dice Audrey. «Per quello che dicono gli altri. Ti conosco solo da un paio di giorni e so come la pensi. Questa gente non è... be', non è normale, vero? Anche Sam... quando è con loro è diverso».

Charley annuisce e prende un sorso della bevanda dolce e speziata. All'improvviso pensa come una Masquerader, è riluttante a fidarsi di lei.

«Il fatto è che voglio andarmene da qui», esordisce Audrey, «Non posso starmene tranquilla a mangiare gli avanzi della torta natalizia e guardare la pubblicità dei saldi di Santo Stefano, mentre aspetto che muoia qualcun altro, forse anche Sam... Ci ho pensato. Shona ha detto di aver visto qualcuno nel bosco e so che nessuno le crede, ma se non fosse quella Frau di cui parla sempre, se fosse una persona reale? Magari non siamo così isolati, magari c'è qualcun altro che vive nei paraggi. Potrebbe avere un telefono o addirittura una motoslitta».

Charley si mette a sedere più diritta. Kamala le ha detto che non c'erano altre case nella valle, ma di lei non si fida più. E l'idea di agire, di fare qualcosa, è irresistibile. Intrappolata a Snellbronach, ha quasi perso il senso della realtà, l'idea che esista un mondo reale là fuori, dove gli assassini vengono catturati da veri detective e consegnati alla giustizia secondo le dovute procedure burocratiche e un giusto processo. Trovare il modo di entrare in contatto con il mondo esterno potrebbe essere la loro unica possibilità di sopravvivenza.

Non si preoccupa nemmeno di finire la cioccolata calda.

Si sono vestite a più strati. Audrey le ha prestato uno dei suoi maglioni natalizi (la renna Rudolph in un groviglio di lucine) e un paio di collant di lana da indossare sotto l'abito da governante. Nell'armadietto all'ingresso trovano degli scarponi robusti, solo un po' grandi, e si infilano i calzettoni di lana che trovano appallottolati all'interno. L'atrio è deserto quando escono. Stavolta nessuno prova a trattenerle.

Il cielo è azzurro, ma c'è un vento pungente che trafigge le parti esposte del viso. Le guance bruciano per il freddo. La neve sembra soffice e pura, ma in realtà è ghiacciata e scricchiola sotto gli scarponi mentre la attraversano a passi lunghi e goffi.

«Se ci addentriamo nel bosco saremo un po' più riparate», grida Audrey, avanzando a testa bassa. Charley le sta dietro mentre seguono ciò che resta delle impronte di Shona verso il limitare del bosco. In effetti lì la neve è più bassa, anche se i rami si agitano al vento, lasciando cadere fiocchi gelati. Le viene in mente che là fuori è ancora più pericoloso che a Snellbronach, ma almeno i rischi sono evidenti.

Audrey trema fortissimo.

«Questo cappotto fa schifo», impreca. «Una porcheria da fast-fashion a buon mercato. Avrei dovuto prendere in prestito una di quelle giacche da sci nell'armadio».

Charley propone di tornare indietro, ma nessuna delle due vuole farlo, soprattutto ora che hanno trovato una specie di sentiero. Si inoltrano nel bosco, cercando segni di vita e schivando i mucchietti di neve che cadono dai rami. Il vento cala ancora un po' e Audrey fa un tentativo di conversazione, chiedendole della sua carriera di attrice.

«Hai fatto una scelta fantastica», dice.

«Non saprei...». Charley ha freddo e ha paura, non riesce proprio a fingere sicurezza. «Pensavo solo che dopo un po' mi sarei affermata. Non mi sento ancora una vera attrice, anche se non saprei dire come dev'essere una vera attrice. Il mio ragazzo, be', ormai è il mio ex, pensa che dovrei mollare e trovarmi un lavoro vero».

Audrey si volta a guardarla incuriosita. «Sai, quando ti ho vista la prima volta mi sembrava di conoscerti, poi ho capito che era per il mio viaggio negli Stati Uniti. La tua faccia era su tutti i canali, per una pubblicità... su un farmaco? È evidente che stai trovando lavoro, dovresti continuare».

«Oh, quella? L'ho fatta grazie ad Ali».

Audrey si ferma, chinandosi per stringere i lacci di una scarpa. «Comunque non significa che tu non sia brava. È solo che il mondo funziona così, no? Dipende tutto da chi conosci. I nostri amici qui ne sono la prova vivente».

Charley non riesce a trovare un'obiezione e d'un tratto si sente sporca. Può ancora criticare gli altri dopo aver accettato quel lavoro orrendo? Il senso di colpa la assale di nuovo, così cambia argomento e le chiede come ha conosciuto Sam.

«In ospedale». Audrey si rialza e riprende a camminare, con lo sguardo fisso davanti a sé. «Non stiamo insieme da molto, solo da pochi mesi. Questo viaggio doveva essere un'occasione per conoscerci meglio».

Charley si accorge con imbarazzo di non sapere nemmeno che lavoro faccia Audrey. Era così presa dai Masquerader – cercava ancora di fare colpo su di loro, di compiacerli, anche se li odiava – che non aveva fatto nessuno sforzo per conoscerla. «Lavori lì anche tu?»

«No, Sam faceva parte dell'équipe che ha curato mio figlio e dopo... dopo mi è stato di grande aiuto, di grande conforto. Abbiamo fatto le cose con calma, perché sono ancora un disastro ed è troppo presto per pensare al futuro... ma è bello passare il Natale insieme. O almeno, lo era prima che iniziasse a succedere tutto questo».

La tristezza la assale man mano che mette insieme gli indizi. L'aria stanca e tormentata di Audrey, la sua fragilità dopo la morte di Pan, quando, la sera della vigilia, le si era spezzata la voce: "Il Natale è per i bambini".

«Tuo figlio...?». Non riesce a dirlo.

«È morto. Sì. Abbiamo tentato tutto il possibile, tutte le terapie sperimentali, ma non è servito a niente. Ci hanno solo illuso». Ha un tono brusco, come se stesse trattenendo uno tsunami di dolore e sofferenza. Fa un respiro affannoso, cerca di contenersi. «Scusa, non è la classica storia romantica sull'esordio di una relazione. Ma Sam mi capisce, è paziente. Mi sta aiutando».

«Mi dispiace tanto». Charley non sa cos'altro dire. Glielo dicevano spesso dopo la morte di sua madre e non le era stato d'aiuto. Ma d'altronde, niente lo è.

«Credo che laggiù ci sia un fiume», dice Audrey, cambiando argomento. Il sentiero che hanno trovato devia verso il basso e Charley sente uno scroscio. Tra gli alberi si intravede un luccichio di acqua gelida.

È difficile scendere il pendio. Scivolano, si rialzano, scivolano ancora e finiscono, ridendo e sporche di terra, su una riva fangosa con le impronte dei cervi. Poi si fermano e restano incantate.

Davanti a loro c'è una cascata che scende lungo enormi rocce grigie costellate di spettacolari stalattiti di ghiaccio. L'acqua gelida precipita in una pozza profonda, ampia e parzialmente ghiacciata. I cristalli d'acqua restano impigliati ai rami e alle felci annerite che le circondano, come piccoli addobbi natalizi. È tutto di una bellezza mozzafiato.

«È così limpida», dice Charley. Per quanto sia tentata di testare la resistenza del ghiaccio, è abbastanza prudente da non provarci. Anche se sembra spessa, sul lato opposto della pozza, dove si abbatte la cascata, la superficie ghiacciata è attraversata da crepe, e attraverso la schiuma si intravede la profondità dell'acqua verde smeraldo. Le torna il ricordo di quando si dimenava nell'acqua gelida, lottando per respirare. Se lo tiene per sé: Audrey non dovrebbe sopportare anche i traumi degli altri.

A un certo punto si rende conto che Audrey la sta fissando, sforzandosi di trattenere le lacrime.

È accanto a lei, tremante, con le mani infilate nelle tasche e le spalle tese. Si morde con forza il labbro inferiore, gli occhi lucidi. Charley si sente impotente. Intuisce che il suo dolore è troppo grande, troppo opprimente perché lei possa aiutarla, ma allunga lo stesso una mano e la posa sulla sua spalla. Audrey si ritrae come se l'avesse aggredita. Le sfugge un gemito soffocato e, senza dire una parola, si gira e torna di corsa sul sentiero.

16

«Audrey!». Charley grida il suo nome, e il respiro si trasforma in vapore nell'aria gelida.

Il primo istinto è quello di andarle dietro, di consolarla, così si mette all'inseguimento. Ma quando raggiunge la cima del pendio, vede che è già andata lontano, in direzione della casa. *Sam se la caverà meglio di me.*

Ma non è l'unico motivo per cui esita. C'è qualcosa di confortante nel trovarsi vicino a una cascata, lontano da Snellbronach e dai suoi segreti. Prima del weekend con delitto a Fenshawe, stare vicino ai corsi d'acqua la rasserenava. Sua madre amava nuotare e si tuffavano nel lago vicino casa molto prima che il nuoto in acque libere diventasse di moda. La mattina di Natale andavano tutti insieme in riva al lago e si sfidavano a correre per tuffarsi in acqua, facendo a gara a chi resisteva più a lungo.

Un inverno si era allenata per mesi, imparando a immergersi in modo graduale e sicuro invece di tuffarsi, abituando il corpo alla temperatura dell'acqua. Aveva imparato a godere di quella sensazione e il giorno di Natale aveva stupito il resto della famiglia nuotando fino al largo e rimanendo tranquillamente a galla sulla schiena. Era diventato un numero per impressionare gli amici e quel giorno, a Fenshawe Manor, l'aveva usato per fare colpo su Karl.

«Dai, pisciasotto, si sta bene una volta che sei entrato», gli aveva detto, prendendogli la mano. «Sul serio, ti fa sentire vivo. Devi solo farlo nel modo giusto».

Si erano spogliati sul prato, ridendo, bisticciando e stuzzicandosi a vicenda. Charley ricordava ancora il contrasto fra il calore sulla pelle dei suoi baci e il freddo penetrante ai piedi mentre entrava in acqua.

Karl era riuscito a immergersi fino ai fianchi, poi le sue urla avevano squarciato l'aria della sera. Lei si era messa a ridere e si era rilassata, immergendosi fino alla vita. Il suo corpo conosceva la procedura, avvertiva già quella familiare sensazione di freddo e caldo sulla pelle mentre si allontanava con delicate bracciate a stile libero.

«Sei *pazza*», aveva detto Karl, ridendo in un modo che suggeriva quanto gli piacesse quel tipo di pazzia.

Lei gli aveva fatto un cenno di invito, come una sirena. Karl ci aveva riprovato, entrando fino all'ombelico prima di lanciare un altro strillo e indietreggiare. «No, non fa per me. Ti aspetto dentro».

Si era fermata a guardarlo mentre correva verso il maniero prima che il buio lo inghiottisse. Aveva continuato a nuotare, assaporando la quiete, la deliziosa sensazione di essere sola, protetta dall'oscurità, lontana dalle frecciate e dalle accuse dei Masquerader. Intorno aveva solo i suoni della natura e gli schizzi alzati dalle sue bracciate.

Quando era tornata a riva, un po' stanca, un po' affannata per il freddo, c'era qualcuno ad aspettarla, nell'ombra del canneto.

No. Allontana il ricordo di ciò che accadde dopo. Tornarci non le servirà a niente. Guarda verso il bordo dello stagno, dove il ruscello – Shona lo chiamerebbe col nome scozzese, *burn* – si placa e si congela, insinuandosi tra gli alberi come in una cartolina. E… cos'è quello?

Si sforza di vedere. Poco più in là, c'è del fumo che sale tra gli alberi. E dove c'è fumo, c'è gente.

Rianimata dalla speranza, si alza e costringe i suoi piedi gelati ad andare avanti. Attraversa faticosamente il ruscello, saltando su massi scivolosi e bagnandosi i piedi, ma dall'altro lato trova un sentiero, appena accennato. Forse è solo una traccia del passaggio di animali, ma quando lo segue risalendo il pendio scorge nella neve l'inconfondibile sagoma di impronte umane.

E quando gira l'angolo vede… be', "casa" è una parola grossa, e non è sicura nemmeno di poterla definire un cottage. È più una capanna, con i muri fatti di massi accatastati e riempiti di malta, con felci ed erbacce che spuntano dalle fessure. Il tetto sembra fatto di una sorta di lamiera ondulata, rattoppata in alcuni punti con sacchetti di plastica tenuti fermi da sassi e grondanti neve sciolta. In un angolo c'è un piccolo camino di metallo, da cui si alza il fumo. La porta è fatta di assi di legno e due lepri sono appese a un gancio sul muro e dondolano piano al vento.

Charley sta per bussare, ma esita. Le viene in mente che difficilmente chiunque viva lì sia il tipo di persona che apprezza le visite. Le lepri abbattute a fucilate suggeriscono che è armata.

Ed è altrettanto probabile che sia nella lista dei sospetti per gli omicidi a Snellbronach.

Ma queste cose le vengono in mente troppo tardi, perché la porta si apre quanto basta per mostrare un volto.

E che volto. Una pelle sottile e pallida come la carta, solcata da innumerevoli rughe, una brutta cicatrice sulla guancia e un naso con una malsana sfumatura grigiastra. Occhi chiari e infossati che la fissano, duri come l'acciaio. Le labbra sono serrate, non sembra né contenta, né sorpresa di vederla. In un primo momento, Charley pensa di trovarsi di fronte a un'antica strega della foresta, ma quando mette a fuoco gli occhi si rende conto che si tratta solo di una persona che ha avuto una vita difficile e dolorosa.

«Cosa vuoi?», le chiede la vecchia con la voce roca di chi non parla da molto tempo.

Charley ci mette dieci minuti buoni per convincerla a lasciarla entrare, ma quando riesce a varcare la soglia la investe un odore di morte. Al centro della stanza c'è un tavolo ricoperto di resti: pelli di lepre, un uccello mezzo spennato e coltelli affilati e scintillanti. Alla grondaia sono appesi mazzetti di erbe secche. La stanza è illuminata da un piccolo spiraglio di sole e dal bagliore del fuoco che arde in una stufa rudimentale sulla parete di fondo. Accanto è appoggiato un fucile da caccia, a una distanza rassicurante dalla padrona di casa, che si chiama Maggie. C'è una sedia sola, e lei non la invita a sedersi.

Charley le racconta una versione semplificata dell'accaduto, tralasciando i dettagli più bizzarri e scabrosi. Non vuole rischiare che non le creda.

«Non ho il telefono qui, se è quello che cerchi», risponde Maggie. Ha l'accento di Glasgow, nota Charley stupita. «Non sopporto i telefoni. E le persone. Me ne sto per conto mio. Mi occupo della mia baita e il resto del mondo si arrangi».

«Voglio solo uscire da questa gola e chiamare la polizia», spiega Charley.

«Non voglio poliziotti qua intorno», sbotta Maggie. Si avvicina zoppicando alla sedia, appoggiandosi pesantemente al bastone, e sprofonda con un involontario sospiro, allungando un piede sullo sgabello. È fasciato da bende grigiastre. Probabilmente ha bisogno di cure mediche, ma Charley ha troppa paura per suggerirglielo.

«Non dirò a nessuno di te, lo giuro», dice. «Ma ho bisogno della polizia per scoprire chi ha ucciso… i miei amici». Mentre lo dice, si rende conto che lo erano davvero, nel bene e nel male. Erano una parte della sua vita, hanno contribuito a renderla la persona che è diventata. Non vuole che muoia nessun altro.

Maggie tira su col naso e infila una mano in tasca, tirando fuori una bustina di tabacco e un pacchetto di Rizla.

«Fumi?». È la cosa più amichevole che le abbia detto finora, quindi risponde di sì, anche se non è vero. Si accende la sigaretta che le ha fatto Maggie e le lacrimano gli occhi.

«C'è un modo per uscire dalla gola senza prendere la strada?».

La donna scuote la testa, ma poi ci pensa su. «Potresti seguire il ruscello a valle fino al villaggio di Strathcarn, ma con questo tempo sarà una dura e fredda scalata, e farà buio prima che tu riesca ad arrivare da qualche parte».

Charley fa due calcoli. Se domani partissero tutti insieme alle prime luci dell'alba, ce la farebbero? O rimarrebbero intrappolati nella foresta buia e gelida? E chi portare con sé, chi lasciare indietro? La strana idea di prima la assilla. Sembra improbabile, persino assurda, ma non se ne va.

Si inoltra nella capanna e si accovaccia davanti al fuoco, scaldandosi le dita gelate, mentre cerca di ignorare il fucile. Nota un ramo fresco di pino appeso accanto alla stufa, che è stata decorata con tappi di bottiglia e forme ritagliate da vecchie lattine. È un tiepido omaggio al Natale, che le accende una scintilla di calore nel petto. Magari può restare lì con Maggie finché la strada non sarà di nuovo praticabile. Ma è chiaro che lei non vuole nessuno tra i piedi e la prospettiva di accamparsi per diversi giorni come ospite indesiderata in una capanna piena di morte non la alletta per niente.

«Hai spaventato a morte la mia amica ieri», dice.

Maggie ridacchia. «Ah, quella con le pellicce! Ha strillato come una bambina quando mi ha vista!».

«Crede che tu sia un demone natalizio che le squarcerà il ventre e sostituirà le budella con la paglia».

Charley ha l'impressione che questo stimolerà il suo senso dell'umorismo e ha ragione. Maggie fa un sorriso sghembo, con i denti scoperti, e scoppia in una risata stridula. «Questa è buona! Potrei raccontarla in giro per tenere lontani quei bastardi dei guardiacaccia di Strathcarn. L'altra amica tua però non era così scossa: mi ha solo lanciato uno sguardo assassino e se n'è andata».

Charley si sente gelare il sangue. «Di chi parli?». Non poteva essere Pan, era già impiccata al pero. Kamala era in cucina a parlare con lei. Audrey, forse?«Aveva un giubbotto verde e un maglione natalizio?»

«No, aveva i capelli rossi e grandi orecchini d'oro. La conosci?». Charley scuote la testa, ma sta mentendo. Non è la descrizione di nessuno degli ospiti di Snellbronach, ma crede di sapere chi sia... Un'idea assurda comincia a prendere forma. Si alza, si allontana malvolentieri dal fuoco e ringrazia Maggie per il suo aiuto.

«È meglio che torni a Snellbronach prima che faccia buio», dice con riluttanza. Da una parte spera che Maggie le chieda di restare, dall'altra si augura che non lo faccia.

La donna si alza e fruga sul tavolo finché non trova quello che cerca.

«Tieni». Glielo consegna. «Prendilo tu. Quando vivevo per strada, dormivo con questo in mano. Magari vorrai fare lo stesso. E buon Hogmanay».

Charley abbassa lo sguardo. In mano ha il manico nero e consunto di un coltello a serramanico.

17

Pan – Dodici Natali prima, ore 19:10

Quando Karl lasciò la sala da cocktail, scoppiò il caos. Nessuno stava più nel personaggio, Ali strillava, Leo camminava nervosamente avanti e indietro. Shona si scolava un altro cocktail e rideva. Charley scappò via in lacrime, tenendo premuto sulla faccia il fazzoletto scarlatto di Madame Carlotta, anche se (come gli urlò dietro Ali) sapeva benissimo che avrebbe dovuto lasciarlo cadere all'uscita come indizio.

Quando Ali iniziò a prendere i bicchieri e a scagliarli contro il muro rivestito in pannelli di quercia, Pan decise di andarsene, sgattaiolando in corridoio. Aveva i nervi a fior di pelle da quando si era alzata e lo sfogo di Dasha l'aveva spinta sull'orlo di un vero e proprio attacco di panico. Era già carica di adrenalina quando una mano uscì da una delle stanze, le afferrò la manica del vestito e la tirò dentro.

Strillò, si girò e vide che era Gideon. Non ebbe il tempo di reagire, di tenerlo a bada come faceva di solito. Lo assecondò, appoggiandosi al muro, sentendo la pressione del suo corpo mentre si chinava a baciarla.

Oh, era una sensazione bellissima. Dopo il disastro e le settimane di stress e insonnia che lo avevano preceduto, quel bacio fu un sovraccarico di sensualità, un'esplosione. Alzò una mano e gliela passò tra i capelli, attirandolo a sé, baciandolo con più passione. La resa era una vera delizia.

Gideon le mise una mano sulla schiena, spingendola più vicino a sé, la mosse su e giù lungo la sua spina dorsale fino a farle sentire la pelle in fiamme. «Resta con me», le sussurrò tra i capelli. «Ti chiedo solo questo, Pan. Niente giochetti. Stiamo bene insieme, possiamo farcela».

Lei lo baciò di nuovo per farlo tacere. La passione c'era ancora, ma la triste realtà cominciava a imporsi. Non era possibile, né allora né mai. Lo baciò ancora, cercando di catturare di nuovo la sensazione di prima, ma non servì a niente.

Si scostò, fece un respiro affannoso e scosse mestamente la testa. «Non funzionerà, Gideon», disse. «Tuo padre mi odierebbe. Gli stranieri non gli vanno a genio, non gli piacciono le donne in carriera...».

«Non me ne frega più un cazzo», rispose lui. «Non voglio stare con nessun'altra. Sei greca, e allora? Stai conquistando Instagram, e allora? Mio padre dovrà pur entrare nel ventunesimo secolo prima o poi. E scusa la volgarità, ma il patrimonio della tua famiglia sarà di grande aiuto».

«Non è solo questo. So quanto è protettivo nei tuoi confronti...». Suonava falso persino a lei, ma come poteva spiegargli che non voleva che sir Nathaniel frugasse nel suo passato? E come avrebbe potuto dire la verità a Gideon? Lui era così incapace di fingere che non riusciva nemmeno a recitare per cinque minuti in una cena con delitto senza uscire dal personaggio. Forse era per questo che le piaceva. Si ritrasse leggermente e lo guardò. «Non sono la ragazza innocente che credi, Gideon. Lascia perdere».

Lui emise un gemito, come se stesse soffrendo fisicamente. Si allontanò, e l'improvvisa mancanza del suo corpo la fece sentire fredda e stranamente leggera.

«Non ce la faccio più, Pan», disse. Il calore che c'era stato tra loro stava svanendo, lasciando emergere la frustrazione e la tristezza.

«Mi dispiace, ma non è il momento giusto...».

«Sì, continui a dirlo. Mi hai dato tante ragioni diverse e sono tutte senza senso. Non posso continuare a frequentarti, sapendo che anche tu mi vuoi, ma senza poterci fare niente». Gli si spezzò la voce e si voltò; Pan si conficcò le unghie nei palmi per evitare di toccarlo.

«Mi chiamo fuori». Quelle parole fredde erano in puro stile sir Nathaniel. Pan aprì la bocca per obiettare, ma Gideon continuò a parlare. «Ti lascio a Karl, ad Ali e al resto della compagnia. Mi sono unito alla Masquerade Society solo per te, e adesso che Karl si è messo in testa di scoprire i nostri segreti più oscuri e portarli alla luce del sole, sono più che felice di togliermi di mezzo».

«Ma cosa dici? No!», furono le uniche parole che riuscì a trovare.

Gideon si stampò un bacio sulla punta delle dita e le sfiorò la fronte, facendola fremere al contatto. E poi se ne andò.

Merda, merda, merda.

Aveva sempre saputo che sposare Gideon non era mai stata un'opzione. Non faceva parte del piano originale ed era una fonte di guai, ma vedendolo sparire nel corridoio provò una solitudine così intensa che le venne voglia di crollare a terra e non rialzarsi più. Una piccola, folle parte di lei aveva sempre sperato che un giorno, quando si sarebbe sentita abbastanza tranquilla, sarebbe riuscita ad aprirsi con lui, a confidargli tutto. Che sollievo sarebbe stato condividere il suo fardello, e anche il riconoscimento dei risultati ottenuti.

Trattenne un gemito, imponendosi di smettere di piangere. "Suvvia", si disse. "Pandora Papadopoulos non piange. Non si lascia abbattere. Se ne va a un'altra festa, portandosi dietro la bottiglia di champagne più grande e tutti gli ospiti più sexy".

Ma in quel momento Pandora Papadopoulos si sentiva solo una ventunenne solitaria che recitava una parte. E le ultime parole di Gideon avevano colto nel segno: Karl era impegnato in una sorta di crociata per la ricerca della verità. E cosa aveva detto Charley? "Karl mi ha detto tutto delle tue bugie". Sapevano qualcosa. Ci stavano arrivando.

Guardandosi intorno per la prima volta, Pan si rese conto di trovarsi in un piccolo studio, con una scrivania a due colonne e ripiano in pelle, e scaffali pieni di libri antichi che nessuno leggeva più. Nell'angolo, di fronte alla finestra, c'era una poltrona con baldacchino. Era di pelle verde borchiata, con uno schienale assurdamente alto che si curvava alla fine, facendola somigliare a una cabina di lettura. Vi sprofondò, tirò su le ginocchia e fissò il prato buio. C'era la panchina di pietra bianca che Dasha aveva usato prima per il tiro al bersaglio. Al di là si intravedevano le increspature scintillanti del lago.

Forse la cosa migliore era andarsene, uscire e prendere un taxi per il paese. Ma così avrebbe fatto arrabbiare Ali, che si sarebbe lamentata con Karl, che avrebbe potuto…

No. Doveva restare, doveva sistemare le cose e capire come tenere in piedi la recita ancora un po'. Ma a che pro? Perché lo stava facendo? Aveva perso di vista il motivo per cui aveva iniziato.

Cambiò posizione e stava per alzarsi, quando la porta si aprì e si richiuse. Era entrato qualcuno. Rimase immobile, in attesa che si accendesse la luce, rivelando il suo volto bagnato di lacrime, ma la stanza rimase al buio.

«Non credo che ci sentano qui». La voce di Karl era appena un sussurro.

«Non capisco, che importa se ci sentono?». L'altra era inaspettatamente la voce di Charley, squillante e carica di rabbia. Pan tirò con discrezione le gambe sulla poltrona e si addossò allo schienale. Che cosa stava succedendo?

«Ne abbiamo già parlato, eravamo d'accordo, no? Non è il momento giusto». Karl sembrava sfinito, spazientito, ma anche stranamente complice. Pan ci mise un attimo a fare due più due. Karl... e Charley?

Non si concesse nemmeno il tempo di sorprendersi, scandalizzarsi o esultare per aver sentito un pettegolezzo così succoso. Iniziò subito a ragionare sui binari ben rodati: "Come influisce questo sul piano? Come posso sfruttare la cosa a mio vantaggio?"

Charley emise un gemito di frustrazione, si avvicinò alla finestra e guardò fuori. Se avesse girato la testa leggermente a sinistra, avrebbe visto la punta delle sue eleganti scarpe di seta spuntare dalla poltrona da lettura. Pan trattenne il respiro.

«No, non eravamo d'accordo. La verità è che *io* continuo a chiederti quando, e *tu* hai sempre una scusa per dire che non è il momento giusto. Sono stanca di essere trattata così, Karl. Sono stanca di sentirmi in colpa, come se meritassi il trattamento che Dasha mi ha appena riservato». Si sforzava di mantenere un tono di voce pacato, di non scoppiare a piangere. "E fai bene", pensò Pan, ma poi si chiese: "Se glielo raccontassi, Ali si fiderebbe di più di me o se la prenderebbe con me per averglielo detto? Se uscissi ora dal mio nascondiglio potrei ricattarli, ma questo basterebbe a farli tacere o sarebbero più propensi a smascherarmi?" L'istinto le consigliò di stare ferma.

«Adesso esco e lo dico a tutti», annunciò Charley. «Così, bene o male, questa storia finirà».

«Cristo, Charley, sarebbe un disastro!».

Lei si girò, strinse i pugni e urlò: «UDITE, UDITE! GOSSIP IN ARRIVO PER LA MURDER MASQUERADE SOCIETY. IO E KARL ANDIAMO A LETTO INSIEME!».

«Charley, sssh», la implorò Karl.

«ULTIME NOTIZIE, NON È BRAVO A LETTO COME CREDE E HA UNA VOGLIA A FORMA DI...».

«Abbassa la voce, per piacere!». Karl aveva un tono sofferto. Si avvicinò a Charley e, se non fosse stato così concentrato su di lei, avrebbe sicuramente notato Pan, anche se si era appiattita il più possibile contro lo schienale della poltrona.

«Ti vergogni di me», gli rispose Charley. «Questa è la verità. Ho sentito quello che hai detto prima: "È solo una recita". Come pensi che mi abbia fatto sentire? Sei ossessionato dai soldi e dalla posizione sociale come Leo e Gideon, sei superficiale come Pan».

«Be', forse perché con loro mi diverto», ribatté Karl. «Ah, se penso che stavo per lasciare la Masquerade Society per te! Ma la vita sarebbe molto più semplice se non mi facessi sentire in colpa per ciò che sono».

Charley si ritrasse, ferita, e fece un passo verso il suo nascondiglio. «Si tratta di questo, non è vero?». Le si spezzò la voce. «Dasha è il tuo tipo, e questo non cambierà mai. Io sarò sempre... com'è che si diceva negli anni Settanta? La tua scappatella».

Karl emise un gemito angosciato. Era un suono che Pan non aveva mai sentito prima: disperato, fragile. «Oddio, Charley, non intendevo questo. Mi dispiace, ti prego, ti supplico, non litighiamo. Questa situazione non durerà per sempre, te lo prometto».

Karl la strinse in un abbraccio, sussurrando in tono rassicurante, ma lei rimase rigida, con le braccia lungo i fianchi. Lui le baciò il collo, mormorando frasi di cui Pan colse solo qualche parola: dipendente, irresistibile.

«È questo il vero motivo, eh?», disse Charley. «Non puoi resistermi, sei dipendente, ossessionato, quindi per te sono una specie di droga o di malattia. Se potessi scegliere, ti allontaneresti da me».

«Non è vero». Le parole di Karl erano poco convincenti, ma quello che le stava facendo sul collo era chiaramente più efficace. Charley gemette per il desiderio e Pan capì che, malgrado la sua logica, Karl stava vincendo la partita.

«Sono sincero quando dico che voglio stare con te», disse. «Ma se lo dico a tutti adesso, dopo quella scenata, penseranno che Dasha aveva ragione. Voglio che ti amino come ti amo io, voglio che capiscano».

Nell'ombra, Pan strinse le labbra in un cupo sorriso di rivincita. Per questo non voleva legarsi a Gideon. Dover prendere in considerazione i sentimenti di qualcun altro a ogni decisione, dover giustificare ogni mossa! Meglio essere liberi.

Poi, proprio quando il suono dei baci di Karl stava diventando stomachevole, Charley trasalì.

«Oh, il tuo povero orecchio», disse Karl.

Lei rise. «Non è così grave e stranamente mi sento meglio. Mi sento meno in colpa».

«Be', questo è di certo un beneficio».

Altri baci. La situazione stava diventando decisamente noiosa e, dato che lei e Gideon non si erano baciati, anche piuttosto sgradevole. All'improvviso le venne un pensiero che la fece gelare fin nelle ossa. "E se la cosa va oltre e cominciano a darci dentro sulla scrivania? Non posso stare qui a guardare!"

Con suo immenso sollievo, gli amanti si fermarono per prendere fiato.

«Non hai nulla per cui sentirti in colpa. Sei la persona più gentile di tutto il gruppo. Cioè, chi può competere con te? Shona e Sam che si interessano solo di arte e medicina? Poi c'è quell'ipocrita saccente di Leo, quello smidollato di Gideon e infine Pan, la più grande bugiarda del mondo. Oh, aspetta, senti questa: ieri sera ho fatto una ricerca approfondita sulla storia della Hellenicorp. Ho dovuto passare decine di articoli di giornali greci su Google Translate, ma alla fine ho trovato questo necrologio: guarda l'ultima riga».

Pan impallidì. Il panico le esplose dentro, all'improvviso era sovraccaldata; il cuore le batteva all'impazzata.

Sentì un fruscio di carta. Karl passò a Charley un foglio stampato in formato A4 tutto spiegazzato.

Charley sospirò, con un tono stanco e leggermente esasperato. «Oh, non ricominciare con la storia di Pan».

«Ti avevo già detto che mentiva sulla proprietà di quelle auto sportive. Questa è una cosa molto, molto più grossa».

Sporgendosi in avanti, Pan vide Charley abbassare lo sguardo sul foglio e poi sospirare. «Senti, non la sopporto, si sta comportando da vera stronza con me, ma adesso non voglio occuparmi di lei, ho altro a cui pensare».

«Ah, tipo cosa?». Karl aveva di nuovo quella voce sconcia e come previsto seguirono altri baci. Pan vide Charley che accartocciava il foglio di carta e se lo infilava nella tasca dell'abito da sera. Era ben visibile attraverso il raso. Doveva scoprire cosa c'era scritto. Poteva allungare una mano e rubarglielo da lì? No, era troppo lontano. Imprecò tra sé.

«Forse hai ragione, forse dovremmo dirglielo adesso», propose Karl. Pan alzò gli occhi al cielo: "Oh, Charley, ti sta prendendo in giro. Vuole farti ammettere che il suo approccio è il migliore e tu ci cascherai..."

«No, meglio aspettare, hai ragione tu». Charley sospirò. «Se glielo dicessi adesso penserebbero che ti ho sedotto spingendoti a lasciare Dasha. Non mi accetteranno».

Pan resistette all'impulso di urlare: "Cretina!".

«Comunque, non credo che lo faranno mai». La tristezza nella sua voce era palpabile e Pan sapeva che aveva ragione. «A nessuno importa che Dasha sia violenta e gelosa. Non importa come è fatta, perché è ricca, è in gamba, è tosta al punto giusto. È una modella di costumi da bagno, Karl! Non capiranno mai perché hai preferito me a lei».

«Lo sai che è una modella di costumi da bagno che non sa nuotare? Ha una piscina ossigenata all'avanguardia nel seminterrato della villa di suo padre, a Londra, e la usa solo per sedersi su una poltrona galleggiante a leggere riviste. Una volta l'ho schizzata e ha minacciato di chiamare le guardie giurate e farmi buttare fuori».

Charley ridacchiò. «Be', almeno io so nuotare», disse. «Infatti ho voglia di tuffarmi nel lago da quando siamo arrivati».

Karl scoppiò a ridere. «Eh? No! Fuori si gela! E poi, secondo Gideon è solo uno stagno».

«Se ci puoi nuotare, è un lago», obiettò Charley. «E sì, l'acqua sarà anche fredda, ma quando ero piccola, la mattina di Natale, andavamo sempre a farci una nuotata al lago. È una sensazione fantastica. Dovresti provare, ti fa sentire... Non so, sembra banale, ma ti fa sentire vivo».

«Secondo me è una cazzata», disse Karl. Bisticciarono un po', poi risero. Pan li scorse mentre facevano finta di litigare e si baciavano. E a un certo punto Charley si discostò da Karl. Era troppo buio per vedere l'espressione del suo volto, ma gli occhi brillavano di eccitazione. Charley bevve un sorso della bottiglia di vodka che teneva in mano. La sua acconciatura anni Trenta si era sciolta, era un po' spettinata, le paillettes del vestito di Madame Carlotta scintillavano alla luce della luna. Aveva un'aria disinvolta, splendida, audace: in quel momento era una vera Masquerader.

«Andiamo», disse. «Ti sfido. L'ultimo che arriva al lago è uno sfigato puzzone».

Karl la bloccò posandole un braccio sulla spalla. «No», disse. «L'ultimo deve dire a Shona che ha il rossetto sui denti».

E poi si misero a correre, togliendosi le scarpe mentre uscivano, ridacchiando nel corridoio deserto che portava alla porta sul retro. Pan li osservò dalla finestra di piombo mentre correvano sull'erba, gettandosi alle spalle i costumi a noleggio.

Il vestito di Charley.

Quel pezzo di carta era ancora nella tasca.

Pan corse sul prato freddo e trovò il foglio aperto sopra i vestiti sparsi, come se Charley avesse appena finito di leggere l'ultima riga incriminante.

Lo sa.

Il panico prese il sopravvento. Con il cuore in tumulto, lo accartocciò nelle mani tremanti fino a farne una pallina. Era la fine di tutto, la fine dei suoi piani elaborati con cura, delle sue amicizie, del suo futuro. Non poteva permettere che accadesse.

Doveva impedire a Charley e a Karl di raccontare agli altri ciò che sapevano.

Doveva farli tacere.

18

Charley corre tra gli alberi, con gli scarponi che scivolano sugli aghi di pino ghiacciati, sentendo meno il freddo a causa dell'angoscia e dell'adrenalina suscitate da quella nuova certezza.

C'è qualcun altro a Snellbronach. Una persona spietata e manipolatrice, che fin dall'inizio ha dettato le regole. Ha ordinato a Shona di spaventarli. Si è aggirata di nascosto per la villa, la sera della vigilia, vestita di nero. Ha pagato Kamala per mentire e ha preparato i regali da farle trovare la mattina di Natale.

È così concentrata sul pensiero di tornare a Snellbronach che per poco non perde i bip attutiti. Dopo quasi quarantott'ore di astinenza dalla tecnologia, non è più sintonizzata con i suoni degli aggiornamenti e le costanti notifiche. Inoltre, non è il suo telefono, è quello di Pan. Ma poi vibra di nuovo nella tasca.

Charley si ferma di colpo, lo prende e fissa lo schermo. C'è una minuscola barra di ricezione, che si accende e si spegne.

Non riesce a sbloccarlo, ma appare la tastiera per le chiamate di emergenza, così si sfila il guanto e digita il 999. Aspetta. Niente.

«No!», esclama e agita il telefono, come ha fatto Pan la mattina della vigilia. Non segue nessun altro segno di vita dopo quell'unico, stranamente breve, raggio di ricezione.

Pan ha ricevuto due nuovi messaggi. Sullo schermo bloccato c'è un'anteprima della prima riga di entrambi.

NIKKI: Devi tornare a casa, papà ha bisogno di te e non gli rimane molto tempo...

Oh, non c'era da stupirsi che Pan si comportasse in modo così strano se suo padre era malato... Ma un momento, Pan non era orfana? I genitori erano morti in un incidente stradale quando era ancora adolescente. Era stata cresciuta da una zia distratta e da un esercito di servitori, e avrebbe ereditato il patrimonio di famiglia al compimento del venticinquesimo compleanno. Per questo avevano organizzato il weekend con delitto a Fenshawe Manor, perché Pan non aveva una famiglia da cui tornare a casa per Natale o con cui andare in settimana bianca. Perché aveva mentito dicendo che suo padre era morto?

Poi Charley si sofferma sul messaggio successivo e sente una fitta di panico.

DASHA: SORPRESA, TESTA DI CAZZO! SONO IN SCOZIA!! Vi farò impazzire tutti, ahaha!!!

Il cuore le batte all'impazzata. Controlla di nuovo, sperando di aver letto male il nome del mittente, ma... Merda. È proprio lei. Dasha sta arrivando. Non c'è modo di scoprire quando è stato inviato il messaggio. È già lì e sta cercando di raggiungerli con la tipica implacabilità dei "russi che se ne fregano della neve"? Se arrivasse chiunque altro dal mondo esterno sarebbe una manna dal cielo, ma se si presenta Dasha... Be', sarebbe come gettare benzina sul fuoco.

Questo, ovviamente, era il motivo per cui era stata invitata dalla stessa persona che si nascondeva nella villa, determinata a rivangare nel passato, riaprire vecchie ferite e forse ucciderli uno per uno: Ali.

Charley lo sospettava da tempo, ma la descrizione della

figura nel bosco fatta da Maggie ha rafforzato i suoi sospetti fino a trasformarli in certezza. Shona aveva forse altre amiche con i capelli rossi che portavano sempre grandi orecchini d'oro?

Ha il fiato corto, continua a controllare il telefono ogni pochi minuti e fatica a mettere in ordine i pensieri in modo che abbiano un senso.

Ali è nella villa. Probabilmente si è nascosta nello stanzino per gli attrezzi delle pulizie all'ultimo piano, proprio sopra la sua stanza. Era lei che faceva quei rumori simili allo scalpiccio dei topi. Ecco con chi parlava Kamala: con un temibile ratto gigante.

Ali aveva organizzato quel Natale con delitto per rivelare i loro segreti e scoprire cosa fosse successo a Karl. Forse aveva scovato qualcosa su Pan e Gideon che li faceva sembrare colpevoli e si era vendicata. Poi era tornata nello sgabuzzino senza che nessuno se ne accorgesse, a parte Shona e Kamala. Ma forse aveva in mente di mettere a tacere anche loro.

Un'altra scarica di adrenalina la spinge a proseguire. È quasi arrivata. Quando emerge dalla foresta, il vento la investe di nuovo e le mozza il fiato. Non se ne cura e avanza nella neve.

Varcata la porta, il vestibolo sembra deserto, ma c'è Audrey, seduta sull'ultimo gradino della scalinata, persa in un pianto inconsolabile.

Charley chiama gli altri. Ha bisogno di Leo, Sam o Shona. Ha bisogno di una persona forte e combattiva. Leo appare in cima alle scale. Come lei, indossa una combinazione del suo costume di scena e capi moderni. Incrocia il suo sguardo e sta per dire qualcosa, ma lei lo blocca. Non ha tempo per una delle sue prediche.

«Vieni», dice. «So dov'è tua moglie».

Leo la segue senza dire niente e, a un certo punto, mentre Charley passa davanti alle loro stanze, Sam esce e li segue.

Salgono tutti e tre per la stretta scala della servitù. Charley si ferma davanti allo sgabuzzino degli attrezzi per le pulizie. Gira la maniglia, ma è ancora chiusa a chiave.

«Buttate giù la porta», ordina. Preso alla sprovvista, Leo dà qualche calcio fiacco.

«Oh, per l'amor del cielo», dice Sam, irritato, e si scaglia contro la porta a spallate. Dopo un paio di tentativi, il legno cede in una pioggia di schegge.

Sam scompare all'interno. «Mio Dio», mormora.

Charley lo segue e viene investita da una puzza penetrante. Resti di cibo scricchiolano sotto i suoi scarponi; il poco spazio che c'è sul pavimento è coperto di vestiti sparsi, fogli di carta strappati, vecchie fotografie. È una stanza minuscola, poco più grande di un armadio, con a malapena lo spazio per un materasso singolo. Accanto c'è una catasta di valigie, tra cui quella di Charley, con sopra un computer portatile. Sul materasso, rannicchiata in un nido di trapunte, c'è una donna.

Charley impiega un paio di secondi prima di riconoscere Ali. Ha un aspetto così diverso. Il viso ostinato e prepotente è pallido e rigato di lacrime. I riccioli ramati, sempre freschi di messa in piega, sono sporchi e spettinati e porta solo un orecchino. Indossa una tuta nera macchiata e le unghie sono rosicchiate fino all'osso.

Leo spinge da parte Charley e si inginocchia, prendendola tra le braccia. Lei sprofonda nel suo abbraccio e piange.

«Oh, Leo, ho fatto un casino», dice. «Ho fatto un casino pazzesco, e ora Pan e Gideon sono morti. A causa mia. Per quello che ho fatto».

Fin dai primi tempi della Masquerade Society, Charley sa che Ali è una brava attrice. Non quanto il fratello, ma è dotata e piena di risorse. Incerta se crederle, stringe il coltello a serramanico che ha in tasca con una forza tale da farsi venire i crampi alle dita.

Anche Leo sta piangendo. Stringe Ali tra le braccia e le mormora qualcosa all'orecchio, ma qualsiasi cosa le abbia detto non è confortante. Ali piange ancora più forte, finché ha una crisi isterica, urla e perde il controllo.

Charley ripensa alla faccia di Leo quando è entrata, a Audrey che piangeva sulle scale, all'aria mesta di Sam. È successo qualcos'altro. Qualcosa che non ha a che fare con Ali. Qualcosa di terribile.

Rivolge uno sguardo a Sam. «Dov'è Shona?», chiede.

Lui risponde con voce cupa e sconfortata. «Shona è morta».

19

Charley non ci crede finché non le mostrano il corpo. Sam e Leo le consigliano di non entrare, con fare paternalistico, e lei si sente avvampare di rabbia. È stufa di essere la piccola Charley, debole e sottomessa. Ha capito di non essere affatto così. È una sopravvissuta. È sopravvissuta a un tentato omicidio, alla perdita di Karl. È sopravvissuta a Matt, è stata lei a scoprire dove si nascondeva Ali.

«Sono in grado di decidere da sola!», sbotta.

Shona giace raggomitolata sul pavimento della sua stanza, come se stesse abbracciando qualcosa, un ammasso viscido e attorcigliato. Somiglia al "regalo" che ha ricevuto la mattina di Natale, ma è più grande, più vischioso. Charley si copre istintivamente la bocca quando capisce che si tratta delle sue viscere. Qualcuno le ha squarciato la pancia, rovesciando gli organi interni sul pavimento. Il corpo è immerso in un lago di sangue e circondato da ciuffetti di paglia. La scultura di Frau Perchta la sorveglia, con la testa spettrale fissata al suo posto, anche se un po' storta, e questo le conferisce un'aria ironica e consapevole. E c'è un'aggiunta: nella mano di fil di ferro c'è il coltello da disosso Sabatier che era scomparso dalla biblioteca, dove l'avevano lasciato insieme a una confezione di sciroppo di mais come arma del delitto di Lady Partridge. Ora è sporco di sangue vero.

Charley sente cedere le gambe, è sicura che non dimenticherà mai l'orrore di aver visto Shona in quello stato. Anche se dovesse sopravvivere, si sveglierà con quella immagine dietro le palpebre, la vedrà balenare davanti a sé, e l'odore metallico del sangue contaminerà ogni istante di felicità che riuscirà a conquistare. Ha un conato di vomito. Cosa aveva detto una volta Shona? Quando l'anima e lo spirito se ne vanno, non siamo altro che carne.

La sua morte la tocca più delle altre. Shona era crudele, schietta in modo brutale, e non era facile volerle bene, ma era coraggiosa, originale e non gliene fregava niente di piacere agli altri.

E aveva capito qualcosa.

D'un tratto Charley nota una macchia di sangue sulla moquette che non sembra far parte dell'opera d'arte dell'assassino. È parzialmente nascosta dalla paglia. Chi l'ha lasciata ha cercato di cancellarla, ma è ancora visibile: è la punta dell'impronta di una scarpa. Di una scarpetta da ginnastica, pare.

Ma Ali le sfreccia accanto, calpestando l'orma e rendendola ancora più indecifrabile, poi cade in ginocchio e piange a dirotto. «Non è giusto, non è giusto, non è giusto...». Striscia verso l'amica, senza preoccuparsi del sangue che le impregna i vestiti, le accarezza il viso, tingendolo di rosso mentre si dispera. «Sono stata io», geme. «È tutta colpa mia».

Charley era tornata a Snellbronach per sfidare Ali, convinta che fosse lei l'assassina. Si aspettava che reagisse, che la attaccasse con le sue armi preferite: lo scherno classista, la derisione e il disprezzo.

Non era preparata a questo.

Per la prima volta in vita sua, le accarezza la schiena, sentendo i nodi delle vertebre sotto la maglia di pile. Le prende una mano e l'aiuta delicatamente ad alzarsi.

Ali trema come un uccellino smarrito e fragile. Ha il respiro affannoso, le mani sporche di sangue.

Leo la sostiene dall'altra parte, mormorando tenere parole

di incoraggiamento mentre escono dalla stanza e salgono le scale lentamente, un passo alla volta. La ama davvero.

Charley ne è un po' sorpresa. Ali ha sempre avuto qualcosa che teneva a distanza le persone. Anche quando l'aveva incontrata sui set della pubblicità, le volte in cui era gentile con lei, non le era mai stata tanto simpatica. Ma forse con Leo era diversa.

Si ricorda della volta in cui hanno parlato degli omicidi nella vita reale, tanti anni prima, domandandosi se loro sarebbero stati in grado di uccidere qualcuno. Ali non aveva esitato. «Se qualcuno mi ostacolasse, se mi impedisse di fare qualcosa a cui tengo veramente e sapessi di riuscire a farla franca, certo che lo farei. Non è così per tutti?».

C'era una frase in particolare che catalizzava la sua attenzione. *Se sapessi di riuscire a farla franca.* Se avesse ucciso qualcuno, l'avrebbe fatto con un rapido colpo alla testa, usando un oggetto contundente. Non avrebbe rischiato di essere vista, né avrebbe perso tempo con il cadavere. Non aveva l'estro del fratello, a meno che quegli orribili omicidi scenografici non fossero un contorto tributo a lui.

In cucina c'è un odore di dolci cotti al forno e c'è una gratella piena di *mince pies* appena fatte, spolverate di zucchero a velo e ancora calde. Charley accende il bollitore, poi mette due tortini su un piatto per Ali, ricordando una delle sue battute in una cena con delitto: "Lo zucchero aiuta a riprendersi dallo shock, madame".

Leo accompagna Ali al lavandino e le passa le mani sotto il rubinetto, sciacquando delicatamente il sangue di Shona dai polpastrelli. Kamala si ferma davanti alla porta, esitante, torcendo uno strofinaccio.

«Sapevi che Ali era qui fin dall'inizio». Charley cerca di non farla sembrare un'accusa, ma la rabbia trapela dalla sua voce.

«Oh, vai a farti fottere, qualunque cosa tu stia insinuando!», scatta Kamala. «Faccio solo il mio lavoro, assecondando i capricci di un gruppo di ricchi strambi che hanno mandato a puttane le mie vacanze. Doveva essere un semplice servizio di catering. Non sono un'attrice, ma se qualcuno ti offre un sacco di soldi per mentire a un branco di persone di cui non ti importa nulla, ti sfido a rifiutare».

Charley si morde il labbro. Quelle parole l'hanno toccata un po' troppo da vicino e non osa aprire bocca quando Kamala getta per terra lo strofinaccio, disgustata. Da una parte vorrebbe risponderle, spiegarle che lei non è una di loro, non è una ricca stramba. Ma non ha passato anni a cercare di farsi accettare, a desiderare di far parte del gruppo?

Si avvicina a Kamala. Non vuole che gli altri le sentano e si intromettano. «Cosa ci facevi nella stanza di Pan, la prima notte? So che eri lì, ti ho vista uscire».

«Vai a farti fottere, Sherlock», risponde lei, poi le volta le spalle e comincia a lavare i piatti con ostentazione. Il messaggio è chiaro: anche lei vuole risposte e non si tirerà indietro, ma non vuole far parte della sua banda di Scooby Doo.

Leo ha preparato il tè come piace ad Ali e l'ha fatta sedere al tavolo della cucina, avvicinando le sue mani alla tazza e chiudendovi le dita intorno come se stesse mettendo in posa una bambola. Sicuramente vuole spiegazioni, ma non può giocare al detective con Ali, non può mettersi a caccia della verità quando lei è in quello stato.

Charley gli fa cenno di allontanarsi e, sorprendentemente, lui acconsente, andando ad appoggiarsi al bancone della cucina con la sua tazza in mano. Sam è in piedi accanto a lui e la osserva incuriosito. Charley si siede di fronte ad Ali e aspettano tutti in silenzio che parli.

«Volevo scoprire la verità», confessa Ali. «Karl era... svanito nel nulla. La polizia, sinceramente, ha fatto schifo. Sì, lo hanno cercato, per le prime due settimane hanno fatto le cose per bene, ma era evidente che pensavano fosse scappato per giocarci un brutto tiro. Potevate garantire l'uno per l'altro per tutta la sera dopo che ho chiuso Karl in quella stanza. Quando trovarono la sua auto abbandonata in strada iniziarono a prendermi un po' più sul serio, ma le indagini non andavano da nessuna parte. Insistevano a dire che, se gli fosse successo qualcosa, era stato dopo che aveva lasciato Fenshawe, ma io sapevo che si sbagliavano. Come aveva fatto a uscire dalla stanza? Perché uno sconosciuto per strada avrebbe dovuto uccidere mio fratello? Fossimo stati a Londra, avrei preso in considerazione uno scippo o una rissa, ma là fuori, in mezzo al nulla? Non aveva senso.

Quindi per me era ovvio che uno di voi mentiva, o forse mentivate tutti. Ma nessuno diceva niente». Guarda Leo con un guizzo del suo vecchio fuoco. «Nemmeno quelli di cui mi fidavo di più».

«Te l'ho detto, Ali, non…».

«Oh, vai al diavolo, Leo, sei un codardo! Mi nascondi qualcosa. Ne sono certa da quando abbiamo celebrato il matrimonio a Fenshawe. L'ho capito da come ti comportavi. Così ho pensato che, se vi avessi riuniti tutti, se avessi smosso un po' le acque tra voi, sarebbe venuto fuori qualcosa. Poi ho capito che la mia presenza vi avrebbe solo messi in guardia, così ho deciso di nascondermi in soffitta, lasciando che Shona amplificasse la paranoia e guardandovi crollare».

D'un tratto Charley intuisce qualcosa. «Le teste di cervo! Ci hai nascosto le telecamere!».

Ali annuisce. «Telecamere con obiettivo stenopeico e microfoni, per sentire tutto».

Leo impallidisce. «Ali, quelle cose che ho detto di te la prima sera… Ero ubriaco e Shona continuava a fare domande, a stuzzicarmi, sai com'è fatta. Non parlavo sul serio…».

«Lascia perdere, Leo». Ha una voce roca, incolore. «Abbiamo chiuso. Voglio solo sapere cosa è successo a mio fratello. Il piano era che Shona vi facesse cuocere a fuoco lento fino al pranzo di Natale, poi io sarei apparsa dal nulla e vi avrei messo alle strette con quello che avevo scoperto. Ma poi… Pan».

«Pan era innocente, non può essere stata lei», dice Leo. «Era con me al momento del falso omicidio, lo sai, hai scritto tu il programma. Poi siamo andati tutti a cercare gli indizi e quando ci siamo accorti che Karl era scomparso, Pan ha perlustrato le cucine insieme a Charley. Come hai potuto, Ali? Eravate amiche da tantissimo tempo…».

Ali si volta verso di lui, con uno sguardo d'acciaio negli occhi arrossati. «Non l'ho uccisa io, Leo! Come hai potuto anche solo pensarlo? Che razza di mostro credi che io sia? Aspetta, pensi che abbia ucciso anche Gideon e Shona? L'adorabile, folle Shona? Gesù, Leo, mi conosci almeno un po'?».

Leo sprofonda su una sedia, esausto. «Non so più cosa pensare, Ali. Quel maledetto Poirot fa sembrare tutto così facile con le sue dannate celluline grigie».

«È tutta colpa mia», ripete Ali. «Se non avessi organizzato tutto questo, se non vi avessi fatti venire qui, non sarebbe successo niente».

La menzione degli alibi ha innescato una serie di pensieri nella mente di Charley. «Quando è successo… quando Shona è stata…», inizia, incapace di dire "pugnalata" e decisa a evitare la parola "sbudellata". «Io ero nel bosco con Audrey… ma a un certo punto lei è tornata di corsa qui. Ali era nello sgabuzzino all'ultimo piano, da sola. Leo, tu dov'eri?»

«Stavo leggendo nella mia stanza», risponde lui.

«Kamala?».

Lei si volta per lanciare un'occhiata velenosa, ma borbotta lo stesso una risposta.

«Ero qui a preparare i dolci». Indica le *mince pies*. «E quando li ho messi in forno, mi sono rifugiata nello studio per evitarvi tutti».

«Sam, tu dov'eri?»

«Guardavo un film. Quando è tornata, Audrey mi ha fatto compagnia.

«Che film?»

«Oh, per l'amor del cielo, Charley, era quella cagata con Arnold Schwarzenegger, *Una promessa è una promessa*, puoi controllare e interrogarmi sulla trama se vuoi. È un film di merda, ma avevamo bisogno di qualcosa di banale per distrarci. È stata molto dura per lei e il trauma ha scatenato ricordi terribili. Ma poi è andata di sopra e ha trovato Shona, quindi... Ora sta riposando. Si è chiusa a riccio e non la biasimo. E comunque, non potremmo mai fare una cosa tanto...». Si interrompe, non riuscendo a trovare le parole.

Charley guarda istintivamente le loro scarpe. Leo indossa un paio di scomode *brogue* marroni che devono far parte del costume da Lord Leapworth, mentre Sam ha delle pantofole in pelle di pecora di alta qualità. All'aeroporto indossavano entrambi scarpe da ginnastica. Una delle due paia era nascosta da qualche parte, nella villa, con le suole sporche di sangue.

«Oh, Charley...». Ali fa una risatina, ma le esce un suono orribile e rantolante. Sembra che abbia dimenticato come si ride. «Non dire idiozie. Non è stato nessuno di noi. Non esageravo quando dicevo che era tutta colpa mia. È la verità. Ho invitato Dasha. È qua fuori, da qualche parte, e vuole vendetta tanto quanto me. È solo meno schizzinosa su come ottenerla».

20

Cosa si fa quando c'è una miliardaria con tendenze omicide, in agguato nella neve, che vuole farvi fuori uno dopo l'altro?

Audrey piange. Kamala si ritira in camera sua, borbottando cupa. Sam e Leo fanno le pulizie in camera di Shona, un compito che nessuno invidia, ma non possono lasciarla così. Tanto più che non sanno quando riusciranno a contattare la polizia.

Charley teme che le chiedano aiuto e, a dire la verità, è per questo più che per sincera compassione che rimane di sua iniziativa insieme ad Ali a confortarla.

Ali ha raccontato di essersi incontrata con Dasha l'estate prima: si erano scambiate le loro teorie su quanto era successo a Karl ed erano entrambe sicure che la chiave fosse in mano agli altri Masquerader.

«Dobbiamo torturarli finché non dicono la verità, non c'è altro da fare», aveva proposto Dasha. «Li invito nella dacia di mio padre, in mezzo ai boschi. È un bel posto, lontano dalla civiltà, e lui conosce molti modi per convincere le persone a collaborare».

Ali l'aveva persuasa a passare dalla tortura fisica a quella psicologica. Poi avevano elaborato l'idea del weekend con delitto. Dasha aveva finanziato l'operazione, pagando Kamala per il catering, i costumi e le telecamere spia. Ali si era occupata della parte creativa, scrivendo le cartelline, reclutando Shona e nascondendo le valigie, per confonderli e farli sentire ancora più a disagio.

«A quel punto dovevo solo convincervi a venire. Shona non è stata un problema e ho offerto opportunità di lavoro a te e a Pan. Poi, una volta che Pan era dei nostri, l'ho usata come esca per attirare Gideon. Leo l'ho costretto e a Sam ho promesso che si sarebbe divertito. Dasha non ha mai parlato di omicidi, lo giuro. Ma quando è morta Pan mi sono spaventata. Ho pensato che Dasha avesse deciso di saltare le indagini e vendicarsi di tutti voi, di noi anzi! Ha sempre creduto che avessimo tutti la nostra parte di colpa per quello che era successo. Non sapevo più cosa fare, così sono rimasta nascosta, offrendo a Kamala altri soldi per tacere. Credevo di essere tanto intelligente… che illusa».

Ora che si è sfogata, sta riemergendo la sua vera personalità. È di nuovo arrabbiata, anche se con sé stessa, ed è quasi un sollievo vederla così.

«Maledetta Dasha! Lo sapevo che non potevo fidarmi di lei. Ma all'epoca si era rivelata utile. L'investigatore privato che aveva ingaggiato dopo il collana-gate aveva scoperto un sacco di informazioni su di noi». Non mostra il minimo riguardo nel sollevare l'argomento. «Ha trovato del fango per quasi tutti e l'ho inserito nelle vostre cartelline: debolezze e vicende che Karl probabilmente conosceva, ma di cui noi eravamo all'oscuro. È così che ho saputo di voi due, ovviamente. E altre cose sugli altri che avrei preferito non sapere». Arriccia il naso disgustata. «Dovete ammettere che il mio piano stava funzionando, prima che quella stronza cominciasse a prenderci di mira».

«Non capisco», dice Charley. «Perché mai vorrebbe ucciderci tutti? Karl ha sempre detto che lei non lo amava veramente. E quell'ultima sera litigarono proprio per questo».

«Non hai mai capito come funziona la mente di Dasha,

vero?». Ali scuote la testa. «Karl era di sua proprietà, finché non avesse deciso di scaricarlo. E qualcuno gliel'ha portato via senza il suo permesso. Hai visto come se l'è presa per la perdita di una collana, figurati per Karl! Hai smesso di frequentarci dopo la sua scomparsa, ti sei persa tutte le sue sfuriate. Continuava a parlare di vendetta, di scoprire chi era stato. Credo che il suo investigatore ci stesse monitorando e avesse scoperto molto più su di noi di quanto mi dicesse. E in particolare, qualcosa che l'ha spinta a ritenerci tutti colpevoli».

Questo spiegava la sgradevole sensazione di essere seguita che aveva sempre avuto dopo la scomparsa di Karl. Non era lui che vegliava su di lei, era l'investigatore privato di Dasha. Tuttavia, non era ancora del tutto convinta della teoria di Ali.

«Ma Pan le stava simpatica, perché avrebbe dovuto ucciderla? Le ha anche mandato un messaggio per avvisarla che stava arrivando», spiega, riferendole dei due messaggi arrivati mentre era nel bosco.

«Una tattica», risponde Ali, scrollando le spalle. «Se Pan aveva qualcosa da nascondere, sapere che Dasha stava arrivando l'avrebbe spaventata a morte».

Charley pensa, per l'ennesima volta, che deve essere davvero estenuante essere Dasha. Sposta l'argomento verso qualcosa di più concreto. «Ma hai visto qualcosa, con le telecamere? Chiunque sia entrato in biblioteca per uccidere Pan deve essere passato dalla Sala Azzurra, davanti alla testa di cervo».

«Ho guardato il filmato decine di volte, non c'è niente», dice Ali. «L'assassino sapeva della telecamera e si vede solo la porta che si apre e una figura sfocata che sguscia fuori dall'inquadratura. Visto? È per forza Dasha. Solo lei e Shona sapevano delle telecamere. E Shona...». Chiude la frase con un lamento.

«Posso dare un'occhiata al filmato?», domanda Charley. Vuole vedere con i suoi occhi, non si fida ancora del tutto di lei.

«A che servirebbe?». Ali scrolla le spalle. «Sappiamo già chi è. Tutte le prove del mondo non ci impediranno di essere bersagli facili».

Charley cerca di non pensarci. Fa un bel respiro e prova un'altra tattica: far leva sulla vanità. «Sai, ho letto una tua intervista qualche anno fa, in una rivista pubblicitaria se non sbaglio, e hai detto una cosa che mi è rimasta impressa. Hai detto di esaminare sempre i dati, che la conoscenza è la chiave per capire quel che muove la gente. La conoscenza è potere».

«Sì, è vero, l'ho detto». Ali sembra leggermente lusingata e la guarda con una certa curiosità. «Sai, sei cambiata».

«Lo so».

Nello sgabuzzino all'ultimo piano, Charley si fionda con gioia sulla sua valigia, mentre Ali avvia il portatile e apre il software di sorveglianza.

«Sapevo che toglierti i vestiti ti avrebbe fatto innervosire», dice Ali trionfante, mentre Charley tira un sospiro di sollievo e si infila un maglione morbido e caldo. «Per mettere a nudo una persona non c'è niente di meglio che farla sentire costantemente a disagio e infreddolita. Chiunque abbia visto Leo quando non ha le sue pantofole preferite lo sa. E credo di aver peggiorato le cose facendolo solo con alcuni di voi. Chi ha tanto e chi niente».

Charley sta quasi per scoppiare a ridere. Solo Ali potrebbe vantarsi di aver procurato qualche leggero disagio quando il suo piccolo weekend con delitto si è trasformato in un bagno di sangue.

Poi vede un oggetto infilato in un astuccio sotto il suo maglione, un pacchetto confezionato con carta lucida e sgargiante, con un disegno di paffuti pettirossi che portano nel becco piccoli bastoncini di zucchero. È il regalo che le ha dato suo padre, da aprire il giorno di Natale, e si sente un po' triste pensando a lui. È quadrato, a forma di libro, probabilmente una raccolta di sciocche barzellette natalizie o di simpatiche immagini di gattini con cappelli da Babbo Natale. Il tipo di regalo su cui aveva sempre da ridire, ma era mille volte meglio della collana pacchiana ricevuta da Miss Colly.

«Oh, ecco qui», dice Ali, indicando lo schermo. «La prima notte, dopo che tutti sono andati a letto».

La telecamera riprende una stanza buia. Si intravede la sagoma del tavolo, leggermente sfocata, mentre Ali manda avanti il video fino alle due e mezza circa. E per due minuti fissano una stanza vuota.

«E... eccolo lì!». Ali mette in pausa il video e indica lo schermo. C'è un rapido movimento sulla porta, una figura in nero la apre quel tanto che basta per entrare e poi sparisce dall'inquadratura.

«Tutto qui?», domanda Charley.

Ali annuisce. «Visto? Te l'avevo detto. È Dasha. Sapeva della telecamera. Si è schiacciata contro il muro o forse ha strisciato sul pavimento per non farsi inquadrare mentre si dirigeva in biblioteca. Quindi non si vede un cazzo».

Ali ha ragione. Al buio e da quell'angolazione limitata si vede solo una figura con una specie di berretto scuro che passa dalla porta socchiusa. Non si capisce nemmeno se sia maschio o femmina.

Poco dopo, appare Pan. Appena uscita dalla stanza di Gideon, si rassetta il costume e si passa le dita tra i capelli scompigliati. Saltella di gioia, sembra un'altra rispetto alla donna angosciata a cui aveva augurato la buonanotte sulle scale poche ore prima.

Ali si accascia in avanti, con un gemito di dolore. «Possiamo interrompere? Ti ho detto che non sarebbe servito a niente. L'assassino sapeva della telecamera nascosta. Dasha sarà entrata tranquillamente dalla porta d'ingresso – dubito che qualcuno l'avesse chiusa a chiave – per poi passare dalla biblioteca. Conosceva anche gli orari; le ho passato tutte le copie delle cartelline. Sapeva che Pan doveva aspettarti in biblioteca. Maledizione, avrei dovuto metterne una anche lì, ma non volevo trovarmi a guardare ore di filmati di persone che leggevano».

Charley annuisce. «C'è qualcosa che mi sfugge», dice. «Perché Dasha avrebbe dovuto appendere Lady Partridge al pero? Come faceva a conoscere la canzone? Sono sicura che in Russia ne hanno altre. Non festeggiano nemmeno il Natale nello stesso giorno».

«Dasha ama prendere pezzi di cultura occidentale e farne scempio, lo sai», risponde Ali, poi si ferma un attimo e scuote la testa. «Oh, Shona. È tutta colpa sua. È stata lei a dirle che la canzone *I dodici giorni di Natale* parlava di morte».

Charley sospira. È vero. Ma il filmato potrebbe contenere altre risposte. «Puoi mandare avanti il video fino al mattino, quando Kamala ha messo i regali sul tavolo?».

Ali la accontenta. Mettono brevemente in pausa per guardare Shona che attraversa la stanza, mostra il dito medio alla telecamera nascosta e va in cucina; subito dopo passa Charley, diretta in biblioteca.

«Eravate tu e Shona che parlavate nell'atrio la notte in cui è morta Pan, vero? Indossavi una felpa nera con il cappuccio».

Ali annuisce. «Shona era già ossessionata dall'idea di finire la sua opera d'arte... Sai come si fa prendere quando ha l'ispirazione. Mi ha costretta a raggiungerla nell'atrio, malgrado il rischio di essere vista, solo per parlare di dove avrebbe dovuto collocarla una volta terminata. In quel momento ero furiosa, ma ora mi pento di non averle dedicato più tempo. Da questo momento non succede più nulla nel video».

Con la sua tipica impazienza Ali fa per interromperlo, ma Charley la blocca. Poi manda avanti veloce e continua a guardare. Sullo schermo, la luce inizia a diffondersi nella stanza, mentre Kamala apparecchia la tavola, posizionando le tazze da caffè in modo che i manici siano rivolti nella stessa direzione e sistemando con cura l'argenteria, in base a un galateo di cui probabilmente non le importa nulla. Kamala è schietta e impulsiva, ma nel lavoro è estremamente scrupolosa.

Esce, poi torna con i regali e li dispone con cura sul tavolo.

Charley controlla l'ora. Sono le otto e mezzo.

«Metti in pausa», dice e comincia a contare. «Sei regali».

«Ovviamente», risponde Ali.

«Ce n'erano solo cinque quando siamo entrati a fare colazione. Tutti abbiamo pensato che Pan non avesse ricevuto nulla perché era la vittima... sai, nel gioco. Riparti».

Guardano fino a quando, verso le nove, entra un uomo che si avvicina al tavolo a testa bassa, apparentemente ignaro della presenza della telecamera. Indossa una vestaglia riconoscibilissima. Fa il giro del tavolo, sollevando le scatole e scuotendole, poi, dando le spalle alla telecamera, fa qualcosa che non possono vedere. Quando si gira, ha in mano una delle scatole e sembra che stia sollevando il coperchio del piatto da portata sotto la testa del cervo. Per un attimo alza lo sguardo e la telecamera coglie la sua espressione furtiva e preoccupata. Ora ne sono sicure: è Leo.

Ali sibila: «Quel bastardo».

Dopo questa scoperta, Ali riprende le vecchie abitudini e si fionda sulla valigia di Leo per fargli a pezzi il pigiama di seta. Charley cerca di ragionare su quello che hanno visto, ma Ali è troppo arrabbiata per seguirla. Così batte in ritirata e torna in cucina, con lo stomaco che brontola. Ha mangiato solo due *mince pies* in tutta la giornata, e sta già facendo buio.

"È strano", pensa. "Il mio corpo continua a chiedere cibo, come se fosse tutto normale".

Non ha intenzione di chiedere a Kamala di cucinare qualcosa. Rovista negli armadietti finché trova una vecchia padella di ghisa. Dopo avere sciacquato via la polvere e i ragni morti, la mette sulla piastra della cucina Aga e ci butta dentro un pezzo di grasso d'oca da sciogliere. Poi prende i cavoletti di Bruxelles e le patate arrosto avanzati dalla sera prima e li mischia. Li versa in padella, dove sfrigolano a contatto con il grasso.

Il profumo è come una magia, evoca il suono della voce di suo padre: "Devi farti una bella frittata di cavoli e patate a Santo Stefano". Sarebbe inorridito per la mancanza della salsa Branston Pickle, ma nella credenza c'è un *chutney* biologico che potrebbe sostituirlo.

Mentre affetta gli avanzi della carne arrosto, nota che fuori è buio pesto. Sta per iniziare un'altra lunga notte d'inverno e forse qualcun altro morirà. Ma adesso l'unica cosa che può fare è preparare da mangiare. E riflettere.

La teoria di Ali è sensata, e il macabro sadismo degli omicidi è nello stile di Dasha, ma nessuno ha un alibi per quando Shona è stata uccisa. Leo, Kamala e Sam erano a Snellbronach, ciascuno per conto suo. Lei era nel bosco, insieme a Audrey, che poi era corsa a casa. Era successo lo stesso con la morte di Gideon. Anche se Sam aveva stimato l'ora del decesso, in realtà chiunque avrebbe potuto intrufolarsi nella sua stanza quella sera e ucciderlo, come aveva fatto lei quando era entrata e aveva preso la cartellina. E anche durante l'assassinio di Pan si aggiravano tutti furtivamente per la villa. Forse anche Leo fingeva di dormire ubriaco.

Ma...

Pan era stata colpita alla testa, portata in giardino e issata su un albero. Sam aveva ragione quando aveva detto che non tutti a Snellbronach avevano la forza fisica necessaria, e lei non crede alla teoria dell'assassino che l'avrebbe attirata lì. Era possibile che Dasha fosse abbastanza forte. Era alta e andava regolarmente in palestra. Anche Shona era sempre stata sorprendentemente forte, e sia Leo che Sam sono altri possibili candidati. Ma Ali è troppo bassa, Audrey e Kamala non hanno braccia molto muscolose. *A meno che non si tratti di due persone che agiscono insieme.*

Charley geme esasperata. È possibile. Hanno visto una sola persona passare dalla Sala Azzurra, ma non hanno controllato i video di tutta la sera e un complice avrebbe potuto far entrare Dasha dalla porta-finestra della biblioteca, e poi rifarlo per uccidere Shona. Non poteva ancora escludere nessuno.

Rigira rabbiosamente la frittata. È un'impresa impossibile. Terminata la cottura, la rovescia in un piatto di pirex con il coperchio per tenerla al caldo in forno mentre apparecchia la tavola. Ma quando apre lo sportello viene investita da un'ondata di calore. Ha sbagliato aprendo il vano a sinistra, che ospita il fuoco a legna che alimenta l'Aga. Lancia un grido, sbatte lo sportello e qualcosa cade a terra.

È un pezzo di stoffa.

Charley si accovaccia e lo raccoglie. È bruciacchiato ai bordi, dev'essere rimasto incastrato nello sportello quando è stato chiuso l'ultima volta. Ma perché qualcuno dovrebbe bruciare della stoffa?

Uccidere Shona sarà stato un macello.

L'assassino non poteva evitare di sporcarsi i vestiti di sangue. E bruciarli era più sicuro che nasconderli. Probabilmente l'aveva fatto mentre Kamala era nello studio.

La stoffa blu ha qualcosa di familiare, è di una tonalità che ha già visto.

E d'un tratto ricorda la camicia che Leo indossava all'aeroporto la vigilia di Natale. È esattamente dello stesso colore.

QUARTA PARTE
ACCUSE

21

Il profumo di cibo appena cotto riporta tutti nella Sala Azzurra. È cambiata molto dalla prima sera. Leo e Sam hanno cercato di bloccare la finestra con un tavolo da gioco pieghevole, per impedire a Dasha di entrare da lì, la testa di cervo è stata rimossa e la stanza è illuminata da candele. Secondo Sam si possono spegnere più velocemente se qualcuno cerca di entrare, ma proiettano ombre inquietanti sui volti intorno al tavolo.

Prendono ancora i posti assegnati, con Ali a capotavola e Kamala al posto di Shona.

«Che roba è?», domanda Sam, indicando la frittata di cavoli e patate. «È disgustosa e squisita allo stesso tempo».

Il silenzio che segue è un vuoto doloroso. Charley immagina come sarebbero state le risposte degli altri. Gideon si sarebbe lamentato per il "cibo da poveri" e Pan avrebbe aggiunto qualcosa sugli orrori dei grassi saturi. Forse Shona avrebbe raccontato una storia su un demone delle verdure che aggredisce i bambini che non vogliono mangiare i cavoli.

Le persone, anche quelle che non ti piacevano molto, lasciano un vuoto nel mondo quando se ne vanno.

«Grazie per aver preparato un piatto vegano», dice Kamala, un po' più rilassata. «Non è male e sono contenta di non aver dovuto cucinare».

«Non credo che per avere il bonus tu debba continuare a occuparti del catering durante un massacro», risponde Charley.

Leo sbotta in una risata stizzita. «Almeno è probabile che lei sopravviva», osserva, agitando una forchetta verso Kamala. «Dasha non ha motivo di ucciderla. Anche Audrey può stare serena. Sappiamo tutti che il punto è quel che è successo a Karl tanti anni fa, quindi i possibili bersagli siamo solo noi».

«Oh, grazie, Lord Leapworth, mi sento molto più tranquilla ora che me l'ha fatto notare», dice Kamala con sarcasmo. «Insomma, è escluso che questa pazza omicida voglia far fuori i testimoni dei suoi crimini. Probabilmente mi darà un passaggio in paese quando avrà finito». Si allunga per prendere la bottiglia di whisky.

«Lo sai che non mi chiamo così», sbotta Leo.

«A essere sincera, non me ne frega niente dei vostri nomi. Siete solo l'odioso branco di ricchi bastardi che mi ha messo in questa situazione».

«Mi sembra giusto», dice Sam, allentando un po' la tensione. Accetta la bottiglia che gli passa Kamala e versa un whisky per sé e uno per Audrey, poi guarda Charley.

«Ne vuoi un po'?», chiede, inclinando la bottiglia dalla sua parte.

Lei scuote la testa. «Mi limito alla Diet Coke, grazie». Deve essere lucida se vuole sopravvivere alla notte.

Un segnale acustico fa sobbalzare tutti.

«Chi ha il telefono che prende?», domanda Sam, alzandosi di scatto.

Charley capisce di che si tratta e sospira. «Non entusiasmarti troppo». Prende il telefono di Pan dalla tasca dei jeans e lo mette sul tavolo. «È il cellulare di Pan. Era solo una notifica di batteria scarica. Per un attimo nel bosco ha preso il segnale, ma non ha retto abbastanza a lungo da permettermi di chiamare per chiedere aiuto».

«Perché hai il telefono di Pan?». Leo ha di nuovo la sua espressione sospettosa.

Charley si sente un po' in colpa e il suo primo istinto è di scusarsi per aver rovistato tra le sue cose. Ma poi nota lo sguardo di Kamala, che per qualche motivo la incoraggia a difendersi. Guarda di nuovo la foto di Pan nella schermata di blocco come se avesse tutte le risposte. Pan, ancora sorridente e attorniata da estetiste con un piccolo cerchio blu sul petto del camice. Si accorge che somiglia molto al logo che ha visto sui documenti nella stanza di Gideon.

«C'è un messaggio di Dasha e uno di una certa Nikki. Forse possono aiutarci a fare chiarezza. So che Pan mentiva sulla sua famiglia, ma non ne conosco il motivo».

Ali sbuffa. «Oh, Pan mentiva su tutto. È una delle cose che mi disse l'investigatore di Dasha quando stavamo organizzando il giallo qui a Snellbronach. Non era un'ereditiera, ma era cresciuta a North London ed era la figlia di un'imprenditrice greco-cipriota che possedeva una catena di lavanderie di discreto successo. L'uomo che si era presentato alla porta di casa quella volta non era il suo amante segreto, ma suo padre. I suoi genitori le avevano comprato dei capi firmati e un bel cellulare per l'università. Il resto se lo è inventato».

Charley la fissa sbalordita.

«Karl non te l'ha detto? Non so quanto avesse capito, ma di sicuro l'aveva smascherata».

Charley ripensa a quando Karl le aveva detto che l'auto sportiva di Pan era solo a noleggio. All'uomo cordiale che si era presentato alla sua porta, con modi fin troppo familiari. Il leggero accento di North London e il foglio che Karl le aveva dato prima della nuotata, e che le era quasi passato di mente… All'improvviso le è tutto chiaro.

«Porca miseria», esclama Sam, mentre Leo si lamenta che Ali avrebbe dovuto dirglielo prima che scrivesse quel servizio su di lei l'estate scorsa.

«Se ci pensi, genio del giornalismo, era piuttosto ovvio». Ali lo guarda con commiserazione. «Genitori defunti, altri parenti sempre troppo occupati a volare da una parta all'altra del globo con i loro jet privati. Un fondo fiduciario a cui misteriosamente non poteva accedere prima dei venticinque anni, mai più menzionato dopo l'atteso compleanno... Tutti quei post su Instagram in cui diceva di preferire uno stile di vita sobrio e di non prendere spesso l'aereo per salvaguardare l'ambiente. Era una vera imbrogliona, e se Karl l'aveva scoperta, aveva tutte le ragioni per volere che lui sparisse».

Charley avrebbe una marea di domande da farle, ma guarda la batteria in esaurimento sul cellulare di Pan e sa che c'è qualcosa di più urgente.

«Comunque eravate amiche. Sapresti accedere al suo telefono? C'è un codice di quattro cifre...».

«Prova qualche combinazione di cinque e otto», dice Ali. «Era fissata con l'I Ching e mi sembra che fossero i suoi numeri fortunati».

Charley fa come le ha detto. Quando digita cinque-otto-cinque-otto lo schermo si sblocca. L'applicazione per i video è ancora attiva e in basso a sinistra vede una miniatura dell'ultimo filmato di Pan. La tocca e il video si ingrandisce. Pan ha un'espressione molto diversa dal suo solito sorriso da selfie. Indossa il costume color pavone di Lady Partridge, ma senza il cappellino, e ha il trucco sbavato. Probabilmente l'ha registrato la sera della vigilia. Charley prova di nuovo un lieve senso di lutto, il dispiacere per una persona che non era mai stata una vera amica e che ormai non lo sarebbe mai diventata.

«Dai», la incoraggia Ali e si sporge per mettere in play con un guizzo della vecchia impazienza.

La Pan sullo schermo comincia a parlare.

«Questo messaggio è per Charley», dice.

Charley lascia quasi cadere il telefono per la sorpresa.

«Non avrò mai il coraggio di dirtelo in faccia, ma sono abituata a parlare da sola davanti alla videocamera. È più facile raccontare tutto al mio riflesso. Ma ancora non ci riesco. Devo lavorarci. Ho bisogno di dirti quel che è successo.

«Allora, non sono chi pensi io sia. Oddio, sembra una frase a effetto, ma è la verità. Mi chiamo Maria, non Pandora, anche se sono una fiera Papadopoulos. I miei genitori sono greco-ciprioti, ma sono cresciuta a Londra. Ce la passavamo bene e i miei erano abbastanza benestanti da farmi frequentare una buona scuola e portarmi in vacanza, ma non ci andavamo in yacht o con un jet privato. Lo so, avrei dovuto esserne grata, ma volevo di più, capisci? Volevo essere come i vip delle riviste, con le loro ville di lusso, sempre in giro tra un cocktail party e una première. Così all'università decisi di diventare un'altra persona.

«Non lasciai niente al caso. Impiegai molto tempo nell'organizzazione e nei preparativi. Feci delle ricerche sulla famiglia Papadopoulos, mi esercitai con la voce, con la camminata sicura, con l'atteggiamento di chi pensa che tutto gli sia dovuto. Sembra facile, per gli altri Masquerader è una cosa naturale, ma capirai quanto sia stato difficile portare avanti la recita giorno dopo giorno. Però ha funzionato. Mi ha aperto delle porte, essendo un'ereditiera mi sono fatta strada a suon di fandonie nei circoli più prestigiosi ed elitari, posti che sicuramente non hai nemmeno sentito nominare... Lo sto facendo di nuovo, ti ho detto una cattiveria, sto cercando di metterti in ridicolo anche mentre cerco di scusarmi...».

Charley lancia un'occhiata agli altri Masquerader. Tutti fissano scioccati il video. Anche Kamala è stupita, ma sta sorridendo, con un'espressione di riluttante ammirazione per Pan, la finta ereditiera vegana.

«Scoprii che se dici di essere qualcuno e reciti abbastanza bene la tua parte, nessuno lo mette in dubbio», dice Pan nel video. «La gente è troppo presa dai propri problemi e insicurezze, e una volta capito che puoi sfruttare la cosa... Ma tu eri diversa, Charley».

Sullo schermo, Pan tira su col naso e preme un fazzolettino di carta stropicciato agli angoli degli occhi, lasciandoli arrossati. Ha pianto spesso davanti alla videocamera negli ultimi anni, di solito dopo aver condiviso le sue riflessioni sullo stress della vita da influencer, ma questo è un pianto che la imbruttisce. Si soffia forte il naso e continua.

«Sai, ho sempre pensato che potessi scoprirmi. Perché osservavi le persone con un occhio da attrice, studiavi e imitavi le cadenze degli altri e una volta hai detto che sembravo una di North London, azzeccandoci in pieno. Ero convinta che mi vedessi dentro, quindi ti trattavo male, per autodifesa credo.

«Fingersi qualcun altro costa anche parecchio. La gente ti offre un Prosecco e si aspetta che tu ricambi con lo champagne. Spesso facevo pagare il conto agli altri comportandomi come se i soldi non avessero nessuna importanza per me. Tiravo sempre fuori la storia della rendita mensile e dell'eredità che avrei ricevuto solo a venticinque anni, ma gli altri davano comunque per scontato che avessi qualche centinaio di migliaia di dollari a cui attingere in qualsiasi momento. Così rubai la collana di Dasha per rivenderla. Pensai che avrebbe creduto di averla persa, non sapevo che ci tenesse. Ad Ali non piacevi. Forse perché eri un'intrusa e questo mi ricordava che lo ero anch'io. Così, quando cominciò ad accusarti, le diedi manforte e mi accanii contro di te».

Fa un respiro profondo e continua. «E così, eccoci arrivati. Alla parte più difficile. Quella sera, a Fenshawe, Karl ti diede qualcosa, una fotocopia del necrologio del mio presunto padre su un giornale greco. Non so ancora cosa ci fosse scritto di preciso, ma suppongo dicesse che non aveva figli. Lo persi quella notte stessa, nel lago.

«Ero io in acqua con te. Avevo origliato la vostra conversazione e vi avevo seguiti. Vidi i tuoi vestiti sparsi sul prato e il foglio con il necrologio. Sembrava che l'avessi già letto. Ero in preda al panico. Mi tuffai nel lago e... be', Charley, ero io. Sono stata io a tentare di affogarti.

«È stato spaventoso. Ti dibattevi come una dannata, e più lottavi, più io mi rendevo conto di essere in trappola. Dovevo tenerti sotto finché non avessi smesso di respirare, altrimenti mi avresti vista e sarei finita in prigione... D'un tratto smettesti di muoverti e scappai. È la cosa più orrenda che abbia mai fatto e non dimenticherò mai e poi mai il sollievo che provai quando mi voltai e vidi che ti rialzavi. Ho avuto incubi per anni, sognavo che ti dibattevi e ti agitavi nell'acqua. L'orribile momento in cui ti sei afflosciata. Mi dispiace tanto, Charley. Mi dispiace davvero tanto.

«Mi aspettavo comunque che lo raccontassi a tutti, ma dopo la scomparsa di Karl suppongo che avessimo tutti cose più importanti di cui preoccuparci. Non sono stata io, se proprio vuoi saperlo. Dopo quello che avevo fatto nel lago, sapevo di non avere il coraggio di uccidere qualcuno. Anche se ammetto di aver provato un sollievo immenso quando scomparve.

«Ho sempre creduto che prima o poi uno di voi mi avrebbe smascherata. Dopo la laurea, cominciai a parlare sempre meno dell'eredità sui social. Il fatto che fossi ricca mia aiutava con gli sponsor e gli inserzionisti, ma non era una strategia vincente con i follower. Speravo di andare avanti così e lasciarmi le bugie alle spalle, ma ora... mio padre è malato e le cose hanno preso una brutta piega. Voglio solo andarmene da qui, tornare da lui e chiedergli scusa...».

La sua voce si incrina di nuovo.

«Comunque, puoi fare quello che vuoi con questo video. Portalo alla polizia. Mostralo agli altri Masquerader, fai come ti pare. Non mi interessa più. Voglio uscirne. A parte

Gideon, sono un branco di psicopatici, non li conosci veramente. Leo… be', te ne parlerò più tardi, quando ci vedremo in biblioteca per l'omicidio. Nel frattempo…».

Si gira. Qualcuno ha bussato alla porta. «Dammi un minuto», dice. La porta si apre fuori campo, si sente la voce di Gideon. Dopo qualche secondo, Pan riappare, prende il telefono e il video si interrompe.

Charley lascia cadere il telefono, che sbatte sul tavolo.

«Merda, Charley. Tutto bene?», chiede Sam.

Charley guarda dritto davanti a sé, con gli occhi pieni di lacrime. Dieci anni di incubi, in cui ha rivissuto l'esperienza innumerevoli volte, sospettando ora dell'uno, ora dell'altro. Ha persino dubitato di sé stessa, si è chiesta se non fosse stata una specie di allucinazione dovuta all'alcol. Ha creduto che fosse stato Karl a tentare di ucciderla. E ora sa che non era pazza, non era la sua immaginazione. Pandora, anzi Maria, Papadopoulos l'aveva tenuta sott'acqua, nel lago gelido, facendola sprofondare in un mondo di paranoia, paura e incubi ricorrenti.

Si sente sollevata per aver scoperto la verità, ma anche sopraffatta da ondate di dolore e di rabbia, come se stesse annegando di nuovo, incapace di urlare o di chiamare aiuto. Un pianto irrefrenabile la scuote tutta, come se fosse ormai solo un guscio rinsecchito.

Kamala interviene. «Per la miseria, che gente!». Si alza e va ad abbracciarla, stringendola contro la pettorina della sua salopette. Profuma di forno, Persil e Miss Dior. «Mi dispiace, Sherlock», dice. La compassione la fa piangere ancora di più.

La risposta di Sam è più pragmatica: versa un bicchiere di whisky e glielo spinge tra le mani tremanti.

«No… Oh, al diavolo!». Lo butta giù in un sorso, sputacchiando quando il liquido torbato le arriva in fondo alla gola.

Finiscono la roba buona, poi passano a quella cattiva, e infine rovistano in fondo all'armadietto degli alcolici bevendo liquori dolci e appiccicosi che non piacciono a nessuno. Ma è diverso dalla sera della vigilia. Serpeggia un certo nervosismo, stanno tutti cercando di sedare la paura fingendo di affrontarla.

«Allora, Sam, come pensi di andartene?», domanda Ali. Sam sembra confuso e così lei glielo spiega, contando sulle dita. «Madame Poule, sventrata come un pollo, Lady Partridge appesa al pero. Mr Gold strangolato con una catena d'oro. Ti ho chiamato dottor Swan, quindi cosa ti succederà?».

Sam ci pensa per un momento. «Annegherò in un lago», dice. Charley nota che non l'ha guardata neanche per un attimo: se n'è già dimenticato. «Ma qui non c'è, abbiamo solo un ruscello con una cascata».

«Probabilmente sarò io a saltare da lì», aggiunge Leo con una risata amara.

«Voi siete fuori di testa», commenta Kamala. Le trema la voce, ma non le danno retta, sono troppo impegnati a combattere la paura della morte con un umorismo perverso.

«Forse Charley finirà cotta al forno in una torta», dice Sam. «Come i ventiquattro merli».

Leo sbotta in una risata rauca. È troppo, sta davvero esagerando. «Non so, mi sembra un po' volgare. Mischiare una canzone di Natale con una filastrocca... Dasha ha una certa classe. Inoltre, servirebbe un bel po' di impasto...».

Ali sbatte una mano sul tavolo. «E la colomba?», chiede, con voce tremante. «Cosa succede alle colombe? Come si uccidono? Mi catturerà con una rete? Mi sparerà? Come muore una colomba, ditemi, ditemi come!».

«Le colombe si stanno estinguendo nel Regno Unito», interviene Kamala. «La causa principale è la perdita di habitat».

«Magari l'assassino chiuderà bottega?», suggerisce Leo.

«Potremmo smetterla, per favore?», chiede Audrey. «Non succederà, non lo permetteremo».

«Ha ragione», dice Charley. «D'ora in avanti staremo assieme, a costo di accamparci in una stanza, se necessario. Abbiamo chiuso tutte le porte e sbarrato le finestre. Non succederà niente. Non ci eliminerà uno per uno».

Beve un altro sorso di un liquore. L'alcol ha fatto effetto, la sua mente si è placata, si sente lontana dalla realtà, come se la guardasse su uno schermo.

Li osserva uno a uno. Ali è sempre il solito concentrato di rabbia, ma con un bersaglio preciso: la vendetta. Potrebbe scagliarsi contro chiunque di loro. Sam e Leo sono ancora un mistero ed entrambi hanno dei segreti. Kamala li disprezza tutti: ha bisogno di soldi e non esiterebbe a buttarli sotto un autobus. E Audrey? Le torna in mente una frase di Leo: "Non scartare mai il personaggio gentile che prepara il tè per il detective".

Comincia a vederli sfocati e le balena in mente un'idea, già completa e rifinita. Una vocina lontana, quella della Charley sobria, le dice che è un pessimo piano, non funzionerà mai e scatenerà un nuovo tsunami di problemi. "Ma", replica la Charley ubriaca, "quando mai ho elaborato un piano decente da sobria? Per non parlare di quelli che ho portato a termine".

«Allora, facciamo un gioco», dice convinta la Charley non sobria, con una voce forte e stridula che attira l'attenzione di tutti. «Io vi dico i miei segreti e voi mi raccontate i vostri».

La guardano perplessi.

«Non è per questo che ci hai riuniti tutti qui, Ali?». Si sta sforzando di non biascicare, per nascondere quanto sia ubriaca. «Volevi che la verità venisse fuori. E forse, se capiamo cosa è successo a Karl, avremo qualcosa da offrire a Dasha per farla ragionare. Sempre che sia lei l'asciassina, scusate, l'assassina. Cosa di cui non sono del tutto convinta. Quindi, io vi dirò il mio possibile movente per uccidere Karl e voi mi direte i vostri. Come una partita a obbligo o verità, ma con una posta in gioco molto alta».

È una classica mossa da Masquerader, una cosa che avrebbero potuto proporre Ali o perfino Shona.

Sembra che abbia conquistato gli altri membri della Society, anche se Kamala e Audrey, le due esterne, la guardano con orrore.

Forse sono una di loro più di quanto pensassi.

Stende le mani sul tavolo, con le dita aperte. È un gesto di disponibilità. Dopotutto, non hanno nulla da nascondere.

«Bene, avete appena saputo che Pan ha cercato di affogarmi quella notte. Non avendo visto chi fosse, per molto tempo una parte di me, una parte davvero paranoica, ha pensato che fosse stato Karl».

Si mette completamente a nudo, racconta di come lo amasse, pur avendo dei dubbi, della riluttanza di Karl a rinunciare al prestigio e al fascino di Dasha. Di come quella sera avessero litigato, per poi riappacificarsi e correre a farsi un bagno nel lago.

«All'epoca pensavo che fosse stata una mia idea, ma dopo mi sono chiesta se lui mi avesse manipolato, se mi avesse messo in testa quel pensiero per potersi sbarazzare di me». Riprende fiato. Non potrà mai riassumere gli anni di lutto misto al sospetto, con l'aggiunta dei sensi di colpa per aver diffidato di lui. Nutriva sentimenti contrastanti nei suoi confronti e questo non sarebbe cambiato mai.

«Quindi», continua, «credo che se fossi io l'assassina, questo sarebbe il mio movente. L'autodifesa».

Per un paio di minuti nessuno parla. Charley beve un sorso di liquore anestetizzante, poi Ali si pronuncia.

«Non sono molto propensa alle scuse, lo sai. Ma voglio scusarmi con te, Charley. Mi dispiace. Per la storia della collana. All'epoca sono stata una vera stronza. E quando l'investigatore privato di Dasha mi ha rivelato quel che aveva fatto Pan, avrei dovuto dirtelo subito invece di sfruttare l'informazione per i miei scopi malvagi».

Charley non risponde e Ali non si aspetta che lo faccia. Il perdono è ancora lontano.

«Comunque, è un buon piano». Ali incrocia le braccia, si appoggia allo schienale e lancia un'occhiata al marito. «Tocca a te, Leo».

«Oh, ma dai», protesta lui. È diventato rosso, ancora non vuole parlare.

«Cagasotto», ringhia Ali.

«Tocca a me», interviene Sam. «È una specie di terapia, no? Come molti di voi sanno, facevo il corso di economia al posto di Gideon oltre al mio, e Karl un giorno venne a criticarmi, tutto borioso. Credo che sia stata la tua influenza, Charley, quindi grazie. Come sapete tutti invece, i miei eccentrici genitori si sono dedicati all'arte per tutta la vita, investendoci l'intero patrimonio. Per loro la mia scelta di fare medicina è stato un atto di ribellione. Aspettavano con impazienza di vedermi fallire. Se mi avessero punito per avere imbrogliato sarebbe stato molto umiliante, e se mi avessero espulso avrei potuto dire addio alla carriera medica. Non mi avrebbero pagato gli studi in un'altra università».

«Come mai non parli del fattaccio dell'ospedale?», interviene Ali. «C'è stato anche quello».

«Oh...». Sam si prende la testa tra le mani, passandosi le dita tra i capelli spettinati. «Karl te ne ha parlato, vero? Ora capisco la frecciata nella mia cartellina riguardo alla negligenza. Senti, Ali, capisco che tu voglia sapere, ma voi non avete idea di cosa significhi fare una cazzata al lavoro quando ci sono delle vite in gioco. Ho perso un paziente, forse a causa di un errore, ma Karl non la smetteva di tirar fuori l'argomento. Quindi sì, e l'ammissione di Pan di aver provato un grande sollievo per la scomparsa di Karl vale anche per me, ma mi manca. Mi manca ancora tanto. Ali, non riesco nemmeno a immaginare quanto sia stato peggio per te.

«Se devo essere sincero, ho sempre sospettato di Gideon»,

continua. «Era disperato. La mia famiglia è eccentrica, ma suo padre probabilmente otterrebbe il massimo punteggio nel test della psicopatia di Hare. Quindi punterei su Gideon, se non fosse che era troppo stupido per capire come far sparire Karl da una stanza chiusa a chiave. Ma Pan era subdola e gli è sempre stata fedele, a modo suo. Forse hanno collaborato. Abbiamo solo la sua parola che non abbia ucciso Karl, come ha tentato di fare con Charley».

«Credi che Karl non sia uscito vivo da quella stanza?», domanda Ali con un filo di voce. «È impossibile. La polizia l'ha perquisita».

«Hai ragione, ho lavorato troppo di fantasia», risponde Sam.

Charley si sofferma su Leo. È verde, come se stesse per scoppiare a piangere o per vomitare. «Leo», dice gentilmente, «se sai qualcosa, questo è il momento di dircelo».

«Oh, sicuro che sa qualcosa», sbotta Ali. «Ma è troppo debole per essere sincero. Patetico».

«Leo ha un movente, come tutti noi», continua Sam. «È solo molto bravo a deviare i sospetti sugli altri. Non è vero, vecchio mio?».

Charley si scervella, sperando che la conversazione non vada a finire su qualche torbido segreto di natura sessuale, poi le torna in mente una cosa. «Quel club, lo Stagworth. Cercavi sempre di convincermi ad andare alle loro feste».

«Ma davvero?». Ali ha uno sguardo severo, la bocca è una linea sottile. Incrocia le braccia e fissa il marito.

«Sì, e quando Karl lo scoprì insultò Leo con una sfilza di parolacce e mi disse di non andarci, ma non mi ha mai spiegato perché».

Leo ha un'espressione contrita, ma ha abbassato leggermente le spalle, come se fosse sollevato che si stia parlando di quello piuttosto che di qualcos'altro.

Charley ripensa alla signora Gupta.

«Cos'è lo Stagworth?», domanda Audrey.

Ali freme di rabbia. «Un club universitario per segaioli altoborghesi che organizzava strane cerimonie di iniziazione, giochi alcolici senza senso e feste che duravano fino al mattino. Le matricole erano invitate a tutte le feste, ma dovevano portare con sé "carne fresca". In altre parole, studentesse carine che ci si aspettava fossero molto grate per l'invito, non so se mi spiego. Una ragazza del mio gruppo di tutor è stata violentata lì e hanno messo tutto a tacere. Quindi era quello il club a cui eri iscritto, Leo. Non mi stupisce che Karl fosse furioso con te».

«Che schifo». Audrey guarda Leo con disgusto.

Charley è sconvolta, senza parole. Ricorda le parole di Karl: "Fidati, non ci andare".

Ali si rivolge di nuovo al marito.

«Ma non si tratta di questo, vero, tesoro? C'è qualcos'altro che vuoi levarti dalla coscienza? Qualcosa che mi hai tenuto nascosto per dodici anni?»

«Oh, cazzo, sì!», sbotta Leo, prendendosi la testa tra le mani. «Sì, c'è. Non te l'ho detto perché sapevo che se l'avessi fatto ti avrei persa immediatamente. Ma ora...».

«Ora mi hai persa comunque, patetico omuncolo che non sei altro», dice Ali. «Quindi faresti meglio a parlare».

22

Leo – Dodici Natali prima, ore 19:50

Leo stava cercando Karl da almeno mezz'ora quando finalmente si imbatté in lui. Stava uscendo dal bagno del primo piano, dove si erano vestite e truccate le ragazze, e indossava solo uno dei vetusti asciugamani di zia Penny attorno alla vita.

L'aveva sempre colpito quanto fosse tonico e scultoreo il suo torso snello, anche se Karl faceva pochissimo esercizio fisico. Avrebbe dato il merito ai geni, ma in teoria i suoi erano di gran lunga migliori. Karl e Ali erano dei novellini nel vasto ordine storico delle cose. Il loro grandioso senso di importanza l'avevano acquistato, non ereditato.

«Santo cielo, mostra un po' di decenza». Si schermò gli occhi fingendosi inorridito.

Per un attimo Karl parve distratto e confuso. *Probabilmente era preoccupato per Dasha.* Poi il suo volto si irrigidì nello sguardo disgustato che gli rivolgeva spesso ultimamente.

Leo provò un moto di irritazione. Da quando era diventato così bacchettone? E cosa c'era di male se sopportava quei cafoni dello Stagworth per poter cambiare il mondo in futuro?

Si preparò un discorso per farlo ragionare, ma poi si ricordò che dovevano restare entrambi nel personaggio.

«Perché non hai il costume da Babbo Natale, giovane Trimble?», chiese con la voce da prete.

«Stavolta non riesco a entrarci», rispose Karl battendo i denti. La casa non era riscaldata, ma non faceva tanto freddo. Come mai tremava così? «Non ci riesco proprio. Ho un sacco di cose per la testa, decisioni importanti da prendere».

«Se si tratta dello Stagworth, ti ho già detto che...».

Di nuovo quell'occhiata di disprezzo. «Non mi interessa quello che fai con quel branco di porci schifosi, basta che tu tenga fuori le nostre amiche».

«Non fanno certe cose allo Stagworth, è un club totalmente diverso, in una università totalmente div...».

Karl lo guardò con commiserazione. «Non è proprio il momento di fare i pignoli, Leo. Senti, credo che dovresti dire la verità ad Ali e sentire cosa ne pensa. Se vuoi lo faccio io».

Leo provò una fitta di paura. Ali era una delle poche persone che lui non vedeva come una potenziale risorsa. Quando la guardava farsi strada nella vita con la sua testardaggine, affrontando cose più grandi di lei... aveva solo voglia di proteggerla, di assicurarsi che ne uscisse sempre vincente.

Ali pensava che Karl volesse ostacolarla, per stare sempre un passo avanti a lei. Era convinta che avrebbe trovato il modo di rovinare il suo giallo, per dimostrare che lui sapeva scriverli meglio. Forse l'intera Murder Masquerade Society sarebbe stata meglio senza Karl. Lui avrebbe potuto vivere senza quella tensione costante, e forse Ali si sarebbe rilassata un po'. Doveva trovare un modo per fare contenta anche Dasha. Mmm... era una cosa a cui pensare, da inserire nel suo piano.

Ah, già, a proposito del piano.

«Non starai pensando di interrompere la messa in scena stasera, vero?», gli chiese. «Ali ci resterebbe malissimo».

Karl chinò il capo, un'ammissione di colpa.

«Dire che farebbe una sfuriata è più corretto, credo. Ma è vero che non ci sto mettendo il cuore. Poi nelle trame di Ali non ci sono colpi di scena. Non dirle che te l'ho detto». Sospirò.

Perfetto. Era il momento di rivelare la sua grande idea. Stava per far avverare le peggiori paure di Ali, ma era per il bene comune, un giorno lo avrebbe perdonato. Il cuore prese a battergli più forte mentre pregustava il momento.

«Be', è buffo che tu lo dica, perché ho un piano che potrebbe ravvivare un po' la trama e dare una scossa anche ad Ali».

Karl inarcò un sopracciglio e negli occhi si accese la vecchia scintilla. Quella che diceva: adesso ci divertiamo. E anche: guai in arrivo. Gli rivolse il suo sorriso sghembo e malandrino, e tutta quella riflessività, quella titubanza svanirono.

«Dimmi», lo esortò.

Dieci minuti dopo, Karl era di nuovo in costume e si trovavano in salotto. «Ho suggerito questa stanza ad Ali per un motivo preciso», spiegò, con un ghigno compiaciuto che faticava a trattenere. «E il mistero della stanza chiusa a chiave è stata una mia idea, ma non le ho detto perché».

«Mi era sembrato strano, in effetti. Questa stanza è un po' fuori mano e anche un po' troppo fredda».

«Aha! C'è un motivo per cui non accendiamo mai il fuoco qui», disse Leo. «Ma prima devi giurare che, se combinerai questo scherzo, non dirai mai ad anima viva come hai fatto».

«Lo giuro», rispose Karl, un po' troppo prontamente per i suoi gusti. Per un attimo fu combattuto tra la lealtà verso la famiglia e l'impellente bisogno di mantenere in vita la Murder Masquerade Society. Il suo egoismo ebbe la meglio. Si avvicinò al grande camino a legna. Era enorme, dominava la stanza, e c'era una catasta di ceppi e rametti pronta da accendere.

Leo scrutò il camino, infilando una mano all'interno. «Dovrebbe essere qui, da qualche parte, ma abbi pazienza, è passato qualche anno...». Grugnì, allungando una mano verso l'alto e premendo i mattoni freddi e sporchi di fuliggine. Per un attimo fu assalito dal panico. Aveva scelto la stanza sbagliata? Si era immaginato tutto? Ma poi la trovò, in un angolo nella parte interna del camino, a sinistra.

«Eccola».

Karl si avvicinò, scrutò nell'oscurità prima di allungare la mano destra, con un'espressione confusa. «Una tavola di legno incastonata nella pietra. Strana cosa da tenere nel camino».

«È una botola, ragazzo mio, e conduce...». Si appoggiò al muro per ottenere un effetto drammatico. «...al nascondiglio del prete di famiglia. Si usavano durante le persecuzioni dei cattolici».

Leo aveva nove anni quando i suoi cugini gliel'avevano mostrata per la prima volta. La sua testa era ancora piena di storie d'avventura e di romanzi gialli, e scoprendo un vero e proprio nascondiglio segreto nel camino del salotto del conte si era sentito come se avesse trovato una miniera d'oro. Gli avevano fatto giurare di non dirlo a nessuno, ovviamente. Era una tradizione di famiglia da tenere segreta, nel caso tornasse di nuovo utile. Era già successo. Durante la seconda guerra mondiale, la prozia Fanny ci aveva nascosto i Vermeer, nell'eventualità di un'invasione nazista.

Per un ragazzino era stato facile infilarsi nel camino e passare attraverso una porticina di legno leggermente incassata per raggiungere un piccolo vano alto circa un metro e mezzo e largo altrettanto. Abbastanza grande da permettere a un povero chierico fuggitivo di rannicchiarsi con la sua Bibbia e i suoi paramenti liturgici, e forse altrettanto spazioso da consentire a un Masquerader di fare il miglior scherzo di sempre.

Karl sgranò gli occhi, entusiasta, e Leo arrossì di piacere.

«Ma questa non è nemmeno la parte più bella», aggiunse.

«La parte più bella è che non devi scendere nel camino per uscire. C'è un'altra botola sopra il nascondiglio, che conduce all'armadio della contessa, al piano di sopra. Quindi potresti aspettare qui dentro per un po', finché gli altri non cominciano a chiedersi che fine hai fatto, poi salire attraverso la botola e ricomparire in una zona completamente diversa del castello. Potresti perseguitare il tuo assassino, come il fantasma del Natale passato».

«Fammi capire bene», disse Karl, con un sorriso cattivello. «Babbo Natale scompare salendo su per il camino. Oh, questo è il miglior colpo di scena di sempre, amico mio. I Masquerader andranno fuori di testa».

Leo brillava di orgoglio.

23

Ali fissa il marito come se potesse ucciderlo all'istante.

«Lo so», dice Leo scuotendo la testa. «All'inizio non ho detto nulla perché pensavo che sarebbe riapparso in un'altra stanza, come avevamo deciso. Non mi aspettavo che tu interrompessi il gioco e ci facessi perlustrare tutto il maniero. Lì per lì mi veniva da ridere, ero sicuro che si fosse nascosto da qualche parte a osservarti mentre andavi nel panico, in attesa del momento giusto per sbucare fuori. Anche gli altri pensavano che stessi esagerando, invece tu lo sapevi. Suppongo per quel legame tra gemelli di cui mi avevi parlato.

Così, mentre gli altri setacciavano le diverse aree del castello, io e Shona siamo saliti in soffitta per fumare e abbiamo aspettato che si risolvesse tutto. Sono rimasto stupito quando ho visto che la macchina di Karl non c'era più e stavo per dirti tutto, ma poi mi è venuta in mente un'idea folle. Pensavo che Karl stesse mettendo in scena la sua sparizione, per creare un giallo dentro il giallo. Così ho tenuto la bocca chiusa».

Ali lo fissa come se potesse incenerirlo con lo sguardo, rabbiosa e incredula.

«Sì, so che adesso sembra ridicolo, ma devi ammettere che è esattamente il genere di cosa che avrebbe potuto fare. Per questo mi sono opposto quando hai voluto chiamare le autorità. Ero convinto che ci avrebbero denunciati per aver fatto perdere tempo alla polizia».

«Ha ragione», dice Sam. «Ali, devi ammettere che Karl era capacissimo di fare una cosa del genere».

Charley non apre bocca, ma è d'accordo. È proprio una cosa da Karl.

«Per questo non ho detto niente all'inizio, stavo aspettando che Karl si mettesse in contatto, ci lasciasse qualche indizio. E quando è arrivata la polizia ho raccontato dello scherzo. Non ho detto del nascondiglio del prete, perché zio Tolly sarebbe andato su tutte le furie. Era già abbastanza spiacevole avere gli agenti che mettevano il naso dappertutto». Rabbrividisce.

«Di questo si tratta, vero?». Ali sputa le parole. «È questo il vero motivo. Dio non voglia che la scomparsa di mio fratello getti un'ombra sul nome della famiglia!».

«Ma ero convinto che sarebbe tornato, almeno finché la polizia non ha trovato la sua auto abbandonata nel bosco, due settimane dopo. È stato allora che ho capito che non era uno scherzo. Ed è stato allora che mi sono spaventato sul serio. Temevo che tu scoprissi tutto, ma soprattutto avevo paura di Dasha. Era furibonda, ve lo ricordate? Decisi di indagare, per capire cosa fosse successo. Non so se te lo ricordi, ma quel fine settimana tornai al castello. Ti raccontai che la polizia voleva perlustrare di nuovo il luogo, ma in realtà volevo controllare di persona. Andai direttamente nell'armadio di mia zia e aprii la botola. Provai un sollievo immenso vedendo che non c'era nessuno, e lì per lì non mi accorsi di alcuni dettagli. Vedi, l'armadio di zia Penny viene usato come una discarica. Ci sono pile di libri, vecchi tappeti arrotolati, un armadietto rotto pieno di lettere e... be', sai com'è zia Penny, Ali. Ma quando stavo per andarmene, mi accorsi di una cosa e tornai a controllare. I libri sopra l'armadietto si erano tutti rovesciati per terra e le assi del pavimento avevano dei graffi, come se il mobile fosse stato spostato. In quel momento non ero sicuro e non lo sarò mai veramente, ma non ho potuto fare a meno di pensare...». Guarda gli altri, come se si aspettasse che qualcuno lo dicesse al posto suo, per renderlo reale.

«Qualcuno ha spostato l'armadietto sopra la botola per impedire a Karl di uscire dal nascondiglio del prete», dice Sam.

«Merda», mormora Kamala.

Ma Leo non ha concluso. «E poi mi ricordai che quando finimmo la perlustrazione tornammo tutti in quella stanza, ed era calda. Perché qualcuno aveva acceso il fuoco».

Charley si sente raggelare per l'orrore. Nessuno parla mentre pensa alle conseguenze. Se Karl non era potuto uscire dalla botola nell'armadio, come prima cosa era tornato indietro per scendere nel camino. E appena aveva aperto il portello, il fumo era entrato nel nascondiglio.

«Ma avremmo sentito qualcosa, l'avremmo sentito urlare».

Leo scuote la testa. «No, se il fuoco è stato acceso mentre lo cercavamo. Eravamo sparsi in giro per tutto il maniero».

«È vero», aggiunge Sam. «Immagino che il nascondiglio del prete fosse piccolo, e in uno spazio chiuso bastano pochi minuti per morire intossicati dal fumo».

C'è un momento di silenzio in cui pensano a come doveva essersi sentito Karl in quei minuti, intrappolato in una stanza minuscola che si andava riempiendo di fumo, a chiamare inutilmente aiuto.

Charley non riesce a sopportare il pensiero che la vita di Karl sia finita così.

Ali si accascia sul tavolo e rimane con la testa bassa, scossa dal pianto.

Leo si alza per andarla ad abbracciare e lei si abbandona tra le sue braccia. Le mormora: «Mi dispiace, mi dispiace tanto», ma anche se Ali non lo respinge, Charley sente che le sue parole non significano nulla per lei, che quello è un abbraccio di addio. Non si può rimediare a una cosa del genere.

Quando Ali si riscuote, lo spinge via rudemente. «Avevo ragione a dire che sei un codardo! E non venirmi a raccontare che l'hai fatto perché non volevi farmi soffrire. Sì, forse è stato anche per questo, ma il motivo principale era lo scandalo, vero? Un omicidio a Fenshawe Manor? Lo zio Tolly sarebbe rimasto inorridito, e il caso avrebbe gravato sulla tua carriera politica per il resto della tua vita. Molto meglio convincere la polizia che Karl fosse stato ucciso dopo aver lasciato la festa a casa della tua famiglia».

Leo apre la bocca, la richiude. Come un pesce rosso ben pasciuto. È a corto di risposte. Ali lo conosce troppo bene.

Charley non ha mai assistito al momento preciso in cui muore una relazione e le passa per la testa un'immagine di Matt. Non ha pensato quasi mai a lui nelle ultime quarantott'ore e non si è chiesta nemmeno una volta cosa avrebbe detto in quella situazione, quale consiglio le avrebbe dato. Sa per certo che non tornerà mai da lui e, nell'orrore e nell'oscurità che la circonda, questo pensiero le dà un po' di sollievo e di coraggio.

«Comincio a pensare di essere più al sicuro da sola», dice Kamala. «Avrei dovuto passare il Natale a fare volontariato alla mensa dei poveri. Se ne esco viva, lo farò l'anno prossimo».

«Mi sto perdendo il Natale con mio padre per questo», aggiunge Charley. «Non so perché sono venuta. Cioè, per i soldi, ovviamente, ma la verità è che volevo convincervi che non avevo rubato io la collana, che potevo essere una di voi».

«Se ne esco vivo, non mi lamenterò mai più dei doppi turni a Natale», dice Sam.

«E io… sarò una persona migliore». La voce di Audrey è un bisbiglio. «Cercherò… di andare avanti».

Charley vorrebbe prenderle una mano, ma esita, non sapendo se lei voglia condividere quello che le è successo.

«Audrey ha perso una persona molto importante», spiega Sam, accarezzandole il braccio. «Potete capire perché questi ultimi giorni sono stati traumatici per lei. L'elaborazione del lutto è un percorso che tutti noi stiamo affrontando in questo momento. C'è lo shock, seguito dalla rabbia, poi la depressione, la fase della contrattazione e infine l'accettazione. Io penso di essere ancora alla prima fase».

«Sono rimasta ferma alla rabbia per dodici anni», dice Ali. «Forse per tutta la vita. Cioè, prima di perdere Karl pensavo di sapere cosa fosse la rabbia, ma dopo... È diventata la mia unica emozione. Ho sempre sentito dentro di me che era morto, ma ora lo so per certo... Sarò sincera, sono a tanto così dal seguire l'esempio di Dasha». Incrocia lo sguardo di Leo con occhi carichi di rabbia e disprezzo. «Se venisse a cercare te adesso, non credo che me la sentirei di fermarla».

Charley è stravolta dalla stanchezza e dal troppo alcol. Non riesce più a ragionare.

Leo rompe il silenzio. «E adesso, che succede? Come facciamo a...?».

Non finisce la frase, ma capiscono tutti.

Come facciamo a sopravvivere alla notte?

24

Una cosa che Charley ha sempre apprezzato dei Masquerader è il loro senso del ridicolo. La sopravvivenza dovrebbe essere una questione seria, ma il fatto di trascinare da ubriachi tutti i materassi e le lenzuola nella stanza di Mrs Dove fa venire a tutti un attacco isterico.

«È l'ora dello psico-pigiama party!», esclama Ali, lanciando un cuscino sulla testa di Sam.

«Ehi!». Sam lo rilancia, colpendo accidentalmente Charley, e nel giro di pochi minuti si ritrovano nel bel mezzo di una battaglia di cuscini, tra strilli, risate e piume per aria. Audrey colpisce timidamente Sam. Leo si mette un piumone in testa e ruggisce, placcando Ali a terra. Ali gli dà un pugno in faccia, probabilmente di proposito.

Charley si sdraia sull'elegante letto a baldacchino, guardando il lampadario sul soffitto. Anche se Ali si era nascosta all'ultimo piano, aveva comunque riservato la camera padronale a Mrs Dove, presumibilmente perché, quando sarebbe uscita dal suo nascondiglio, avrebbe avuto la sistemazione di gran lusso che meritava, separata dalla più umile camera di Lord Leapworth.

L'arredamento è sontuoso e c'è una finestra a tutta altezza. Anche se è buio, e il vetro è nero come lo schermo di un televisore spento, si può intuire che abbia una bellissima vista sulla valle e sulle colline innevate.

Ali apre l'armadio e si lamenta: «Non ho potuto mettermi nessuno di questi costumi. Neanche uno. Guarda questo, non vedevo l'ora di indossarlo!». Tira fuori un abito da sera in organza verde smeraldo che avrebbe messo in risalto e fatto brillare i suoi capelli rosso tramonto.

«Mettilo adesso», dice Charley. «Tanto vale approfittarne».

Prende un altro vestito, celeste e orlato di perle. «Dai, Audrey, questo ti starebbe benissimo».

«Oh, no, non è proprio il mio stile...», obietta lei, ma intanto lo prende e se lo preme davanti facendo "oooh".

«Ah, quindi ci stiamo vestendo per un omicidio», dice Leo. «Buona idea, vado a prendere il mio DJ».

Charley si precipita fuori e corre a capofitto in camera sua, dove si mette il vestito rosso. L'unico costume del suo guardaroba che voleva davvero indossare. Si infila i lunghi guanti di raso rosso, poi si scorge nello specchio – le guance arrossate, gli occhi scintillanti – e fa un sorriso sornione. Miss Colly, l'assassina, ricambia il sorriso. Il cuore le batte forte e prova un senso di abbandono, sfrenatezza e vertigine. Ma non dimentica di infilare il coltello a serramanico nella pochette di perline.

Nella stanza di Mrs Dove, Ali ha messo della musica. Non i charleston degli anni Venti, ma *Christmas Wrapping* delle Waitresses, e sta facendo il pogo sul letto. Audrey balla con le mani alzate, facendo oscillare la collana di perle. Kamala si è fatta convincere a indossare un abito con le nappine gialle e balla ridendo con Sam. È come la cena di Natale, quando hanno mangiato voracemente all'ombra della morte. O come le storie di Shona, sul portare la vita dentro casa nel cuore dell'inverno. Si stanno ritagliando un piccolo angolo di irrealtà nel mondo, e ci resteranno finché potranno.

Charley allontana i cattivi pensieri e si butta nella mischia.

Seguono i vecchi classici degli Slade e dei Wizzard, poi *Fairytale of New York*, fino al megamix di Mariah Carey:

a detta di Audrey ogni suo brano è una canzone natalizia. Solo quando una ballata particolarmente lunga li rallenta, lo slancio inizia a diminuire.

Charley osserva gli altri distesa su una chaise lounge. Sam e Audrey ballano un lento, Ali continua a saltare in modo provocatorio.

Kamala si sdraia accanto a lei. «Sherlock!», dice, prendendole una ciocca e arrotolandola intorno al dito. «La cara, piccola Sherlock».

«Non so cosa sperassi di ottenere con quegli interrogatori, credo di… Perché mi accarezzi il braccio?»

«Buona, buona domanda!», dice Kamala, continuando ad accarezzarle il braccio. «Un'altra bella domanda da detective. Dovresti procurarti uno di quei cappelli da assassino di cervi». Poi si accoccola contro la sua spalla e Charley indietreggia. Da ubriaca, Kamala è fin troppo affettuosa per i suoi gusti. Kamala le confida che lei è quella che odia di meno. «Dopo Audrey. È simpatica, mi ha aiutato a rassettare dopo la cena di Natale. Dice che dovrei andarmene e fregarmene di voi».

«Probabilmente ha ragione», dice Charley.

«Me ne vado davvero», bisbiglia Kamala, spruzzandole atomi di saliva al profumo di vodka nell'orecchio. «Domattina presto. Attraverserò il bosco fino alla tenuta di Strathcarn e correrò il rischio. Non dirlo a nessuno. Sai che quella puttana assassina ha tagliato la linea telefonica? L'ho vista ieri, fuori dallo studio, tranciata di netto. Non intende lasciare nessun sopravvissuto, quindi me ne vado. Ma prima voglio dirti perché ero nella stanza di Pandora. Devi promettere di non raccontarlo al mio capo o non lavorerò mai più da queste parti…».

E qui inizia a ridacchiare in modo irrefrenabile. Non la smette più e Charley comincia a temere che si dimentichi quello che voleva dire, ma alla fine Kamala riprende fiato.

«Okay, anni fa una mia ex amica mi ha fatto uno scherzo di cattivo gusto e ho avuto l'idea di rifarlo a Pan. Mi hai vista con una busta di plastica, vero? Probabilmente hai pensato che fosse un'arma del delitto, invece era un hamburger. Un enorme, grasso, introvabile hamburger di Angus. L'avevo cucinato apposta e ne avevo tagliato via dei pezzi in modo che sembrasse mezzo mangiato. L'idea era di intrufolarmi in camera sua mentre dormiva e infilarglielo in mano, per far sembrare che si fosse addormentata mangiando un delizioso spuntino a base di carne. E poi avrei scattato una foto, solo per divertirmi. E per divertire i miei amici. E forse, quando non avrei più avuto bisogno di questo lavoro, l'avrei messa su internet. Solo che, ovviamente, lei non c'era, così alla fine l'ho buttato nella spazzatura sentendomi una vera idiota».

Charley la fissa senza parole. Kamala la fissa a sua volta. E poi scoppiano entrambe a ridere.

«Come fai, comunque? Come fai a cucinare la carne quando non sopporti nemmeno l'idea?»

«Prova tu a fare la chef da queste parti senza toccare la carne. Io lo chiamo lo svantaggio di vivere in un posto così bello». Kamala alza le spalle. «Immagino che siano i clienti quelli che sto arrostendo».

E d'un tratto, con il volto dolorante per quell'inconsueta ilarità, Charley si accorge che non ci sono tutti.

«Dov'è Leo?», chiede.

«Non mi interessa», è la risposta immediata di Ali, che continua a ondeggiare al ritmo di un'altra canzone di Mariah Carey della metà degli anni Novanta. «Probabilmente è uscito a fumare. È incredibile che non abbia ancora smesso».

Charley sa di essere arrabbiata con Leo per qualche motivo, ma non ricorda più quale. Sa solo che lui non dovrebbe andarsene in giro da solo. Scende dalla chaise lounge e cerca di restare in piedi. Wow. Le gira la testa. Ridacchia.

Esce barcollando, torna indietro a prendere la bottiglia e la pochette, esce di nuovo barcollando. Le note di Mariah la seguono in corridoio e sente Sam che le grida dietro: «Guarda di sopra, gli piace salire sul tetto a fumare».

Fuori dalla stanza di Mrs Dove, il corridoio è buio. La sua ombra si allunga e cambia forma sul pavimento. Tutte le porte delle camere sono aperte, come grotte ombrose che potrebbero nascondere qualsiasi cosa, e Charley si irrigidisce ogni volta che passa davanti a una di esse, preparandosi a un attacco. "Vai piano", si ripete, stringendo la pochette e l'arma al suo interno così saldamente che le perline le si conficcano nei polpastrelli. La musica si attenua, sempre più lontana, mentre lei sale lentamente, in silenzio, la scala stretta che porta alle stanze dell'ultimo piano, verso l'oscurità più profonda.

C'è silenzio lassù, sente ogni scricchiolio delle assi del pavimento, anche se cammina piano. Fa anche parecchio freddo e c'è un filo di luce che filtra da una delle porte chiuse.

D'un tratto si rende conto che sta facendo una stupidaggine. Come se la sua presenza potesse proteggere Leo dalle mire assassine di Dasha. Sta solo mettendo in pericolo sé stessa.

Allenta il gancio della pochette, pronta a difendersi, poi gira con cautela la maniglia, spinge la porta e viene investita da un soffio d'aria gelida, impregnata di fumo di tabacco.

Leo è seduto sul davanzale della finestra aperta, con le gambe penzoloni, e si volta a guardarla. Ha il papillon slacciato intorno al collo, i capelli tirati indietro. Nella penombra della lampada sul comodino, il suo volto appare duro, contorto in un ghigno, mentre soffia il fumo nella notte. Somiglia a uno dei suoi antenati, uno di quegli aristocratici che sfruttavano gli schiavi nelle piantagioni o se ne andavano in giro per l'India arraffando tesori. Crudele, menefreghista, convinto che tutto gli sia dovuto.

«Sei venuta qui per assassinarmi?», le chiede.

«No, più che altro per impedire che lo faccia qualcun altro», risponde Charley entrando. «Non dovremmo stare da soli, ricordi?»

«Dasha non mi troverà quassù. E se inizia a uccidervi di sotto, sentirò le vostre urla prima che arrivi da me».

Un po' della sua stranezza di prima svanisce e Charley ride. «Che gentile, grazie». Rassicurata, prende una coperta dal letto e se la mette sulle spalle, poi si arrampica sul davanzale accanto a lui. C'è qualcosa di eccitante nel sedersi lì, con le gambe penzoloni, senza niente altro che l'aria fredda sotto i piedi. Si gela lassù, malgrado il calore generato dall'alcol.

Cade ancora qualche fiocco di neve, ma fuori c'è il buio assoluto. È come se Snellbronach fosse intrappolata in una palla di vetro oscurata, tagliata fuori dal mondo per sempre. Riesce a malapena a vedere oltre i suoi piedi fino a terra. Afferra il telaio della finestra, improvvisamente spaventata.

E se non fosse Dasha? Se l'assassino fosse l'uomo seduto accanto a lei sul davanzale?

Le si gela il sangue. La telecamera nascosta lo ha ripreso mentre scambiava i doni. E dodici anni prima, per sua stessa ammissione, era l'unico dei Masquerader a sapere del nascondiglio del prete. Forse era stato lui a bloccare la botola e poi a spostare il corpo, quando era tornato una settimana dopo. La mattina di Natale, lei gli aveva lasciato la collana d'oro a portata di mano. Inoltre, l'aveva visto con una camicia blu…

E quando si era improvvisato investigatore, quando l'aveva accusata senza pensarci un attimo… si era dato da fare a gettare sospetti sugli altri. E lo Stagworth. Lo squallido Stagworth. Ora ricorda perché era arrabbiata con lui.

Rabbrividisce mentre lo osserva, vedendo per la prima volta lo sguardo intelligente e acuto nei suoi occhi. È ambizioso e spietato come sua moglie. Forse Karl e gli altri lo avevano ostacolato in qualche modo.

Leo si gira e alza una mano. Sono vicini sul davanzale e Charley è paralizzata dal panico. Il cuore le martella nel petto, una voce dentro la sua testa le urla che è stata un'ingenua, una sciocca, ma le sue membra ubriache non si muovono, incapaci di reagire. Ci avrebbe messo un attimo a buttarla di sotto. *Un piccolo merlo che impara a volare...*

Vede tutto al rallentatore. Leo si avvicina, con la bocca atteggiata a un ghigno sghembo mentre afferra il bordo della coperta, che è scivolato leggermente, e glielo sistema sulle spalle.

«Così va meglio», dice. «Stai tremando come una foglia».

Charley sbotta in una risata nervosa e si ritrae.

Leo esita, poi capisce. «Pensavi che volessi buttarti giù? Per chi mi hai preso, Charley?»

«Non lo so più», risponde lei. «Quella storia dello Stagworth è disgustosa. Non so se mi hai invitata perché pensavi che fossi una sgualdrina che si sarebbe prestata a tutto, o perché non te ne fregava un cazzo di quello che mi sarebbe successo».

«Senti...».

«Non azzardarti a dirmi che non avevi capito cosa succedeva a quelle feste, o che tu non hai mai fatto quelle cose», dice lei. «Sono cazzate. Il fatto è che eri consapevole di mettermi in pericolo per far felici i tuoi amici. Sai, pensavo che aveste cominciato a odiarmi dopo la storia della collana, ma ora so che non contavo nulla, per nessuno di voi. Perché vi siete presi la briga di scrivere dei ruoli per me?».

Leo abbassa le spalle. «Non è vero, lo sai. All'inizio abbiamo fatto un paio di gialli senza invitarti, ma non erano... *vivaci* senza di te. E per quel che conta, ti chiedo scusa».

Per un po' restano in silenzio. Leo fa oscillare il bicchiere da cocktail, Charley beve un sorso di... che roba è? Solleva la bottiglia e guarda l'etichetta: come è finita a bere liquore all'ibisco?

«Se può farti sentire meglio, questa piccola pausa natalizia ha buttato nel cesso la mia carriera politica». Guarda giù sconfortato, nell'oscurità. Charley pensa che, se cadesse, gli altri crederebbero che l'abbia spinto lei. «La scomparsa di Karl mi ha perseguitato per anni, ma alla fine sono riuscito a metterla in secondo piano. Ma ora? Vedo già i titoli dei giornali: "Facoltoso ospite della casa dei delitti si candida in parlamento". "Il candidato sopravvive al massacro di Natale". Diventerò un paria. E anche voi. Scandaglieranno ogni dettaglio della nostra vita. Troveranno tutto».

«Anche la signora Gupta?», aggiunge Charley, trovando il coraggio di chiederlo.

Leo la guarda alzando la testa di scatto. Lei sente un'ondata di panico, indietreggia, ma Leo inizia a ridere.

«Ora ho capito! Pensi che abbia ucciso Pan perché ho una relazione con la signora Gupta, un'insegnante di mezza età del Wirral?». Si asciuga una lacrima. «La nostra relazione proibita, portata avanti su Twitter? Oh, è esilarante».

«Non penso che Ali lo troverebbe divertente», osserva Charley, e Leo ride di nuovo, ma è una risata nervosa e amara.

«La signora Gupta non esiste, Charley. Pan l'aveva capito e non riusciva a tenere la bocca chiusa».

Charley rimane senza parole.

«L'ho inventata io. Mi stavo preparando per entrare nella rosa dei candidati e volevo più interazioni sui social media con i gruppi demografici al di fuori della bolla parlamentare».

«Ma cosa...?»

«Significa che volevo far credere che le persone comuni parlassero con me dei loro problemi. Dare l'idea di essere in contatto con la gente. Così ho inventato alcuni account falsi, con foto profilo contraffatte e biografie che dessero l'idea di un seguito eterogeneo. Una donna trans di Glasgow. Uno studente disabile. Un nero gay di Brighton. E la signora Gupta, preoccupata che la destra minacciasse il sistema scolastico statale. Mi ritwittava scrivendo cose tipo: "Sono d'accordo con Leo. Sembra il tipo d'uomo che porterà a risultati concreti". È buffo, probabilmente ho passato più tempo a costruire i loro profili che i miei, e la signora Gupta ha finito per avere un discreto seguito. L'ho detto soltanto ad Ali, ma Pan sapeva riconoscere un profilo falso. Se fosse venuto fuori, il dileggio avrebbe stroncato la mia candidatura. Ma non l'ho uccisa io, lo giuro».

Charley affonda la testa tra le mani. «Oh, Leo, sei proprio un idiota».

«Lo so».

Charley sorride tra sé nell'oscurità. E poi dice: «Non credo che sia Dasha».

«Perché?»

«È solo una sensazione».

«Stai attenta, Charley. Non confondere la realtà con uno dei nostri gialli, dove il colpevole dev'essere per forza uno degli ospiti».

«Non è così... So che Dasha ha ricevuto un addestramento per sopravvivere al freddo, ma davvero pensi che se ne starebbe fuori nel bosco quando potrebbe stare qui a comandarci a bacchetta e guardarci soffrire?».

Leo si accarezza il mento meditabondo, come un personaggio di uno dei suoi libri preferiti. «Sì, ma forse non è lei in prima persona. Non escluderei che pagasse qualcuno per farlo, dopotutto ha le risorse necessarie. Probabilmente ha intenzione di piombare qui alla fine e gongolare con l'ultimo sopravvissuto. Forse lascerà in vita Ali per avere qualcuno con cui vantarsi, ma se viene a sapere della botola a Fenshawe sono spacciato».

«Sì, ma se non fosse lei?», insiste Charley.

Leo fa un tiro di sigaretta profondo e pensoso, e spegne il mozzicone incandescente nel vuoto. Poi mette la mano in tasca e tira fuori il suo fidato Moleskine.

«Allora, dai, è chiaro che ci hai pensato. Se la teoria di Dasha non ti convince, qual è l'alternativa? Permettimi di eliminare me stesso dalle indagini. Ho perso tutto. Sarò fortunato se riuscirò a tenermi almeno il lavoro al "Post". Mi toccherà sbarcare il lunario parlando della mia esperienza infernale con il serial killer su GB News».

«Il punto è proprio questo», dice Charley. «Nessuno degli omicidi ha senso. Se qualcuno ha ucciso Pan o Gideon o Shona per vendicarsi di Karl, perché darsi tanto da fare? Ogni omicidio è stato come aprire la casella di un macabro calendario dell'avvento. Se l'assassino ci voleva tutti morti, perché non avvelenare la cena di Natale o soffocarci nel sonno? Chiunque sia vuole spaventarci, farci soffrire e mandare un messaggio».

Leo prende una penna nera dal taschino, apre il taccuino e scrive al centro:

KARL

L'inizio di tutto. Il primo Masquerader assassinato.

Traccia un cerchio intorno al nome, come se questo potesse portare a delle risposte. E pian piano cominciano ad aggiungere altre informazioni, finché lo schema sulla pagina somiglia alla ragnatela di Shona. Leo ha una grafia disordinata e quasi illeggibile, ma è comunque utile vedere tutto nero su bianco.

Karl aveva minacciato Gideon di raccontare a suo padre che aveva barato all'università.

Ricattava Shona per le tresche con i suoi tutor ogni volta che gli faceva comodo.

Sapeva, o almeno era sul punto di scoprirlo, che Pan era un'impostora.

Minacciava di smascherare il piano di Gideon e Sam.

Pensava che Sam avesse commesso degli errori medici.

Se la faceva con Charley alle spalle di Dasha. «Devo inserirlo per forza», si giustifica Leo. «Abbiamo bisogno di un quadro completo».

«E tu allora? Sei tu che hai nascosto uno dei regali di Ali la mattina di Natale».

Leo la guarda con aria interrogativa. «Sai, me n'ero completamente dimenticato. Era un'istruzione speciale, scritta su un foglio che ho trovato sotto la porta. Stavamo ancora giocando e pensavo facesse parte del giallo».

Charley annuisce. A sua discolpa, Leo non sapeva della telecamera nella testa di cervo, mentre l'assassino ne era ben informato. «E la camicia blu?», aggiunge.

Leo appare confuso, così lei racconta del pezzetto di stoffa trovato nell'Aga.

«Ce l'ho ancora quella camicia, lo giuro», dice Leo. «È di sotto, sul pavimento del bagno in camera mia, puoi controllare se vuoi. Intanto aggiungo la stoffa blu alla lista delle stranezze per cui non abbiamo una spiegazione».

Charley annuisce, soddisfatta per il momento. «E Audrey? Dobbiamo includere tutti».

Leo fa spallucce. «Non so nulla di lei, se non che politicamente è dalla mia parte».

Charley non è molto d'accordo, ma sicuramente Audrey non è rimasta molto impressionata dagli snobismi e dalle stravaganze dei Masquerader. Probabilmente è ancora più evidente perché ha trascorso l'ultimo anno seduta al capezzale del figlio nelle stanze spartane degli ospedali pubblici. «Ha perso un figlio», spiega. «È così che ha conosciuto Sam; suo figlio era in cura per una malattia immunitaria, mi sembra».

Leo prende appunti, mastica la penna. «E Kamala? Vegana arrabbiata?»

«È un po' troppo semplicistico, Leo. È una persona, non un personaggio in una cartellina. E i vegani non hanno l'abitudine di andare in giro ad ammazzare la gente. È un po' il punto debole, non sappiamo niente di lei, ma mi dispiace davvero che sia rimasta coinvolta in tutto questo».

«Ma ti sembra una semplice cuoca? Di certo ha fatto sentire la sua presenza e... be', suppongo sia più facile credere che sia stata un'estranea – Dasha, Audrey o Kamala – piuttosto che uno di noi».

Charley sente un moto di orgoglio per essere stata inclusa, ma lo reprime subito.

«Cioè, so che abbiamo bisticciato un po' tutti nel corso degli anni», continua Leo. «Guarda come ci siamo comportati la prima sera qui! Ma si è trattato sempre di piccoli screzi. La verità è che abbiamo avuto le nostre divergenze, ma siamo più forti insieme. Abbiamo beneficiato tutti della conoscenza reciproca... be', eccetto te».

«Ali mi ha procurato quella parte per una pubblicità». Poi aggiunge: «Adesso non ne vado molto fiera, ma all'epoca fu una buona opportunità e di recente mi ha ventilato l'idea di propormi un altro ingaggio». Ricorda quel periodo, quando la sua più grande preoccupazione era se sarebbe mai diventata una "vera" attrice. Al diavolo. Se ne fosse uscita viva, non avrebbe più perso tempo a fare corsi e lavoretti vari.

«Sembra che siamo tutti legati tra noi, nel bene e nel male», dice Leo, mettendo via il Moleskine e accendendo un'altra sigaretta. Charley beve ancora un sorso del suo denso liquore rosso, ma il collo della bottiglia le scivola dalle dita e precipita nel vuoto. Ha un tuffo al cuore quando la vede scomparire nel buio e sente lo schianto del vetro che va in frantumi. All'improvviso non è più tanto tranquilla a stare seduta sul davanzale.

«Devo scendere», dice, ma è in preda al panico, scoordinata, muove male le gambe e perde l'equilibrio. *Oh, merda...*

Leo l'afferra e la tira indietro. Cadono insieme sul pavimento della stanza con un tonfo doloroso, gambe all'aria.

«Oddio», mormora Leo, senza fiato.

Charley scoppia in una risata isterica. Anche la risata di Leo, quel rantolo da fumatore incallito che di solito hanno solo i vecchi, riempie la stanza mentre si sdraiano insieme sul tappeto. «Grazie per non avermi ucciso», dice lei alla fine, tirandosi su a fatica e aiutandolo ad alzarsi.

«Altrettanto», risponde Leo. Ma Charley ha solo un momento per godersi la sensazione di calore e benessere prima che il suo stomaco venga colpito da violenti spasmi e la bocca si riempia di saliva.

«Devo...». Si precipita alla finestra, appena in tempo perché il suo vomito cada nel buio, raggiungendo la bottiglia rotta.

Il maledetto whisky colpisce ancora. O l'ibisco, è uguale. Charley riesce a malapena a scendere le scale, stringendo un cestino per sicurezza, con Leo che la sostiene da un lato e Audrey, che è salita a vedere come stavano, dall'altro. È ancora peggio del solito. Ma d'altronde non ha mai bevuto tanto whisky.

Nella camera di Ali, Sam si prende cura di lei e, sebbene sia imbarazzata, Charley sta troppo male per discutere. Si lascia guidare al materasso più vicino al bagno, dove si siede con le spalle appoggiate al muro. La situazione si è ormai tranquillizzata. La luce è spenta e si sono rannicchiati tutti sotto le coperte. Ali sta già russando sul letto a baldacchino. Kamala dorme sulla chaise longue, con un respiro profondo e regolare. Leo si è sdraiato su un materasso accanto al letto di Ali: vuole starle vicino, ma non osa infilarsi al suo fianco.

«Resta sveglia ancora un po'», le dice Sam. «Dobbiamo capire quanto è grave. Ti farò compagnia».

Sam non le permette di sdraiarsi, così si appoggia ai cuscini che lui le ha fornito e lascia che le giri la testa. Osserva il suo volto, solcato dalla preoccupazione, e proprio come con Leo prima, non riesce a immaginarlo mentre trascina fuori Pan e la impicca a un albero, o mentre strangola Gideon con una catena d'oro.

"Spero davvero che sia Dasha", pensa. "O qualcun altro. Un sadico che è capitato per caso nella nostra villa nel bosco". D'un tratto ha un altro conato di vomito e Sam fa appena in tempo a sollevare il cestino. «Oddio, mi dispiace…».

«Ci sono abituato», risponde Sam, porgendole un fazzoletto di carta per pulirsi la bocca. «Quando lavoravo al pronto soccorso, alla fine del turno contavamo i fluidi corporei sui nostri vestiti. Se ne avevi meno di tre tipi diversi ti accusavano di esserti sottratto ai tuoi doveri».

«Dev'essere stata dura».

«Sì, ma non ho scelto questo lavoro perché volevo una vita facile», risponde Sam. «Karl diceva che ci vuole un certo tipo di personalità per fare carriera in medicina. Alcuni medici della vecchia scuola sono automaticamente tagliati fuori, perché sono freddi e menefreghisti, e giocano troppo a golf. La mia generazione tende a usare l'umorismo nero, che può essere scioccante se non sei un medico. Chissà cosa farà la prossima: sono troppo attenti a quello che dicono, non possono fare battute di cattivo gusto come noi. Ma in realtà, a prescindere da come la affronti, non puoi fare a meno di essere emotivamente coinvolto. Quello che provi quando perdi un paziente è indescrivibile. È una sensazione che non ti abbandona mai».

Charley si gira lentamente per sdraiarsi sul fianco e scrutare nei suoi occhi grigi. Sam appare esausto. *Probabilmente abbiamo tutti quest'aspetto.*

«Non riesco a smettere di pensare a quello che è successo», dice. «Mi gira e rigira nella testa. Ali è furiosa, ma non poteva sollevare Pan da sola. Shona avrebbe potuto aiutarla, e forse è questo il motivo per cui è crollata alla fine. Leo avrebbe potuto uccidere Pan e Gideon perché sapevano dei suoi account falsi su Twitter, ma perché eliminare anche Shona?

Restate tu e Audrey, e so che ha passato un brutto momento e non voglio pensare a lei in questi termini, ma...».

«Charley, posso interromperti?», dice Sam. «Primo, non dire qualcosa di cui ti pentiresti sulla mia ragazza. Secondo, stai cercando di risolvere un crimine che richiederebbe mesi e mesi di indagini approfondite alla polizia. E lo stai facendo all'una di notte, ubriaca fradicia, mentre cerchi di non vomitare di nuovo».

«Ma uno di noi potrebbe essere l'assassino!».

Sam fa spallucce. «Chiunque può diventare un assassino, se ha l'occasione e la motivazione giusta. Ho visto certe cose... dodicenni che pugnalavano altri dodicenni, vecchiette che avvelenavano il marito... Pensa a Pan, che ha cercato di affogarti solo perché ti aveva vista con un foglio di carta. Non immaginavi che prendere quella fotocopia da Karl avrebbe messo in pericolo la tua vita. Pan non aveva un piano coerente, ha solo approfittato delle circostanze. Siamo tutti peccatori, basta solo il peccato sbagliato contro la persona sbagliata per trasformarti in un assassino».

Charley sente salire di nuovo la bile in gola, geme e vomita nel cestino. Sam le porge un altro fazzoletto e lei ritrova la voce.

«Karl è stato ucciso perché ha provocato la persona sbagliata».

È talmente sfinita e sofferente che non le interessa più scoprire chi ha ucciso Karl. Vuole solo sopravvivere a quella notte e smettere di vomitare.

Charley si sveglia di soprassalto. La stanza è buia, silenziosa. La bocca le sembra piena di sabbia e le fa male la pancia. Il russare di Ali è più sommesso e Sam si è addormentato accanto a lei, con la scatola di fazzoletti in mano. Charley prova un impeto di gratitudine. Si alza, vacillando sulle gambe deboli, e va in bagno, dove accende la luce. Il bagno di Ali è spazioso, con un'elegante vasca retrò, una doccia separata e un mobiletto con lavabo accanto a un'alta finestra smerigliata.

Non si sofferma molto sul suo riflesso nello specchio, ma nota che indossa ancora il vestito rosso con le paillettes. Almeno non l'ha spogliata nessuno: non è sicura di come si sarebbe sentita altrimenti.

Si china sul lavabo e beve l'acqua fresca dal rubinetto. Le fa male la gola e l'acqua scendendo fa aumentare il bruciore. Ha un dolore pulsante alla testa, che continua a ribollire di pensieri sui Masquerader e gli omicidi.

Spegne la luce del bagno e, quando i suoi occhi si adattano all'oscurità, nota un movimento, qualcosa che cade fuori dalla finestra, qualcosa di molto più grande di un fiocco di neve. Si tira istintivamente indietro, con il cuore che batte all'impazzata. È talmente tesa che ogni movimento inspiegabile le pare una minaccia. Ma poi si rende conto che era solo la coperta che aveva lasciato sul davanzale di sopra.

Non tutto ciò che si muove nel buio è un assassino pronto a colpire.

Mentre si sdraia di nuovo sul materasso, qualcosa si accende sul pavimento accanto a lei. È il telefono di Sam, la informa che sono le 4:28. Dà un'occhiata. È un modello più economico di quello che si aspettava e ci sono un paio di messaggi sullo schermo: un vecchio SMS non letto di sua madre che dice "Felici Saturnali, tesoro", una notifica di Hootsuite e una di Spotify: "Le tue playlist preferite per le feste".

È contenta che Sam sia lì; è come una barriera protettiva tra lei e il resto della stanza. Significa che, malgrado la crescente inquietudine, può tornare a dormire.

25

Quando Charley apre gli occhi, è in preda a un profondo senso di sconforto. Non è per il mal di testa, né per le palpebre che sembrano di carta vetrata, ma per la luce che filtra dall'esterno. Ha imparato a riconoscere quella tonalità scialba e opprimente. Sta nevicando di nuovo.

Non riesce ad accettarlo. Il pensiero di rimanere ancora lì, ad aspettare che gli operai della tenuta di Strathcarn liberino la strada, o che qualcuno venga a ucciderla in qualche modo bizzarro e misterioso legato ai merli. Non può andare avanti così, intrappolata con quelle persone, con i sospetti su ciascuna di loro che le girano nella testa come un Rodolex perpetuo.

Pensa al mondo reale al di là della neve, alla HaermorrhAir che forse la richiamerà per una pubblicità a gennaio, alla sua amica Lexi, che potrebbe ospitarla sul divano per qualche settimana, permettendole di lasciare Matt. E a Matt. Prima di partire era il suo problema principale, ora le sembra solo una lontana seccatura.

Si alza con un gemito, nota che la maggior parte degli altri materassi sono ancora occupati e che indossano quasi tutti gli abiti eleganti della sera prima. Guarda con disappunto il suo bellissimo vestito rosso, ora sgualcito, umido di sudore e… è una macchia di vomito quella? Poi, con l'emozione più vicina alla gioia che abbia provato dalla mattina di Natale, si ricorda che in camera c'è la sua valigia, con dentro la sua adorata tuta dei Minions.

La pura beatitudine di sentire le morbide e calde fibre artificiali sulla pelle le fa passare quasi del tutto la sbornia. Si scola una bottiglietta d'acqua minerale, si pulisce il viso e si lava i denti, sentendosi di nuovo un essere umano. Mentre infila la borsa del bucato nella valigia, sfiora i bordi del regalo di suo padre, ancora da scartare. Strappa un angolo e trova una semplice copertina bianca, con una scritta nera sul davanti. È uno di quei libri fotografici che si possono far stampare online e il titolo è: *Un Natale molto Charley.*

All'interno, pagine e pagine di foto delle feste natalizie di quando era piccola. Ce n'è una di lei e di sua madre, avvolte in una coperta in riva al mare, con i denti che battono e le labbra blu. La didascalia dice: *Pazze fanatiche dell'acqua fredda.* Ci sono ben tre foto di lei che recita nel presepe vivente e di quando, più grande, ruba la scena nella pantomima di una compagnia amatoriale. E l'ultima pagina ha uno spazio bianco al posto della foto, con una didascalia: *Speciale Natalizio di EastEnders 2024.* Gli occhi le si riempiono di lacrime pensando alla fiducia che ha in lei suo padre.

«Non morirò, papà. Te lo prometto», giura.

Ma poi un urlo riecheggia nel corridoio ed eccola di nuovo all'inferno. Con il cuore che le martella nel petto e lo stomaco serrato per la paura, corre verso quella voce.

«Leo non c'è!», grida Ali. Sta tirando via i piumoni da tutti i materassi, come se potesse trovarlo lì sotto, dimenticato come una borsa dell'acqua calda. Sam e Audrey sono scattati in piedi, già carichi di adrenalina e terrore.

Charley ha un presentimento. Un pensiero nauseante e orribile. «Probabilmente è andato a fare il caffè... o forse è andato di sopra a fumare. Vado a vedere».

«Vengo anch'io», dice Audrey, e riecco anche la tacita consapevolezza che non dovrebbero andare da nessuna parte da soli.

Audrey si alza. Si è cambiata prima di addormentarsi e indossa un pigiama di pile coperto di pupazzi di neve. Sembrano due bambine troppo cresciute che salgono in soffitta la mattina di Natale.

Appena arrivata su, ha un brutto presentimento. Fa troppo freddo, una raffica di vento gelido entra dalla porta aperta della stanza in cui ha parlato con Leo la sera prima. Rallentano, spaventate da ciò che troveranno.

La stanza è come l'ha lasciata la sera precedente. Le sigarette e l'accendino di Leo sono sul pavimento. La sua pochette è sul letto. E la coperta è ancora appesa al telaio della finestra. Lo capisce appena la vede.

È Leo che ha visto cadere.

«Stai indietro», dice a Audrey mentre attraversa la stanza per affacciarsi alla finestra. E guardare giù.

Il suo corpo sembra rotto. Le braccia e le gambe sono divaricate in un modo che Leo avrebbe giudicato poco dignitoso. Accanto a lui c'è la bottiglia caduta la sera prima, in frantumi, con il liquido rosso sparso sul terreno innevato. Eppure, spera: forse è sopravvissuto, forse ha solo bisogno di assistenza medica.

Sfreccia accanto a Audrey sulla soglia e corre giù per le scale.

Appena esce, lo vede. Il corpo è a pancia in giù, ma la testa è girata di lato, appoggiata sul braccio, somiglia alla posizione in cui preferisce dormire. Significa che, avvicinandosi, può vedere i suoi occhi. Castano chiaro. Spalancati. La pelle è fredda, i capelli sono incrostati di ghiaccio.

È decisamente morto. Morto del tutto.

La morte è un concetto binario. Charley sente la voce di Leo nella sua testa che la corregge. *Possiamo essere vivi o morti, non "morti del tutto".*

Charley sente di non avere più dolore da esprimere. È passata dallo shock e dalla tristezza a qualcos'altro, al bisogno di pensare a sé stessa, per sopravvivere. Si inginocchia nella neve accanto a lui, con lo strano impulso di accarezzargli i capelli, di confortarlo anche se non c'è più. Constata che è diventata una routine: i pianti, poi Sam che scatta le foto per la polizia, infine lo spostamento del corpo.

Alzandosi, nota qualcosa sotto la pancia di Leo. Il suo taccuino, con le pagine umide e sgualcite dalla neve.

Lo raccoglie, posando una mano sulle sue spalle. Alquanto misero come addio, ma è tutto ciò che ha da dare.

Proprio in quel momento, appaiono gli altri sulla porta d'ingresso.

Prima Audrey, poi Ali, che si fa largo con il volto arrossato, contorto dal dolore e dalla rabbia. Charley indietreggia, allontanandosi da Leo, mentre Ali si butta nella neve accanto a lui.

Urla tutto il dolore e la rabbia. Poi guarda in alto, verso il bosco. Stringendo i pugni, grida vendetta alla natura selvaggia. «Fottiti, Dasha! Ti ucciderò, cazzo!».

Audrey le si avvicina, titubante, incerta.

«Lasciala stare», dice Charley. «È così che Ali affronta le cose».

E dicendolo sente che si è sbloccato qualcosa: tutto il risentimento e i sospetti che ha nutrito nei confronti di Ali nel corso degli anni. Le accuse per la collana sono nate da un'emozione primordiale, iscritta nel suo DNA, una reazione naturale per Ali com'è per lei il bisogno di compiacere gli altri. Tanto valeva prendersela con un serpente perché morde.

Si allontana dal gruppo e apre il Moleskine. Ci sono gli appunti della sera prima, con il nome di Karl al centro. La grafia spigolosa di Leo è resa ancora più illeggibile da tutto l'alcol bevuto, e ormai non ha molto senso, è solo un'altra falsa pista. Ma poi nota una pagina dopo quella che hanno scritto insieme. C'è di nuovo l'elenco dei nomi, a sinistra, anche se "Charley" si legge "Chly" e "Sam" è ridotto a uno svolazzo seguito da una breve linea a zigzag. Ci sono delle frecce che collegano i nomi alle annotazioni scritte con una stenografia giornalistica. Accanto a Pan c'è "sposo-svolazzo-O", quella di Gideon è "svolazzo-percentuale-svolazzo". Per sé stesso ha scritto: "Io: prove ucciso" e per lei "fatto-O-svolazzo". Le annotazioni su Ali e Sam sono completamente illeggibili. Altre frecce portano da queste note a una parola in lettere grandi e sottolineate tre volte, ma appena comprensibile come le altre: "Dasha".

Probabilmente era stato sveglio tutta la notte a riflettere e prendere appunti. Tutti gli anni passati a leggere romanzi polizieschi e a risolvere enigmi portavano a quel momento vitale. *Aveva trovato la risposta, e la risposta era Dasha.*

Una mano le tocca la spalla e Charley si gira di scatto.

«Vieni dentro», dice Sam. «Qui fuori si gela. Sta per nevicare di nuovo. Ed è pronto il caffè».

«Leo...», protesta debolmente Charley.

Sam le promette che lo sposteranno nella stalla dopo il caffè. «Avrò bisogno di una mano per sollevarlo. Con gli altri mi aiutava Leo...».

Charley prova un brivido di terrore alla prospettiva di tenere Leo per le caviglie e portare il suo corpo rigido e senza vita nella stalla.

La cucina è calda, profuma di caffè. Sam, Audrey e Charley si siedono a tavola, con le mani intorno alle tazze. Ali cammina avanti e indietro, sorseggia, borbotta. Charley inspira il vapore aromatico che sale dalla tazza, un rituale che ama, ma l'odore stimola un'eco della nausea della sera prima. Forse è troppo presto per la colazione. Non riesce a berlo, ma continua a tenere le mani sulla tazza, assorbendo il calore dalla porcellana.

«Non possiamo restare qui», continua a ripetere Ali. «Siamo bersagli facili. Dobbiamo andarcene».

«Se partiamo adesso, forse abbiamo una possibilità», dice

Charley. «Mi ha detto… qualcuno… che la cosa migliore è attraversare il bosco seguendo il torrente per non perdersi. Dovrebbe condurre fuori dalla gola, verso il mondo civile».

«Chi te l'ha detto?», domanda Ali sospettosa.

D'un tratto Charley si accorge che manca Kamala.

«Se n'è andata», spiega Audrey. «È partita di nascosto. Immagino che ne avesse abbastanza di stare con noi, in attesa del prossimo omicidio».

«Non le hai detto tu di andarsene?», chiede Charley.

«Be', forse gliel'ho suggerito». Audrey guarda Sam e alza le spalle. «È la più innocente in questa storia».

Charley sospira, una fiammella di frustrazione le brucia dentro. «Quindi noi ce lo meritiamo? Odio quando ci si chiede cosa abbiamo fatto per meritarci questo. Nessuno di noi lo merita, nemmeno chi ha fatto cose orribili. Qualsiasi colpa io abbia, non dovrebbe essere una condanna a morte». Sam inizia a parlare, ma lei gli fa segno di tacere. «Capisco quello che cercavi di dirmi ieri sera, Sam, ma c'è differenza tra l'essere messi di fronte alle cose brutte che abbiamo fatto ed essere uccisi da qualcuno autonominatosi boia».

Gli altri restano in silenzio a sorseggiare il caffè. Charley è senza fiato: non è abituata a dire così spesso quello che pensa.

«Credo che Kamala fosse coinvolta fin dall'inizio». Ali si appoggia sui gomiti. «Ha eseguito senza battere ciglio tutte le cose strane che le ho chiesto di fare in cambio di soldi, quindi chissà cosa ha fatto se Dasha ha cominciato a sganciare i suoi milioni. Forse ha buttato mio marito dalla finestra prima di uscire». Le ultime parole sgonfiano la sua spavalderia e si siede, con la testa china sul tavolo.

«L'ho visto cadere», dice Charley. «Mi sono svegliata verso le quattro e mezza e ho visto precipitare qualcosa dalla finestra del bagno. Mi dispiace, pensavo fosse solo la coperta che avevo lasciato di sopra. Era buio, ero mezza addormentata, non avrei mai immaginato…». Si prepara alla sfuriata di Ali. Sa che arriverà, ma non voleva portarsi dietro il segreto come ha fatto Leo.

Prima che Ali possa replicare, Sam fa una domanda. «Chi altri era in piedi oltre a Leo?».

Charley fa spallucce. «Non mi ero nemmeno accorta che mancasse lui, altrimenti mi sarei preoccupata. Tu dormivi accanto a me, Sam, e ricordo che Ali era a letto perché la sentivo russare, ma non ci ho fatto molta attenzione. Comunque guarda…». Posa il taccuino di Leo sul tavolo. «L'ho trovato accanto a lui. L'ultima cosa che ha scritto è il nome di Dasha. Non so se significhi qualcosa».

«Lo sapevo!». Ali si alza, torna a sedersi, si alza di nuovo, sembra stia per arrivare alla fase del lancio di piatti. «Lo sapevo, cazzo. La ucciderò, quella stronza. Era una trappola fin dall'inizio. Probabilmente ha ucciso lei Karl, ed è tornata per finire anche noi».

Charley apre il taccuino e tutti insieme cominciano a sfogliarlo, cercando di decifrare la sua grafia, sorseggiando caffè e formulando teorie. La O sta per Orlova, il cognome di Dasha, forse riferito a suo padre, Grigori Orlov. Ali conferma che Leo ha insabbiato parecchie storie che avrebbero potuto danneggiarlo nel corso degli anni. Spesso lo faceva in cambio di contatti preziosi. È possibile che la società di Gideon facesse affari con lui? Sir Nathaniel era specializzato in biotecnologie e farmaceutica, ma forse si stava espandendo anche nel settore petrolifero. Accanto a Pan, Leo aveva scritto "sposo", ma forse intendeva "sponsor". Aveva un contratto di sponsorizzazione legato a Orlov? Era possibile? Ali prende il telefono di Pan dal piano di lavoro della cucina, dove si stava caricando, e se lo passano, studiandolo alla ricerca di indizi e maledicendo la mancanza del Wi-Fi.

«Ci sono diverse foto del Vervelin sul suo album fotografico», dice Ali. «Li ho avuti come clienti: cercavano di tenere separato il Vervelin dalla storiaccia del Vervestil. Ho consigliato una campagna basata su influencer come Pan e altri, ed è stata un successo. Non capisco perché Dasha voglia ucciderci per questo. Se suo padre è un azionista, dovrebbe ringraziarmi».

«Forse Dasha in segreto è un'anarchica», azzarda Audrey, bevendo un altro sorso di caffè. «Forse non le è piaciuta questa... *storiaccia*, e vuole distruggere il sistema dall'interno».

«Non penso proprio, a meno che non abbia avuto un trapianto completo di personalità», osserva ironicamente Charley. Prova un po' di disagio e senso di colpa alla menzione del Vervestil, ma li reprime: non è il momento per crogiolarsi nei propri problemi. Deve concentrarsi.

Ali alza il telefono per mostrare le foto. Ancora quelle estetiste, sorridenti nei loro camici bianchi con il logo del cerchio blu, in posa con le loro piccole fiale della giovinezza.

«Forse Dasha aveva qualcosa da ridire sul Vervelin? Scommetto che l'ha provato», dice Ali, poi spiega, rivolta a Audrey: «Il Vervelin è uno di quei farmaci, un po' come il Botox, che è stato sviluppato per uso medico con il nome di Vervestil, e poi si è scoperto che ha proprietà di ringiovanimento della pelle».

«Sì, grazie tante, so cos'è». Audrey sembra arrabbiata. «Non sono una influencer piena di soldi, ma non vivo sotto una campa...». Si interrompe, massaggiandosi la pancia. «Ho una strana sensazione allo stomaco».

«Gideon aveva dei documenti con quel logo», dice Charley. «Qualcosa era andato storto con l'azienda e i fogli erano coperti di note scritte a mano che gli intimavano di risolvere il problema». Osserva i cerchi blu, tormentata da una strana sensazione. *Quel logo...*

Ali scruta le foto, ingrandendole in modo che il logo riempia lo schermo. «Non mi stupisce. Abbiamo fatto il possibile per salvare il Vervelin dal naufragio, ma il resto della società è fottuto».

Charley è confusa, non riesce a capire che collegamento ci sia tra la storia del Vervelin e Karl, quando è chiaro che la scomparsa di Karl è il fulcro di quello che sta succedendo lì. Se lo sente.

All'improvviso, Sam si alza, rovesciando la sedia. È pallido, teso, si morde le labbra. «Penso che sto per...».

Corre al lavandino e vomita violentemente. Un odore acre di caffè impregna l'aria.

Audrey è piegata su sé stessa, si stringe lo stomaco e geme. Si china su un lato della sedia.

Si sente un disgustoso rumore di schizzi sulle piastrelle della cucina.

Charley ha di nuovo la nausea per l'odore, ma non è forte. Sembra più l'eco della sbronza della sera prima che quello che sta succedendo a Sam e Audrey.

Si scambia uno sguardo con Ali. «Be', io mi sento bene», inizia Ali, ma si interrompe e si preme una mano sulla pancia. «Ahi. No, cazzo, non sto affatto bene».

Sam e Audrey vomitano aggrappati al lavandino. Ali suda, ciocche di capelli rossi le si incollano al viso pallido. Geme, urla, poi si piega in avanti e ha un violento conato di vomito. Charley guarda la sua tazza di caffè intatta sul tavolo e le altre tazze vuote sparse in giro, e capisce.

«Il caffè! Qualcuno ha avvelenato il caffè...».

Ali cade dalla sedia, si trascina sulle mani e sulle ginocchia, poi si alza faticosamente in piedi. «Me ne vado... Me ne vado da qui...». Non ha forza nelle gambe, reggono a malapena il suo peso.

Sam e Audrey sono in condizioni peggiori, così Charley si concentra su di loro e passa uno strofinaccio sotto l'acqua corrente per pulire il volto imbrattato e atterrito di Audrey, cercando di non vomitare lei stessa per l'odore. È in preda al panico, non riesce a pensare: cosa si deve fare per le vittime di avvelenamento?

Procura loro delle bacinelle. Cosa ha detto Sam, mantenersi idratati? Riempie due bicchieri d'acqua, ma Sam e Audrey non bevono.

«Perché tu non stai vomitando?», chiede Audrey.

Charley avverte l'ombra del sospetto nella sua voce. È stanca di tutto questo, delle accuse reciproche, della paura che ogni mossa abbia un secondo fine.

«Non ho bevuto il caffè, non ne avevo voglia. Per favore, fidati di me», dice. «Tu non c'entri nulla. Non ti lascerò morire».

Audrey scoppia a piangere, ha altri conati di vomito. «Forse sarebbe meglio morire invece».

Charley sente un'eco della voce di Shona in quelle parole e prova una gran rabbia al pensiero che sia morta pensando quelle cose. Non permetterà che accada anche a Audrey. «Parlo sul serio, non morirà nessuno», dice, afferrandola per le spalle. La guarda negli occhi e immagina che ci sia anche Shona ad ascoltarla. «L'idea di punire le persone perché sono deboli e vanesie, o per gli errori commessi, è disgustosa. Niente di ciò che hai fatto o che potresti fare giustifica quello che ti sta succedendo, chiaro?»

«Hai ragione», risponde Audrey con amarezza. «I medici che hanno lasciato morire mio figlio non sono stati puniti. Nessuno dei veri cattivi lo sarà mai». Poi si china e vomita nella bacinella.

Charley va a cercare Ali. Non è arrivata lontano; si è accoccolata in posizione fetale a metà delle scale. Sul tappeto ci sono pozze di vomito misto a sangue.

«Ti porto a letto», dice. La aiuta ad alzarsi. Il suo corpo è quasi un peso morto e la sente tremare mentre la aiuta a salire le scale, un gradino alla volta.

«Le colombe...». La voce di Ali è fioca e rauca. «In pratica sono solo dei piccioni graziosi, vero? E i piccioni sono parassiti, ci si libera di loro con il veleno…».

Arrivano alla sua stanza. Charley la aiuta a farsi strada tra le lenzuola sparse del pigiama party di emergenza della sera prima. Il materasso di Leo accanto al letto a baldacchino di Ali le fa sentire il cuore in gola, ma non c'è tempo per piangere, deve aiutarla a mettersi a letto.

E poi si blocca.

Il piumone è strappato e il lenzuolo è cosparso di centinaia di piume bianche e marroni.

«Dovrei morire qui, vero? Una colomba nel suo nido», geme Ali.

Ma vi sale comunque, per il bisogno disperato di sdraiarsi. Charley cerca di spazzare via le piume. Le sistema dei cuscini sotto la testa, come ha fatto Sam con lei la sera prima. Le porta i fazzoletti e il cestino.

Ali si ritrae, restia a lasciarsi toccare. «Per l'amor del cielo, la smetti di occuparti di me? Lasciami in pace. E lascia le piume, mi ricordano Leo. Perché ho organizzato questo Natale con delitto? Perché continuavo a provocarlo?».

Charley ripensa ai regali che Ali ha lasciato per loro la mattina di Natale. L'unico regalo che ancora non ha senso…

«Perché hai dato a Sam un uccello morto?», chiede.

Ali si distende e si volta a guardarla. «E me lo domandi adesso? Non era per lui l'uccello. Avrà preso il pacco sbagliato. L'uccello era per Pan».

«Oh, è vero, me n'ero dimenticata», dice Charley con un fil di voce. «Sapevi cosa aveva fatto, ma hai continuato a essere sua amica. Hai preferito lei a me».

«Te l'ho detto, sono una merda. Adesso esci da qui. Vai a fare quel tragitto che hai detto lungo il torrente. Cerca aiuto».

Vomita di nuovo, sangue e bile.

Charley è terrorizzata dalla consapevolezza che non farà mai in tempo a chiamare i soccorsi.

«La chiave è attaccata alla porta. Chiudimi dentro. Nascondi la chiave. Non dirlo a nessuno», le ordina Ali.

«Ti fidi di me?»

«Sì. No. Non lo so. Fanculo, sto troppo male».

Charley chiude la porta. È di legno massiccio, antica come la casa e altrettanto solida. Gira la chiave nella serratura e la spinge sotto la porta, urlando ad Ali di cercare di barricarsi dentro. In corridoio, dà un'occhiata fuori dalla finestra: stanno iniziando a scendere grossi fiocchi di neve.

Non le importa se morirà di freddo. Non rimarrà lì un momento di più.

QUINTA PARTE
LA VERITÀ

26

Charley infila due paia di calzamaglie e due maglioni uno sull'altro. Poi, al piano di sotto, indossa una delle giacche da sci e delle salopette di ricambio appese all'ingresso. Va a controllare Audrey e Sam in cucina. Quando si avvicina trova la porta socchiusa, li sente mormorare e li intravede seduti insieme per terra, con le mani intrecciate e le teste vicine.

Sam sta dicendo: «Quanto pensi che sia andata lontano? Conosce il posto...».

Staranno parlando di Kamala. Si accende la speranza. Forse riuscirà a chiamare aiuto prima che muoiano tutti. Se stanno abbastanza bene per parlare, avranno bevuto una dose di veleno inferiore a quella di Ali. Ma come aveva fatto Dasha, o l'assassino assoldato da lei, a drogare il caffè con tanta precisione?

A meno che... Charley si insospettisce, esita davanti alla porta e decide istintivamente di allontanarsi.

Esce nella bufera. La neve scende fitta, le sferza il viso e le fa bruciare gli occhi, offuscandole la vista. Il corpo di Leo è già coperto da un leggero velo di neve. Si sforza di superarlo, senza cedere allo sconforto, e si incammina verso la linea degli alberi, a malapena visibile. Se riesce a raggiungere il bosco, si sarà lasciata il peggio alle spalle.

La neve fresca, depositata sui cumuli ghiacciati della notte di Natale, in alcuni punti le arriva fin sopra le ginocchia, ma quando raggiunge il limitare del bosco la situazione migliora. Riesce a vedere un po' meglio e cammina su un tappeto di aghi di pino sotto uno strato di neve più sottile. Cerca di ricordare la strada fatta la prima volta e, dopo qualche minuto di tentativi, trova il punto in cui ha ricevuto i messaggi sul telefono di Pan. Estrae il suo dalla tasca e prova a comporre il 999.

Urgono cure mediche per vittime di avvelenamento a Snellbronach. Ci sono altre vittime. Mandate anche la polizia, l'assassino è a piede libero.

Preme invio, pensando a quanto debba sembrare ridicolo e surreale quel messaggio, ma non sa come parlino i poliziotti nella realtà, fuori dai gialli. Il messaggio sarebbe arrivato? Sperava di sì, bastava una tacca. Ma anche in questo caso, le avrebbero creduto o l'avrebbero trattata come avevano fatto con Ali dodici anni prima, quando era convinta che suo fratello fosse stato ucciso?

Il telefono tenta per un po', poi si arrende, evidenziando il testo in rosso.

Impossibile inviare il messaggio.

«Che cazzo!», ringhia, prendendo spunto da Ali. La rabbia dà una bella sensazione, confortante. La incanala nel suo incedere.

Mentre cammina, ripensa agli appunti di Leo, a come fossero tutti collegati alla lettera O, al discorso di Ali sul Vervestil e il Vervelin. E se Gideon avesse fatto investire la sua società in questi farmaci e fosse andato tutto storto? Ali si era occupata della pubblicità. Leo aveva messo a tacere le voci sullo scandalo, forse su richiesta di Gideon. Possibile che anche Sam fosse coinvolto per aver prescritto il farmaco? Aveva una logica.

Ma chi avrebbe ucciso per una faccenda del genere?

Le sfugge qualcosa. Per un istante fugace, sente la voce irridente di Matt: "Se ogni tanto seguissi le notizie invece di pensare solo alla recitazione"... ma la scaccia di nuovo. Perché lei le seguiva eccome le notizie, anche se non nei minimi dettagli come Leo. La risposta è nella sua testa, da qualche parte, prima o poi se ne ricorderà...

Crack.

Un ramo spezzato sotto la scarpa.

Il rumore le fa prendere uno spavento. Si gira di scatto e vede qualcosa che si muove in lontananza. Una snella figura femminile, con una giacca da sci blu brillante e un cappello di pelliccia, la sta inseguendo. Corre nel bosco a velocità sostenuta, schivando i rami caduti e saltando gli ostacoli. Inarrestabile.

Charley ha una fitta di panico.

È Dasha. È davvero lei e mi sta dando la caccia.

Devia a destra, andando leggermente fuori rotta se la destinazione è il torrente, ma c'è un declivio e può nascondersi, camminando curva. Non può fermarsi, deve andare avanti se vuole uscire viva da lì. Infila la mano in tasca. Chiude le dita intorno al coltello a serramanico e si sente più forte, più calma.

Non ti fermare.

Raggiunge una radura, la neve la sferza mentre la attraversa, ma si dice che è un bene, perché coprirà le sue tracce.

Cos'è che stava pensando? Ah, giusto, le notizie. Ricorda che quando aveva guardato il telegiornale con Leo, uno dei titoli le aveva fatto provare un fremito di vergogna. Ma si rende conto che purtroppo non può continuare a reprimere quei sentimenti. Perché anche lei è colpevole.

Rivive un ricordo. Il giorno delle riprese con l'agenzia di Ali, le ore passate con truccatori e parrucchieri per somigliare a una madre qualunque, la bambina che interpretava sua figlia che si agitava sulle sue ginocchia. Le istruzioni del regista: “Facci un accento da mamma americana del Midwest”, “Sorridi mentre guardi la telecamera, abbraccia tua figlia: sei grata, persino gioiosa”. E le poche battute che aveva dovuto dire, stampate su un foglio con lo stesso logo dell’uroboro che aveva visto sul cellulare di Pan e sui documenti di Gideon: “Soffriva così tanto. Non sapevamo a chi rivolgerci. Ora la mia bambina ha finalmente ripreso a vivere… Il Vervestil ci ha ridato speranza”.

All’epoca le avevano parlato un po’ del farmaco, spiegando che non serviva solo alle donne ricche per togliere le rughe, ma aveva il potenziale per rivoluzionare il trattamento delle malattie autoimmuni. Pensava di fare una buona cosa diffondendo la notizia di un progresso così straordinario.

Fu solo alcuni mesi dopo, quando cominciò a trapelare lo scandalo, che smise di sentirsi bene pensando a quel ruolo. Quando uscì la notizia che centinaia di bambini trattati col Vervestil erano peggiorati.

Lo scandalo era ancora in corso. Interrogazioni in parlamento, inchieste pubbliche. Come avevano potuto arrivare a tanto? Perché lo avevano sperimentato sui bambini?

La società madre si chiamava… come si chiamava?

Odastra. Il logo con la O blu, ecco cos’era.

Le bruciano i polmoni quando arriva al torrente e scivola lungo un ripido pendio fino alle sponde, il freddo umido della neve sciolta penetra nella parte superiore degli stivali. Non nevica più a grossi fiocchi, ma a sottili cristalli ghiacciati. La cascata alla sua sinistra, decorata da stalattiti di ghiaccio, scroscia fredda e limpida nella pozza sottostante. E alla sua destra c’è l’arteria poco profonda che porta fuori dalla foresta e dalla gola. Verso la libertà da quell’inferno di neve.

Si getta un’occhiata alle spalle. La figura si sta avvicinando. È sicuramente una donna, ma è troppo bassa e formosa per essere Dasha. Il volto è coperto da una sciarpa, ma i capelli sono più scuri dei suoi. E quel cappello di pelliccia l’ha già visto. A giudicare da come si muove – determinata, implacabile – non ha buone intenzioni.

Odastra. Ecco cos'ha scritto Leo, non *Dasha.*

Odastra, la società su cui Leo aveva scritto articoli elogiativi e che Gideon aveva sostenuto senza sosta nella City. L'azienda "big pharma" che aveva sponsorizzato l'ultima mostra di Shona, e che pagava Pan una fortuna perché promuovesse i suoi prodotti di bellezza. Quella per cui Ali aveva creato una campagna pubblicitaria, a cui lei stessa aveva partecipato. Aveva evitato di pensarci per il senso di colpa, per scrollarsi di dosso quella brutta sensazione. Si era detta che non ne sapeva nulla... Non era stata lei a falsificare le ricerche e a mentire alle autorità...

Ma era comunque colpevole. Era stata la rete dei vecchi amici in azione. I Masquerader si aiutavano a vicenda, facendo soldi... e come risultato erano morte delle persone. Erano morti dei bambini. Venivano davvero puniti per i loro peccati.

La figura si sta avvicinando, Charley sente i suoi piedi scricchiolare sul terreno ghiacciato, i ramoscelli spezzarsi, il suo respiro affannoso. È molto più veloce dell'altro giorno, quando hanno esplorato insieme la foresta, chiacchierando. *Mio figlio è morto... Abbiamo provato di tutto, tutti i trattamenti sperimentali, ma non è servito a niente. Ci hanno solo illusi.*

Illusi da una compagnia farmaceutica senza scrupoli e dalle persone che l'avevano aiutata ad avere successo.

Charley inizia a costeggiare la pozza della cascata scivolando sulle rocce bagnate, per arrivare alla parte meno profonda del torrente e attraversarlo. Ma all'improvviso Audrey si butta a peso morto su di lei e cadono entrambe in acqua.

Charley sprofonda nella pozza, momentaneamente stordita dal freddo. Audrey si riprende per prima, trova il fondale e comincia a spingerla sott'acqua.

Il cuore le martella nel petto, il panico inonda il suo corpo e l'acqua gelida le brucia la pelle. Le sembra di essere trafitta da tanti piccoli pugnali. *No, non può succedere di nuovo.*

Scalcia, si dimena e per un attimo trova un appoggio sul limo e i ciottoli del fondale. Si dà una spinta, cercando di travolgere l'avversaria. Audrey barcolla, ma ritrova subito l'equilibrio. Ha qualcosa in mano: è l'ascia di Shona. La brandisce in modo maldestro, la colpisce di striscio alla testa con il bordo piatto, provocandole un'esplosione di dolore e un fischio alle orecchie. Charley cade all'indietro, di nuovo nel freddo mordente della pozza. L'acqua le entra nelle narici, facendola tossire. Si dimena per risalire a galla, boccheggiando, sforzandosi di vedere attraverso il sangue e l'acqua negli occhi, ma l'ascia si abbatte sulla sua spalla. Stavolta il bordo affilato le taglia la giacca e la fa sprofondare di nuovo. Audrey la afferra per il bavero e la solleva dall'acqua.

«Il Vervestil ci ha dato speranza!», sibila. «Sei il volto di quel maledetto farmaco, in tutta l'America. Siete su tutti i cartelloni pubblicitari, tu e quella tua figlia finta e sorridente. Hai mentito! E non capisci nemmeno cosa hai fatto. Non ti senti nemmeno in colpa».

Charley apre la bocca per difendersi, ma non trova le parole, non ha nulla che possa convincerla di essere una pedina innocente.

Audrey la spinge di nuovo in acqua, tenendola sotto. Le viene un pensiero assurdo.

Non muoiono così i merli.

Charley si affloscia, come l'ultima volta, sperando che Audrey si arrenda e ci ripensi, come ha fatto Pan. Ma lei non molla la presa. Tuttavia, l'immobilità le dà un briciolo di tempo per pensare. Le sue mani sono intorpidite, fa fatica a muoverle, ma riesce a frugare nella tasca. Prova un dolore acuto quando chiude le dita sull'impugnatura del coltello a serramanico.

Si lancia in avanti e comincia a colpire a caso, solo per allontanare Audrey. Sente affondare la lama, il calore del sangue sulla mano congelata, quasi ustionante. Ritrova il fondale con i piedi, si alza barcollando, con il coltello ancora in mano.

Audrey la sta fissando, con un'espressione di rabbia e stupore. La giacca blu si tinge di rosso all'altezza del petto; ha lasciato cadere l'ascia, che è affondata, fuori portata. Ruggisce e si lancia di nuovo contro di lei. Charley la assale ancora con il coltello, in preda al panico, facendola cadere all'indietro. Audrey le si aggrappa al braccio, tirandola verso di sé, e Charley le crolla addosso. Adesso è lei che la tiene sott'acqua.

Ma Audrey non si muove, non lotta più.

Charley ci mette qualche secondo a capire che è morta. I suoi occhi la guardano da sotto la superficie dell'acqua, una bolla si forma all'angolo della bocca. Il suo ultimo respiro.

Charley indietreggia, intontita dallo shock. Non sente più il freddo pungente, ma trema e non ha più forza nelle gambe. Lascia andare Audrey, che fluttua piano nella pozza della cascata, sbattendo contro le rocce, finché si incaglia dove il torrente si restringe, ghiacciato ai margini. L'acqua è arrossata dal sangue di entrambe.

Charley raggiunge la riva e si accascia, con i vestiti fradici, raggomitolandosi, scossa dai brividi. Per un attimo sente solo il sollievo che l'incubo sia finito.

Ma poi si ferma a riflettere e torna la paura. È impossibile che Audrey abbia fatto tutto da sola. Significa che l'ha aiutata qualcuno, un Masquerader che si è preso gioco di loro per tutto il tempo.

Non è ancora finita.

27

Sam – Dodici Natali prima

Ogni volta che Sam chiudeva gli occhi, vedeva il sangue. Tantissimo sangue. Che gli scorreva tra le dita. Sentiva la voce dell'aiuto chirurgo che gli urlava: «La pressione, idiota! Mantieni la pressione. Lo stiamo perdendo!».

La scena gli scorse di nuovo davanti agli occhi, l'uomo sul carrello che rinunciava a lottare, con uno sguardo sempre più distante. Un'infermiera, inserendo una flebo, gli mormorava parole di conforto e incoraggiamento che sicuramente lui non poteva sentire. L'aiuto chirurgo continuava a sbraitare ordini, chiedendo dove cavolo fosse il resto dell'équipe di traumatologia, come se fosse colpa sua se erano a corto di personale e lui era in servizio da quattordici ore. Nessuno gli stava guardando le mani. Nessuno.

Non aveva mai perso un paziente, almeno non in quelle circostanze drammatiche, ma si era sempre chiesto come ci si sentisse a tenere in pugno la vita di qualcuno. Il cuore gli batteva forte, il respiro era ansante, eccitato. Allentò lentamente la pressione sulla ferita dell'uomo, sollevando le mani e lasciando scorrere il sangue. Guardò nei suoi luminosi occhi azzurri. Thomas Feeney. Non avrebbe mai dimenticato il suo nome.

Il nome della prima persona che aveva ucciso.

Forse Thomas sarebbe morto lo stesso, di sicuro aveva perso molto sangue. Ma a causa della sua decisione, presa in una frazione di secondo, morì proprio in quel momento. Sam aveva il controllo totale sulla sua vita, erano state le sue mani a lasciar scorrere il sangue di cui Thomas Feeney aveva bisogno per sopravvivere.

Disse all'aiuto chirurgo che aveva mantenuto la pressione, il resto dell'équipe lo sostenne. Avevano visto l'impegno che ci aveva messo all'arrivo del paziente e non si erano accorti dello zampillo di sangue nei suoi ultimi istanti. Sam uscì dalla sala sconvolto, o meglio, impressionato da ciò che aveva appena fatto.

«Vai a darti una ripulita», disse uno dei suoi compagni di corso, notando il suo sguardo assente e pensando fosse a causa del trauma. «Fai con calma, ti copro io».

Sam si lavò il sangue appiccicoso dalle mani, come aveva fatto molte altre volte, ma quella volta la sensazione era diversa. Era come se quell'episodio fosse scritto nel suo destino.

Per il resto del turno cercò di dare un senso a ciò che aveva provato. Il battito accelerato quando la luce aveva lasciato gli occhi di Thomas. Si era sentito... *potente*. Era normale?

Era inquieto, non riusciva a concentrarsi, non riusciva a togliersi dalla testa quella sensazione. Tornato a casa, trovando Karl disteso sul divano macchiato, gli disse che forse, per sbaglio, aveva allentato la pressione sulla ferita di Thomas. «La sua vita si è spenta in un attimo, a causa mia».

«Merda, è terribile, ci credo che ti senti a pezzi», disse Karl, facendo un altro tiro dallo spinello. «Ti posso capire, credo che quello che provi faccia parte del gioco quando sei un medico. Ecco perché i primari sono così stronzi, hanno tutti il complesso di Dio».

E poi Sam commise l'errore, disse le parole che avrebbero cambiato tutto. In seguito se ne sarebbe pentito amaramente, ma in quel momento era esausto, teso, e aveva un disperato bisogno di risposte. All'epoca pensava ancora di essere normale. «Tu lasceresti mai morire un paziente... di proposito?».

«Assolutamente no! Mi credi un mostro?», replicò immediatamente Karl, inorridito a quel pensiero. Ma poi una luce di comprensione si accese nei suoi occhi. Malgrado lo stordimento dell'erba, capì quello che Sam aveva detto. Quando parlò, la sua voce era carica di sgomento. «Hai lasciato morire quell'uomo, Sammy?».

Lui negò, giurò e spergiurò che era stato un incidente, che aveva fatto di tutto per salvare Thomas Feeney, ma ormai il danno era fatto. Karl non era stupido e aveva fiutato il sangue. Proprio come con le tesine di Gideon e le ridicole tresche segrete di Shona. Karl aveva un talento per scoprire la verità.

«Ehi, questa è una cosa seria. Non si tratta più di fare a pezzi gli animali investiti insieme a Shona... Devi dirlo a qualcuno, devi farti aiutare». E poi un appello al suo egoismo. «Potrebbe fottere la tua carriera, se non altro».

«Solo se tu lo dici a qualcuno. È stato un errore, un incidente, non c'è niente di cui preoccuparsi. Ti prego, Karl, la medicina significa molto per me. Voglio aiutare le persone, sai che è così». Era la verità, l'aveva urlato così tante volte a sua madre che non poteva essere altrimenti.

«Senti, ti darò le vacanze di Natale per trovare una soluzione. Ali ha preparato un nuovo weekend con delitto, stacchiamo un po', ci dimentichiamo di questa storia. Ma a gennaio risolvi il problema, d'accordo?».

Sam annuì, mordendosi le labbra e abbassando lo sguardo. L'istinto gli aveva suggerito che doveva mostrarsi turbato e contrito. Almeno questo gli dava un po' di respiro e di tempo per pensare. Magari Karl avrebbe lasciato perdere... Ma Sam sapeva com'era fatto, cosa faceva con le informazioni. Le usava per raggiungere i suoi scopi. Anche se Karl non l'avesse detto al suo tutor, anche se non aveva prove a sostegno dei suoi sospetti, avrebbe tenuto nascosto ciò che sapeva finché non gli fosse tornato utile.

In pratica, era fottuto.

Ma aveva un vantaggio. Karl lo riteneva un amico e non immaginava fino a che punto potesse spingersi per farlo tacere.

Il nascondiglio del prete era un segreto di famiglia, e i rigidi Fenshawe non raccontavano nulla all'ala bohémien della casata, gli Hartley, figurarsi i loro segreti. Ma i bambini non erano altrettanto scrupolosi. Un'estate, quando aveva cinque anni, sua madre aveva visitato il maniero, quando lo zio di Leo, Tolly, era un crudele preadolescente con il vizio di fare scherzi. Avevano calato la povera bambina nel nascondiglio del prete, dall'alto, e l'avevano chiusa dentro, ma lei aveva una tempra d'acciaio. Senza urla né pianti, si era messa a esplorare metodicamente la piccola cella buia, finché aveva trovato il meccanismo che apriva la botola del camino. Era uscita da lì e gli adulti non si erano nemmeno accorti che il suo grazioso prendisole era sporco di fuliggine. Ma lei non aveva mai dimenticato l'esperienza. Anni dopo, il nascondiglio del prete era diventato protagonista delle sue storie della buonanotte più stravaganti e creative. Dopo quella conversazione con Karl, Sam non riusciva a smettere di pensarci. Elaborò la logistica, giungendo a una sorta di piano. Un esperimento divertente che valeva la pena provare.

Era stato un gioco da ragazzi piantare l'idea nella testa di Leo. Non si sarebbe nemmeno ricordato che non l'aveva concepita lui. Era bastato un commento distratto, "Se solo ci fossero dei passaggi segreti a Fenshawe", per far girare le rotelline nella testa del lontano cugino, e subito dopo Ali aveva accennato al fatto che nel giallo c'era una stanza chiusa a chiave. Aveva funzionato e, se fosse andata male – Sam era abbastanza prudente da ammettere che c'era un margine di errore – Karl sarebbe semplicemente rimasto scosso per la terribile esperienza e nessuno avrebbe potuto ricondurre l'idea a lui. In macchina, durante il viaggio, con Gideon dietro che guardava dal finestrino, Sam discusse sottovoce con Karl, dandogli tutte le possibilità di cambiare idea.

«Si è trattato di un caso isolato, lo giuro. Ultimamente ho accumulato parecchio stress...».

Ma negli ultimi tempi Karl era diventato più serio, più critico e moralista, riprendeva le persone per il linguaggio sessista o classista, aveva persino rimproverato Dasha dopo tutto il casino per la collana. Prima non era così. All'università aveva sempre riso dei santerellini. Era stato il principe degli scherzi, ma crescendo stava cambiando, stava diventando un'altra persona.

«Penso solo che dovresti parlarne con il tuo tutor», disse Karl. «Non devi raccontare per forza quello che è successo, ma devi affrontare il problema, andare in terapia o trovare qualche altra soluzione. Non puoi fare il medico se hai queste tendenze».

Sam lo guardò, straziato dalla consapevolezza che non potevano essere più amici, e che lui non poteva farci nulla. Non voleva perderlo. Il pensiero di non vedere più quel sorriso, di non sentire più le sue battute, di non essere più trascinato in uno dei suoi folli, inutili gialli in maschera lo rattristava più del previsto. Ma doveva farlo. Non intendeva rinunciare alla medicina per Thomas Feeney. E nemmeno per Karl, anche se gli stava simpatico.

Proprio allora Gideon si sporse verso di loro e fece una domanda stupida su Pandora. Il momento svanì, e Karl passò a un altro argomento di conversazione. Non ci sarebbero state altre occasioni per convincerlo. Era deciso.

Mentre gli altri si sistemavano, esploravano la casa e, nel caso di Dasha, facevano il tiro al bersaglio con i pregiati vini rossi di zio Tolly, Sam salì al piano di sopra e trovò la botola nell'armadio, come aveva detto sua madre, circondata dal pesante ciarpame che si accumulava in dimore del genere. Spostò i libri e i mobili per bloccare la botola. Incrociando le dita, Leo non avrebbe pensato di controllare che non fosse ostruita. Ci avrebbe fatto un salto più tardi per accertarsene.

Non era come l'uccisione di Thomas Feeney. Era una cosa diversa. Quello era stato un esperimento, un omicidio improvvisato, anche se deliberato. Questo somigliava di più a una scommessa: stava pianificando un incidente. Se avesse avuto successo, significava che la fortuna gli sorrideva. Che era destinato a diventare un medico.

L'idea di spostare la macchina di Karl gli venne in seguito, quando sentirono l'auto sportiva di Dasha sfrecciare via al cocktail party. Il pensiero gli diede un'emozione tale che quasi gli venne un malore. Se avesse scaricato l'auto da qualche parte, tutti, persino Leo, avrebbero pensato che Karl avesse lasciato la proprietà. A nessuno sarebbe venuto in mente di guardare nel camino, e lui avrebbe potuto spostare il corpo dopo che tutti fossero tornati a casa.

Il corpo. Il suo cuore accelerò i battiti. L'idea che una "persona" potesse diventare un "corpo" così rapidamente, in modo tanto semplice, e solo per opera sua...

Scosse la testa. Forse non era normale, dopotutto.

Come sempre, Karl gettò con noncuranza le chiavi della macchina in cucina, accanto alle scatole della pizza semivuote che avevano aperto mentre preparavano il gioco. Dopo il cocktail, mentre gli altri erano distratti e si aggiravano furtivamente per il maniero per i propri scopi egoistici, Sam nascose l'auto in un boschetto a qualche chilometro di distanza e tornò indietro di corsa senza neanche un leggero ritardo sulla preziosa tabella di marcia di Ali.

Aveva predisposto tutto. Doveva solo aspettare...

Siccome interpretava il detective, il capitan Vane, Sam doveva trovarsi nel corridoio quando Charley, nelle vesti di Madame Carlotta, avrebbe aperto la porta del salotto. Si domandò con una serena trepidazione quali sarebbero state le loro reazioni. Prima la confusione, poi le risate, infine l'ipotesi che Karl gli stesse facendo uno scherzo. Karl, naturalmente, sarebbe stato nel nascondiglio del prete a trattenere le risate. Sarebbe riuscito a sentirli? Significava che poteva sentire anche lui? Ebbe un fremito di panico. C'erano tante cose che non aveva controllato.

"Calma", si disse. "Non è possibile risalire a me".

Però doveva ammettere che era eccitante. Il piano complicato, il margine di errore, non sapere come sarebbe andata a finire.

Venne il momento tanto atteso, la porta del salotto era aperta. Lui e Charley erano sulla soglia di una stanza vuota, con le tracce di una colluttazione. Sciroppo di mais dappertutto, il cuscino che Karl aveva usato per imbottire il vestito da Babbo Natale abbandonato per terra. Ma Karl non c'era. Ci era riuscito. L'aveva fatto accadere.

Charley strillò come da copione, gli altri accorsero e Sam diede un'occhiata al camino: sembrava tutto a posto. Entrò con l'incedere deciso di capitan Vane, il suo personaggio.

«È una faccenda alquanto strana», disse. «Credo che queste siano macchie di sangue… Qui si è consumato un delitto scellerato!».

«N-non capisco», mormorò Ali.

Sam non sapeva se stava recitando o se era una reazione genuina. Cominciò a provare una sorta di allegria. Sapeva che i successivi trenta minuti erano vitali. Se fosse riuscito a farli giocare abbastanza a lungo…

Si appoggiò alla mensola del camino, in una classica posa da detective, e guardò gli altri. Charley stava già esaminando le macchie di sangue in cerca di indizi, Gideon si agitava platealmente, la vedova Shona stringeva la sua collana di perle con finto orrore, aggrappata a Pan. Leo, in qualità di vicario, si dava da fare per creare scalpore per la scomparsa del cadavere. C'era un gran chiasso, insomma. Impossibile che qualcuno sentisse Karl. Sam esaminò i suoi sentimenti alla ricerca della pietà, ma trovò solo eccitazione.

Ali camminava avanti e indietro, con la fronte aggrottata, l'espressione tesa, le dita pallide che stringevano la cartellina così forte da poterla rompere. Sam riusciva quasi a leggerle nel pensiero: "Karl l'ha fatto di nuovo. È uscito dal copione e mi ha rubato la scena".

Nessuno fece caso a lui quando infilò un braccio nel camino, trovò la porticina con le dita e fece scattare il chiavistello esterno. Ci aveva riflettuto. Karl sarebbe morto più in fretta se avesse aperto la porta e fatto entrare il fumo, ma c'era la possibilità che corresse il rischio di gettarsi nel fuoco. Se l'avesse fatto sarebbe sopravvissuto, riportando solo qualche ustione. Se l'avesse chiuso dentro, invece, sarebbe stata una morte più lenta, ma con maggiori probabilità di successo.

Si pulì la fuliggine dal polsino dello smoking scuro e fece un passo avanti, rilassandosi nel ruolo di capitan Vane.

«Oibò, un mistero della camera chiusa», dichiarò. «Davvero sconcertante. La mia teoria è che il giovane Trimble sia stato assassinato. E che il colpevole si trovi proprio in questa stanza».

«Affascinante», commentò il vicario Leo.

«Mamma mia», esclamò Madame Carlotta, facendosi il segno della croce.

«Seguitemi», disse Sam, dirigendosi con impeto verso la porta, «credo che ci siano altri indizi nella sala da cocktail!».

Non era la procedura classica dei Masquerader. Di solito svolgevano le indagini ciascuno per conto proprio, ma erano tutti ubriachi e intontiti, così lo seguirono come pecore. Persino Ali gli andò dietro. La collera aveva lasciato il posto alla confusione mentre si domandava che fine avesse fatto suo fratello. Sam sfruttò la sua autorità di detective per mandare i personaggi a indagare in diversi angoli del maniero, prima di tornare di soppiatto in salotto e accendere il fuoco.

Sporgendosi, notò il cappello da Babbo Natale di Karl dietro la legna nel camino. Doveva essergli caduto quando si era arrampicato nel nascondiglio del prete. Se lo mise in tasca. Avrebbe fatto finta di trovarlo più tardi, in serata, e li avrebbe mandati tutti su una falsa pista.

Per un attimo si bloccò, in ascolto, nel gelo della stanza. Ed eccolo: un fruscio, il grugnito di una persona alta che si muoveva in un piccolo spazio. Babbo Natale era nel camino. Sam accese un fiammifero.

All'inizio, quando Ali cominciò a farsi prendere dal panico, nessuno le diede retta. Shona la rimproverò per essere uscita dal personaggio. Gideon usò la parola "isterica", peggiorando le cose. Persino Leo, sicuro che Karl gli stesse facendo uno scherzo, le diede una paternalistica pacca sulla mano e le suggerì di calmarsi.

Solo lui le diede retta. Solo lui ordinò agli altri di perlustrare la casa, dividendoli metodicamente in squadre e assegnando a ciascuna un'area da coprire. Poi, mentre gli altri correvano per il maniero chiamando Karl, accompagnò Ali in salotto e la fece sedere accanto al fuoco scoppiettante per riscaldarsi. Le portò una bibita e una coperta per le ginocchia, e le consigliò di fare respiri profondi per calmarsi. Le mise un braccio intorno alle spalle, sentendola sussultare mentre piangeva.

Era interessante. Ali stava bene quando si era allontanato per accendere il fuoco, era solo arrabbiata con Karl. Ma al suo ritorno l'aveva trovata molto agitata. Sam era uno scienziato. Credeva solo nei fatti supportati da prove empiriche e verificate da esperti. Ma forse, dopotutto, la teoria della telepatia tra gemelli aveva un fondo di verità.

Scrollò le spalle. Non era il suo campo di specializzazione, ma meritava ulteriori studi.

28

Charley si alza. I vestiti le si appiccicano addosso, il cappotto è inzuppato e pesante, gli stivali fanno *cic ciac*. Stare fuori al freddo in quello stato è pericoloso, ma non prende nemmeno in considerazione l'idea di tornare alla villa. C'è Sam.

Sam.

Non ha il tempo di pensarci ora, di elaborare il fatto che Sam e Audrey hanno agito insieme per ucciderli tutti. E di chiedersi perché. Può capire le motivazioni di Audrey, ma che dire di quelle di Sam? È un medico. Ha giurato di non fare del male a nessuno.

Un medico. Due pezzi di stoffa blu si confondono nella sua mente: il pezzo inzuppato di sangue finto che Ali aveva messo in un pacco natalizio, ritagliato da un camice e destinato a Sam, e non a Pan, per ricordargli l'errore che aveva causato la morte di un paziente. Probabilmente Sam aveva scritto il messaggio in cui chiedeva a Leo di scambiare i pacchi, nel caso il suo contenesse qualcosa di incriminante, senza sapere che il regalo di Pan era di gran lunga peggiore.

Poi c'era il secondo pezzo, rimasto incastrato nel portello dell'Aga. Non era della camicia di Leo, ma di un camice da chirurgo. Sam l'aveva indossato per uccidere Shona e poi l'aveva bruciato.

Non ha più dubbi: Sam sta venendo a cercarla. La sua unica speranza è arrivare alla capanna di Maggie, riscaldarsi alla sua piccola stufa e sperare di non condurre un serial killer alla sua porta.

Comincia a guadare il torrente dove l'acqua è meno profonda, trasalendo mentre aggira il cadavere di Audrey, incastrato tra le pietre del basso fondale. Sta per attraversare, ma si ricorda del coltello a serramanico rimasto sulla sponda fangosa dove l'ha lasciato cadere. Fa un rapido calcolo e decide che è meglio proseguire armata, così torna indietro.

Non sente i passi leggeri, attutiti dalle foglie secche e dalla neve.

Si è appena chinata per prendere il coltello quando qualcosa di duro e pesante le piomba sulla schiena, colpendola dolorosamente alla spina dorsale. È un sasso, che schizza nell'acqua accanto a lei. Charley perde l'equilibrio e cade a faccia in giù sul ghiaccio fangoso al margine del torrente.

Trema, non ha forza nelle gambe e, prima che riesca ad alzarsi, Sam le salta addosso e la tiene inchiodata a terra. Il coltello è fuori portata.

Sam le mette una mano sulla testa e le spinge il viso in una poltiglia di fango e ghiaccio frantumato. L'acqua limacciosa le riempie le narici. Si dimena, cercando di respirare con la bocca.

«È assolutamente inappropriato, Charley. Gli uccelli canterini non dovrebbero annegare ma essere abbattuti, come si sparava ai merli nelle fattorie quando la popolazione diventava troppo numerosa. Però Audrey è venuta a cercarti e non ho avuto il tempo di prendere il fucile». Fa una pausa. «Povera Audrey, non sapevo che fossi capace di tanto». C'è una strana nota nella sua voce, sembra quasi di ammirazione.

Charley si divincola cercando di sfuggire alla sua morsa, e il panico aumenta quando si rende conto che a lui non importa di Audrey e ancora meno di lei.

«Ma dovrò accontentarmi», continua Sam, tenendola ferma senza sforzo. «Per come la vedo io, hai cercato di annegarmi nella pozza della cascata – per il nome del mio personaggio, Swan, cigno – poi Audrey ha tentato di aiutarmi, ma tu l'hai uccisa con il tuo coltellaccio. Immagino che tutti gli anni di bullismo e di esclusione a scuola ti abbiano segnata e che alla fine tu abbia perso il controllo. Per fortuna, sono riuscito a respingerti e a sopravvivere per raccontarlo. Dovrò procurarmi qualche ferita per essere convincente, ma si può fare».

Charley si dimena, scalcia cercando di colpirlo, ma il suo agitarsi la fa solo sprofondare ancora di più nel fango.

«Sam, basta», ansima, prima che lui le spinga di nuovo la testa nella poltiglia ghiacciata. Si sforza di parlare ancora, sapendo di avere solo pochi secondi a disposizione. Potrebbe implorarlo di avere pietà, ma probabilmente l'hanno fatto anche Shona e Gideon. Ego. Ecco la chiave. È la chiave per tutti i Masquerader.

Lui la tira di nuovo fuori dal fango. Sta giocando con lei, pensa che non abbia alcuna possibilità.

Charley gira la testa di lato, aspira una boccata d'aria e dice l'unica cosa che potrebbe funzionare. «Dimmi come!», ansima.

Non "perché", che suonerebbe querulo, come una supplica, ma "come". Nessuno dei Masquerader è mai riuscito a resistere alla possibilità di vantarsi.

Sam si ferma. È ancora seduto a cavalcioni sulla sua schiena, le immobilizza le braccia con le ginocchia, ma non le spinge più la testa nel fango.

Cambia leggermente la presa, infilandole le dita tra i capelli, e un nuovo atroce dolore sboccia nel suo cuoio capelluto. È impossibile muovere la testa, ma almeno riesce a respirare. Prende enormi boccate d'aria.

«Va bene, te lo dirò, perché non potrò mai raccontarlo ad anima viva», dice Sam.

Charley smette di agitarsi, proprio come ha fatto quando

hanno cercato di annegarla. L'unico modo per vincere e far credere di aver rinunciato a lottare.

Sam continua a bloccarla saldamente con le gambe mentre parla. «Allora, cominciamo dall'inizio. Dasha mi ha parlato del piano di Ali. Mi sono tenuto in contatto con lei saltuariamente nel corso degli anni, e a volte ci incontriamo per un caffè quando è a Londra. Non ha resistito e mi ha detto che stava architettando qualcosa con Ali.

«Audrey stava cominciando ad accettare la perdita del figlio. Non siamo mai stati una coppia, a parte qualche disperato e triste passo falso quando lei era al limite, ma sapeva che poteva raccontarmi tutto, confidarmi quello che provava. E mi è venuto in mente che avrei potuto fomentarla, come faceva Shona, scatenando l'odio che aveva dentro, impedendole di passare dalla rabbia alla fase successiva del lutto.

«L'ho fatto parlandole di voi, branco di ipocriti. Mentre vi scambiavate favori, nessuno di voi si è preoccupato di fare ricerche sul Vervestil. Era completamente inutile e puzzava di losco da fare schifo. Gideon me ne parlò all'inizio, mi chiese cosa ne pensassi e io glielo dissi. Lui però continuò a investire, perché l'odore dei soldi gli piaceva troppo. Lo dissi anche a Leo e ad Ali. Non mi sembrarono per niente preoccupati: non era il loro campo. Continuarono allegramente a propinare quella porcheria alla categoria medica.

«Comunque, sto divagando. Dasha mi ha dato una copia delle vostre cartelline e del programma di Ali. Mi è stata molto utile, insieme alle informazioni dettagliate su Snellbronach. Immagina la mia gioia quando ho saputo che c'era un vero albero di pere! È questo che ha stimolato la mia creatività, si sposava benissimo con il tema di Ali. Audrey era propensa a uccidervi tutti la prima sera – avvelenamento di massa con dosi più leggere per noi, in modo da non apparire colpevoli – ma era troppo banale per me. Volevo fare con calma, volevo che fosse un vero e proprio spettacolo. Il meteo ci ha agevolato! Mi chiedevo se sareste riusciti a capire il movente, visto che vi credete dei grandi investigatori.

«Quando siamo arrivati, Audrey ha cambiato l'orario dell'appuntamento in biblioteca nella cartellina di Pan, così avremmo avuto più tempo per issarla sull'albero. Gideon è stato facile, una delusione: era così infelice che si è semplicemente raggomitolato sul letto. Non ho dovuto far altro che sedermi su di lui, come ora sto facendo con te, e strozzarlo con la collana. Proprio mentre moriva, gli ho sussurrato Odastra nell'orecchio. Ancora non l'aveva capito, quell'imbecille. Non si sentiva minimamente in colpa».

Charley ha cercato di rimanere immobile, di concentrarsi sul piano di fuga, ma quelle parole la fanno innervosire e ricomincia a dimenarsi. Sam stringe la presa sui suoi capelli e le tira la testa all'indietro. Qualche ciocca si strappa dal cuoio capelluto, facendola urlare.

«Se si tratta di uno stratagemma per distrarmi, non funzionerà», dice. «Shona ci ha provato e ovviamente ha fallito. Avrei dovuto occuparmi di lei per prima, in effetti. Eravamo amici d'infanzia, quindi era più facile che realizzasse di cosa ero capace. Credo abbia sempre saputo che sarebbe morta nel sangue, dopo esserne stata affascinata per tutta la vita. Era scontato che ucciderla sarebbe stato un macello. Per fortuna, aveva terrorizzato gli altri con le sue storie su Frau vattelapesca, così mi sono messo d'accordo con Audrey perché ti attirasse nel bosco per distrarti mentre io mi occupavo della faccenda di sopra».

Charley perde la speranza. Si affloscia e abbassa la testa, malgrado la presa di Sam. Ma mentre la sua mano affonda nel fango, con la punta dell'indice sfiora un oggetto affilato. Il coltello a serramanico, semisepolto nel fango ghiacciato.

«Il sangue schizza ovunque e lo so perché ne ho visto parecchio», sta dicendo Sam. «Avevo portato dei camici dall'ospedale per non rovinarmi i vestiti, ma poi ci ho camminato sopra e ho lasciato un'impronta dannatamente grande. È buffo, se Shona non avesse parlato della strega di Natale che riempie la pancia della gente con la paglia, non avrei mai pensato di prenderne un sacchetto dalla stalla. Ho usato la paglia per cancellare il più possibile le impronte, per pulirmi le scarpe e in generale per ripulire la scena del crimine. Ci è tornato utile anche spostare i corpi dopo ogni omicidio: siamo tutti coperti di prove incriminanti. La scientifica non ci capirà nulla».

Charley è concentrata quasi esclusivamente sul coltello. Resiste alla tentazione di afferrarlo subito, per non rischiare di sbagliare e spingerlo più lontano. Scava con le dita nel fango creando una piccola buca sotto il coltello. Si avvicina di un paio di millimetri.

«Shona sembrava dispiaciuta quando mi ha visto», dice Sam. «Come ti ho detto prima, lo sapeva».

Charley cerca di avvicinare lentamente la lama con le dita, ma viene catturata dal racconto. Dopo tutti i gialli che hanno inscenato insieme, il meccanismo la affascina ancora.

«Leo», dice. Sfiora la lama con le dita intorpidite, anche se non riesce ancora ad afferrarla. La tira, non le importa di tagliarsi.

«È stata Audrey», risponde Sam. «Ha avuto i suoi momenti di ripensamento. Credo che abbia preso piena consapevolezza solo quando abbiamo ucciso Pan, e di certo si è rammollita quando ha lasciato scappare Kamala. Ma con Leo è andata fino in fondo. Credo sia stata la storia dello Stagworth a convincerla. Ha pronunciato la parola "Odastra" prima di spingerlo dalla finestra. Mi ha detto che lui non sembrava affatto sorpreso».

«Aveva capito tutto», mormora Charley. «Tutto tranne te e Audrey».

«L'ho pensato anch'io quando ho visto il taccuino. È una fortuna per me che avesse una grafia così terribile. Comunque, il passo successivo è stato somministrare a tutti un emetico nel caffè. Tranne ad Ali, che si è beccata una bella dose di veleno per topi, da parassita qual è».

Charley sputa fango e saliva. «Avresti ucciso anche Audrey, vero?»

«Sarei stato costretto, era un rischio troppo grande. Non hai idea di quanto abbia sudato per impedirle di crollare negli ultimi due giorni. Sono stupito che sia arrivata a tanto con te. E poi, uccidendola, avrei potuto dare la colpa a lei. Ma tu hai rovinato tutto».

Sam sposta leggermente il peso e, per una frazione di secondo, Charley riesce a muovere la mano e a chiuderla intorno al manico del coltello. Ha un fremito di trionfo, ma le braccia sono ancora bloccate lungo i fianchi. *Continua a farlo parlare.*

«Come pensavi di spiegare che Audrey avesse sollevato Pan da sola?»

«Ah, quello! Era in combutta con Shona, ovviamente, prima di rivoltarsi contro di lei. Era perfetto. Audrey avrebbe ottenuto ciò che voleva, il mondo intero avrebbe saputo quello che Odastra aveva fatto a suo figlio. Io avrei continuato a salvare vite e quei buoni a nulla dei Masquerader sarebbero morti, uccisi in nome della giustizia. Oh, e finalmente Ali avrebbe smesso di parlare di Karl!».

Sam si china, avvicinandosi al suo orecchio. «Non uccido chiunque, sai. Voglio che abbia un significato, che renda il mondo un posto migliore. Ma Karl... mi dispiace averlo ucciso. Mi manca, era simpatico».

È il momento. Sam si è leggermente sollevato e Charley coglie l'occasione. Si dimena con tutte le forze e gli strappa i capelli dalle dita con un urlo di dolore. Sam la schiaccia di nuovo con tutto il suo peso, ma lei ha il braccio libero e gli conficca il coltello nella coscia.

Sam ruggisce e si muove quel tanto che le basta per permetterle di strisciare in avanti e sfuggire alla sua presa. Ma il coltello, sporco di sangue, le scivola di mano, e Sam si abbatte di nuovo su di lei con tutto il peso, conficcandole le dita nella ferita dell'ascia sulla spalla. Charley lancia un urlo di dolore mentre Sam la trascina lentamente nella pozza. Cerca di aggrapparsi al ghiaccio sul bordo. Vede il proprio sangue e quello di Sam riversarsi nell'acqua prima che lui le spinga ancora una volta la testa sotto l'acqua melmosa.

Schegge taglienti di ghiaccio rotto le graffiano il viso. In quel punto la pozza è profonda solo pochi centimetri, ma le basta. Non serve afflosciarsi a questo punto; si è già giocata quella carta. Si dibatte, spingendo le mani nel fango. Le narici sono piene d'acqua, i polmoni le scoppiano per lo sforzo di non respirare. Continua a lottare…

E poi arriva il momento. È quello che deve essere successo a Pan, a Gideon, a Shona e a Leo. Il momento in cui capisci che lottare è inutile. L'impulso del suo corpo a respirare supera il pensiero razionale.

Basta inalare l'acqua una sola volta.

Le si annebbia la testa, le brucia la gola: com'è possibile che l'acqua ghiacciata somigli alla lava bollente? Il suo corpo si accascia, la sua mente va alla deriva.

Un forte schiocco riempie l'aria. Sam si fa più pesante, la spinge giù ancora una volta finché, chissà come, si sposta, lasciandola libera. Charley si alza carponi, tossisce, sputa un misto di sangue, limo e acqua dal naso e dalla bocca. Sente un'altra mano sulla spalla, più leggera, delicata. Si pulisce il fango ghiacciato dagli occhi.

«Oh, cazzo, meno male», dice Maggie, scrutandola. Tiene una sigaretta tra le labbra. E un grosso fucile da caccia in spalla.

29

Fa freddo, è buio, vede tutto sfocato. Poi sente la voce aspra e rauca di Maggie e un'altra, più familiare, che la inquieta. Cerca di concentrarsi. Non ci riesce.

Il suo corpo si è arreso, è in grado solo di rabbrividire. Non sente più le dita dei piedi e delle mani. Le gambe mandano segnali di dolore e la spalla ferita pulsa in risposta. Sente Maggie dire: «Su, su!».

L'altra voce aggiunge: «Forza, Charley, riprenditi».

Viene sollevata rudemente, trascinata da due persone. Una ha un odore di profumo dolce e costoso. L'altra ha la stessa puzza di sudore, unto e carne che c'era nella capanna nel bosco. Sono calde, asciutte e, a un certo livello di consapevolezza, Charley sa che stanno cercando di aiutarla, non di ucciderla.

Si accorge di essere al chiuso, ma non sa e non le interessa sapere dove si trova, non riconosce le due donne. Succedono altre cose, confuse. Sente che qualcuno le sta togliendo i vestiti zuppi, ma non se ne vergogna, è estraniata dalla realtà. La donna con l'odore di carne (Maggie? Sì, è lei) rimane al suo fianco, schiaffeggiandola di tanto in tanto.

«Resta con me», dice. «Non dargli questa soddisfazione».

Charley ci prova, ma il sonno la alletta troppo.

Quando si sveglia, sente dolore dappertutto. Una volta, quando era giovane e sprovveduta, cercò di riscaldarsi dopo una nuotata in acque fredde facendo una doccia calda: il dolore che provò allora non è nulla in confronto alla tortura che sta subendo adesso, dalla testa ai piedi. È in un posto caldo, al sicuro. Maggie non c'è più, ma c'è un altro volto familiare che la fissa. Occhi scuri e penetranti, folti capelli castani raccolti a coda di cavallo, labbra rosso sangue curve in un sorriso. Era da tanto che non la vedeva.

«Era ora, testa di cazzo!».

«Dasha?». Aspetta il senso di colpa e di vergogna che prova ogni volta che pensa a lei, ma non c'è più.

«Infermiera Dasha al tuo servizio. I soccorritori mi hanno detto di tenerti d'occhio mentre si occupano di Ali. Dovrebbero darmi una medaglia per questo».

Charley assorbe lentamente la piccola informazione implicita. «Ali è viva?»

«Per il rotto della cuffia. Meno male che ha barricato la porta. Quel *mandavoshka* ha cercato di sfondarla prima di venire a cercarti. Purtroppo anche il *mandavoshka* è vivo. Volevo lasciare una bella pedata sulla sua ferita alla spalla, ma temevo che alla polizia non sarebbe piaciuto».

«Ha ucciso Karl. E tutti gli altri».

«Lo so. E non hai rubato tu la mia collana».

«Ci pensi ancora?»

«Cazzo, no. E so anche che ti fottevi Karl. Dovrei essere incazzata, ma anch'io mi scopavo la mia guardia del corpo, quindi...». Fa spallucce. «Karl era proprio un bel tipo, vero?».

Charley annuisce, cercando di leggere tra le righe di quel fiume di parolacce. Ha sempre faticato a seguirla, ma farlo mentre è in ipotermia e con una ferita alla spalla è ancora più difficile.

Si accorge di essere sdraiata sul divano del salotto di Snellbronach. Nel punto esatto in cui erano seduti Leo e Shona a guardare il discorso del Re. È successo davvero solo due giorni fa? Addosso ha una strana coperta gonfiabile che le sta lentamente scaldando il sangue. Fa male. Una sensazione di rigidità alla spalla destra suggerisce un dolore atroce temporaneamente attutito dagli antidolorifici, che promette di tornare alla riscossa più tardi. Alza una mano, sente una fasciatura di cotone sotto le dita e ricorda che Audrey l'ha maldestramente ferita alla testa con l'ascia. *Cristo, è la seconda volta che cercano di uccidermi...*

Ma sono sopravvissuta.

È stanca morta, ma non ha voglia di dormire ancora perché è troppo felice di essere viva. Ce l'ha fatta e, per la prima volta dalla vigilia di Natale si sente al sicuro. Per quanto sia possibile sentirsi al sicuro con Dasha lo squalo come infermiera. Le viene in mente un altro nome.

«E Maggie?».

Dasha rimane per un attimo disorientata, poi ride. «La vecchia strega? È scappata nel bosco, come nelle favole. Credo volesse levarsi di torno prima dell'arrivo dei rinforzi. Al momento ci sono solo due poliziotti, ma secondo me bastano e avanzano».

Dasha racconta di non essersi fidata di lasciare tutto il lavoro ad Ali. «Karl non ha mai avuto una particolare stima delle sue capacità di scrittrice di gialli. Inoltre, quando si arrabbia troppo, perde la concentrazione. Così ne ho parlato a Sam e gli ho dato le copie delle cartelline. Era l'unico su cui la mia agenzia investigativa non aveva trovato nessun segreto incriminante. Avevo solo la parola di Ali su un errore medico fatto durante il tirocinio in ospedale. Ma sfido a trovare un medico che non abbia commesso errori da studente. Quindi pensavo di potermi fidare di lui. Devo farti le mie più sentite scuse per questo. E sai che non chiedo scusa facilmente.

«Poi Ali mi ha detto "Perché non vieni anche tu?" e ho accettato. Non mi piace la pantomima degli omicidi, lo sai, ma sono molto brava a estorcere informazioni. Così ho deciso di venire il giorno dopo Natale, alla fine della vostra stupida recita, pensando di trovarvi tutti sbronzi e stressati per l'isolamento».

Era arrivata in Scozia il giorno di Natale, ben ventiquattro ore prima che il suo messaggio di testo fosse recapitato al telefono di Pan.

«Ma poi atterro in questo stupido paese che non è in grado di gestire pochi centimetri di neve, c'è una carenza di spazzaneve, gli alberghi veri sono al completo e sono costretta a soggiornare in un Travelodge fino a dopo Natale. Un *Travelodge*», ripete con disgusto. «Mi annoiavo, così ho trovato degli spazzaneve e ho pagato qualcuno che li portasse qui. Ma invece di una festa con amici da tormentare, ho trovato un mucchio di cadaveri e tracce nella neve, spari nella foresta. I conducenti degli spazzaneve hanno chiamato i soccorsi via radio, ma erano patetici, non volevano scendere dall'abitacolo, così sono andata nel bosco e ho trovato la Baba Yaga che cercava di trascinarti alla sua capanna con le zampe di gallina».

«Non è la Baba Yaga, è Frau Perchta», dice Charley con un filo di voce.

Dasha annuisce. «Ah, sì, la sbudellatrice con il piede fasciato. Logico. La polizia e l'ambulanza sono arrivate subito dopo di me. Hanno detto che rispondevano a una richiesta di soccorso».

Charley ha quasi dimenticato il messaggio che aveva cercato di inviare nel bosco: a un certo punto doveva essere arrivato nel mondo esterno.

Sente tornare le forze. Uno dei soccorritori le porge una tazza di acqua tiepida e lei ne beve un sorso, sentendo il liquido scivolare giù per la gola. Giura a sé stessa che non si lamenterà mai più del caldo. E lentamente racconta a Dasha tutto quello che è successo, fin dall'arrivo a Snellbronach.

Sta parlando dello scontro con Sam quando si accorge che

ci sono altre persone nella stanza. Poliziotti in divisa che ascoltano attentamente, prendendo appunti. Sa che, come era successo con Karl, dovrà raccontare quella storia ancora molte volte nelle prossime settimane, mesi, forse anni.

«Credo che anche Sam sapesse del nascondiglio del prete. Forse è stato lui a suggerire l'idea a Leo. Ora ricordo che, quando lasciammo Fenshawe, lui rimase un giorno in più per aiutare Leo a riordinare prima del ritorno dello zio. Dev'essere stato allora che ha portato via di nascosto il corpo di Karl».

Charley rabbrividisce al pensiero di Sam che tirava fuori il cadavere da quello spazio ristretto, per poi avvolgerlo in una coperta o in un tappeto e portarlo fuori, mentre Leo si preoccupava delle bottiglie vuote nello studio di zio Tolly. Immagina Karl gettato nel bagagliaio di un'auto a noleggio, sepolto in qualche terreno sperduto, dentro una fossa poco profonda. «Come può essere così spietato?».

Dasha fa un sorriso torvo. «Guarda, conosco altri come lui. Ne incontrati molti, sanno categorizzare. Cercano un lavoro in cui possono uccidere per soldi e per il resto hanno una vita normale. Ti presentano le loro mogli, li inviti a cena per parlare di vino, di sci o di cavalli da corsa. Ma Sam... l'unica cura per quelli come lui è una pallottola in testa. *Bang bang*, stile esecuzione. Non si ravvederà in prigione e si divertirà al processo. Ancora non riesco a credere di non aver mai sospettato di lui, nemmeno per un momento. È un attore migliore di te, e tu sei piuttosto brava».

Charley annuisce distrattamente, poi si accorge di quello che ha detto. Era un *complimento*?

«Non farmelo ripetere. Tra loro eri l'unica che recitasse in modo credibile. Capisco perché Karl ti rispettava tanto, perché gli altri erano intimiditi da te».

Oh, qui si sbagliava. «Ma niente affatto!». Charley scuote la testa.

Ma Dasha fa un gesto di sufficienza. «Perché pensi che fossero sempre così villani con te? Perché accusarti di essere una ladra? Ho visto come ti trattavano: li spaventavi. Quegli stupidi perdigiorno non avrebbero mai potuto affrontare il mondo reale, e lo sapevano. Lo so anch'io: il mondo reale, senza soldi, mi terrorizza».

Charley ci riflette, malgrado la nebbia mentale. Avrebbe potuto lasciare la Masquerade Society dopo le accuse sulla collana, invece ha tenuto la testa alta, è stata brillante e seducente nelle vesti di Madame Carlotta. È sopravvissuta all'aggressione di Pan in acqua. Ha scaricato Matt. E soprattutto è scampata al Natale, affrontando ben due assassini. I Masquerader avevano ragione a vederla come una minaccia.

«Comunque, questo è tutto. Fine delle belle parole da parte mia», dice Dasha. «Riscaldati, torna a casa e smettila di lagnarti».

Si alza e se ne va, senza voltarsi indietro.

Epilogo

Charley – Una vigilia di Natale, in seguito

Nella caffetteria fa molto caldo e c'è il profumo della specialità natalizia: il cappuccino al pan di zenzero. Il brusio e i rumori delle persone, delle stoviglie e delle macchine per il caffè coprono quasi del tutto la canzone jazzata trasmessa in sottofondo, una versione in stile Tijuana di *I dodici giorni di Natale*. Charley porta il suo *flat white* al banco davanti alla vetrina, si siede su uno sgabello alto e si toglie il pesante cappotto bagnato. Che bello avere troppo caldo.

La pioggia sferza la vetrina. Il Babbo Natale che fa la raccolta di beneficenza si è rifugiato nell'androne del teatro dall'altra parte della strada, dove Charley sta facendo le prove per un adattamento di *Dieci piccoli indiani*. Sa di non aver ottenuto la parte solo grazie al suo talento di attrice: lo sciame di titoli di giornale sulla "sopravvissuta al Massacro dei dodici giorni" ha fatto una bella pubblicità al teatro. Ma ha imparato a sue spese che il mondo funziona così e sa di essere all'altezza del ruolo. Ha persino inviato a Matt un link agli articoli, con l'emoji di un bacio, prima di bloccare il suo numero.

«Sicura di volerlo fare?», le ha chiesto suo padre. «Mettere in scena omicidi tutte le sere? Vedere persone coperte di sangue finto?»

«È solo una recita», gli ha risposto lei, con una convincente alzata di spalle. «Lo faccio per soldi, come con la Murder Masquerade Society».

Magari però l'anno prossimo avrebbe scelto un musical natalizio...

Fruga nella borsa in cerca del telefono, ma le cade l'occhio su un giornale scandalistico abbandonato sullo sgabello accanto al suo. Nell'ultimo anno ha evitato di leggere le notizie, preferendo farsi aggiornare dagli amici o da suo padre sui preparativi per il processo di Sam, sullo scandalo Odastra, sulle dimissioni di sir Nathaniel St John, sulle scuse a denti stretti dell'agenzia pubblicitaria di Ali per aver aiutato l'azienda farmaceutica a diffondere informazioni false, e sul nuovo nome dell'ala Odastra nella Urban Metropolitan Gallery.

Sam possedeva un telefono usa e getta che, appena rimesso in servizio, aveva automaticamente caricato le foto di ogni omicidio nei suoi profili anonimi sui social. E anche se non erano rimaste a lungo in circolazione, i commentatori online avevano presto trovato un'altra foto da sfruttare, legandola inestricabilmente agli omicidi. È quella che ha attirato la sua attenzione, una vecchia fotografia degli anni Novanta, scattata dalla madre di Sam. Si tratta di uno dei suoi tableaux natalizi, con una modella vestita con un elaborato costume di piume, metà donna, metà pernice, appollaiata tra i rami di un albero, con un'ala tesa e un gioiello a forma di pera in mano. È circondata da luci e ha la testa gettata all'indietro, l'elegante profilo del collo bianco esposto. Ai piedi dell'albero c'è un bambino con i capelli spettinati, che indossa pantaloncini corti nonostante il clima di dicembre, e un maglione di lana di parecchie taglie in più. Non si vede il suo volto, ma è Sam, con la testa inclinata verso l'alto, che fissa la favolosa creatura fra i rami.

La foto era apparsa ovunque online nei mesi successivi agli omicidi, come iconica rappresentazione della sua educazione insolita e decadente, ma anche come allusione alla fonte di ispirazione per i suoi omicidi.

Alla fine, il piano di Audrey e Sam era fallito, perché era questo che aveva affascinato la gente. Nessuno – o almeno nessuno all'infuori dei giornalisti più seri e dei blogger più arrabbiati – parlava di clientelismo, corruzione ed elitarismo. Tutti parlavano del modo migliore per eviscerare una gallina e di quale poteva essere la morte appropriata per un merlo.

Charley sa che potrebbe impiegare meglio il suo tempo, ma prende comunque il giornale, lo apre e legge il titolo.

TROVATO MORTO L'ASSASSINO DEI DODICI GIORNI

All'improvviso non fa più troppo caldo e non si sente più tranquilla e al sicuro. Sta lottando per respirare, cerca un appiglio nel fondale fangoso.

I ricordi tornano a ondate. Trema, il cuore le batte all'impazzata. Sono molto più brutti di quelli che aveva dopo Fenshawe Manor, ma almeno ora sa come gestirli. Fa i suoi esercizi, respiri rapidi, dentro e fuori. Il suo psicoterapeuta, che ha lo studio ad Harley Street e una parcella salatissima pagata da Ali, dice che i respiri profondi con il diaframma sono più efficaci, ma è una vecchia abitudine e l'aiuta a concentrarsi.

La cosa migliore da fare sarebbe proteggere sé stessa. Allontanare il giornale, magari chiedere a suo padre di raccontarle dopo i dettagli, se proprio vuole. Ma non ci riesce. Appena riprende a respirare normalmente, stende la carta stropicciata con le mani tremanti e legge.

Un anno dopo il Massacro dei dodici giorni, il medico radiato Samuel Hartley è stato trovato morto nella sua cella. Il sadico killer, che era in attesa di giudizio per il coinvolgimento in quattro assassinii e in due tentati omicidi lo scorso anno, è stato ucciso all'alba da uno sconosciuto. Gli agenti dell'HMP Mudmarsh si sono rifiutati di confermare le voci secondo cui sarebbe stato freddato con un colpo di pistola alla nuca, in stile esecuzione.

La sua prima reazione è il sollievo. Non ci sarà più il processo. Sam non si vanterà di aver agito in nome della giustizia, per denunciare i privilegi e l'ipocrisia. Non ci saranno estenuanti interrogatori per le impronte digitali sul coltello Sabatier, per scoprire l'identità della misteriosa Maggie e dove potrebbe essere sparita. Nessuno farà commenti sarcastici sul fatto che lei si guadagni da vivere raccontando bugie. E non dovrà più raccontare la sua storia infinite volte, davanti ai media di tutto il mondo. È finita.

Cerca in un angolino del suo cuore un po' di tristezza per Sam – dopotutto a volte le dispiace per Audrey – ma non prova altro che sollievo e un senso di pace: finalmente non ha più nulla da temere.

Sul telefono arriva una notifica proprio mentre sta scendendo dal treno, ma non la controlla subito, perché è troppo impegnata a trascinare la valigia rosa sul marciapiede bagnato fino a casa di suo padre. Probabilmente la notizia sarà già arrivata ad Ali, nel suo *ashram*, e le avrà scritto un messaggio per confrontarsi e analizzare i loro sentimenti alla luce della riscoperta spiritualità. Charley non se la sente proprio. Così rimanda il discorso al dopocena della vigilia di Natale, quando temporeggerà per il lavaggio dei piatti, sazia di salmone arrosto e budino al cioccolato.

Ma non è un messaggio di Ali. È Instagram.

@dashaorlova_fumf ti ha taggato in un post.

È una foto di Dasha che prende il sole su una spiaggia di sabbia bianchissima. Ha occhiali da sole enormi, un'abbronzatura dorata e un sorriso smagliante. Indossa un cappello da Babbo Natale che sembra orlato di pelliccia vera e ha in mano un bicchiere da cocktail con un liquido lattiginoso, color pesca, decorato con ombrellini, stelle filanti e spiedini di frutta tropicale. Ha un'aria felice e rilassata, ma anche un po' compiaciuta.

Charley sorride e alza gli occhi al cielo. La didascalia appare lampeggiando sotto forma di testo animato.

Festeggio il Natale con un *bang-bang lassi.*
Auguri di buone feste, teste di cazzo!

Ringraziamenti

Quando ho iniziato a scrivere, credevo di dovermi rinchiudere da qualche parte e confezionare un romanzo impeccabile completamente da sola, per poi presentarlo al mondo. *Ta-da!* Una delle cose più importanti che ho imparato è che si può e si deve chiedere aiuto. Rende la scrittura assai migliore e molto più divertente. E così ho fatto...

Innanzitutto, voglio ringraziare Kelly Smith e tutta la Bonnier per avermi dato fiducia in questo progetto e per aver incoraggiato i miei stravaganti colpi di scena; la mia agente Lina Langlee per le sue acute osservazioni e per aver creduto in me. La Writers International per le stimolanti discussioni sulla motivazione e il fantastico gruppo UKYA, ovvero Team Kamala, con un ringraziamento speciale a Kathryn Foxfield, che ha dato un suggerimento perfetto per Leo. Un grazie al Debut 20s e 21s, al Good Shippers e anche a Charley Robinson per aver letto e apprezzato i miei libri precedenti e per non essersi lamentata del fatto che la protagonista avesse il suo stesso nome. E ancora, ringrazio Ruth Park, Flic Everett e Andrew Bowden-Smith, i miei corrispondenti in Scozia, che mi hanno impedito di inventare toponimi scozzesi falsi. I restanti inglesismi sono dovuti alla mia ignoranza.

Quindi, un altro doveroso ringraziamento va alla Scozia stessa. È un paese meraviglioso, di una bellezza mozzafiato, ospita molte persone che mi sono care ed è ancora abbastanza selvaggio da permettere di farla franca con un omicidio (di finzione).

Hannah Wright, sei stata magnifica quando è iniziato lo sciopero degli insegnanti, proprio in fase di editing. Dawn, Tiff e Lucia, mi avete dato la forza di andare avanti quando ho cominciato a dubitare di me stessa. Infine ringrazio mia madre, per avermi regalato il mio primo giallo quando avevo sette anni e per avermi fatta appassionare al genere. E Richard, che probabilmente non mi leggerà mai.

E come dice il piccolo Tim, Dio vi benedica tutti! Buon Natale.

Indice

Nuova Narrativa Newton

Ultimi volumi pubblicati

Angela Marsons, *La memoria dei morti*
Enrica Aragona, *A Roma si muore da soli*
Sarah Yarwood-Lovett, *Il delitto di Sophie Crows*
Sophie Keetch, *Il segreto di Morgana*
Catherine Coles, *Un misterioso omicidio e molti segreti*
Massimo Lugli - Antonio Del Greco, *La ragazza del Vaticano - Che fine ha fatto Emanuela?*
Ross Greenwood, *Il serial killer venuto dal freddo*
Kate Mosse, *La Nave Fantasma*
Antony Johnston, *Un matrimonio, un delitto e due investigatori a quattro zampe*
Gavino Zucca, *Delitto a Foresta Burgos*
Andrea Frediani, *Napoleone*
Paolo Pinna Parpaglia, *La morte si chiama Madame*
Jesse Q. Sutanto, *Tu non sai chi sono*
Davide Cossu, *Il castello delle congiure*
Charlie Donlea, *Il caso Victoria Ford*
G. L. Barone, *Maledizione Gonzaga*
Anthony Riches, *L'impero. Guerra nella tempesta*
Patricia Gibney, *La verità sul caso Cara Dunne*
Chicca Maralfa, *Il delitto della montagna*
Tríona Walsh, *Notte di neve e sangue*
Angela Marsons, *La mossa dell'assassino*
Freida McFadden, *Nella casa dei segreti*
Jane Shemilt, *La notte che cambiò ogni cosa*
Harry Sidebottom, *L'enigma di Alessandro Magno*
Christopher Huang, *La strana morte di Sir Lawrence Linwood*
Nelle Lamarr, *L'ospite perfetta*
Gianluca Rampini, *Il mostro di Trieste*
Katherine Faulkner, *Le madri bugiarde*
Jenny Knight, *Il quinto ospite*
Emma Rosenblum, *Vietato morire d'estate*

Matteo Strukul, *La cripta di Venezia*
Simona Teodori, *La cospirazione dei Cenci*
Ruth Mancini, *La donna sul tetto*
Karen McQuestion, *Mistero a Palmer Street*
Helen Fields, *Il manicomio delle tre torri*
Antonio Lanzetta, *Luna rosso sangue*
C.L. Pattison, *La fiorista*
Gavino Zucca, *L'enigma nella Nurra*
Catherine Coles, *Delitto all'ora del tè*
Liz Lawler, *L'infermiera*
Simon Scarrow - T.J. Andrews, *Il guerriero*
Ruth Ware, *L'inganno perfetto. Zero Days*
Marcello Simoni, *L'enigma del cabalista*
Iacopo Cellini, *Il castello nella nebbia*
Leslie Wolfe, *Il chirurgo*
Lee Jackson, *Un omicidio a Baker Street*
Katie Marsh, *Come non uccidere il tuo ex*
Jonathan Santlofer, *Il quadro perduto di van Gogh*
Paolo Pinna Parpaglia, *Il mistero di Tavolara*
Salvo Toscano, *L'ultimo presagio*
Francisco Lorenzo, *Il manipolatore*
William Bavone, *Il morso del varano*
Jeneva Rose, *Un matrimonio perfetto*
Alvise Trisciuzzi, *Il delitto della Madonna di Fossalto*
Mike Omer, *Nella casa delle bambole. Il mistero di Kathy Stone*
Andrea Frediani, *Delitto al Palatino*
Glenda Young, *La morte va in scena al Seaview Hotel*
Ruth Kelly, *Il mistero della famiglia Bellay*
Roberto Genovesi, *Il mietitore di angeli*
Freida McFadden, *Non mentire*
Roberto Carboni, *Il mistero di Villa Lamento*
Elle Cosimano, *Finlay Donovan colpisce ancora*
Vicki Delany, *Mistero alla Libreria Sherlock Holmes*
William Friend, *Lascialo entrare*
Alex Hay, *Le governanti*
Alexandra Benedict, *Quattro delitti prima di mezzanotte*
Ashley Tate, *27 minuti*
Barbara Frale, *Imperium. L'erede di Roma*
Daniel G. Miller, *L'orfanotrofio sul lago*